설자은, 금성으로 돌아오다

설자은 시리즈
◈ 1 ◈

설자은, 금성으로 돌아오다

정세랑 장편소설

문학동네

이 이야기는 680년대 후반 통일신라를 배경으로

기록과 유물의 빈틈을 파고들어

완전히 꾸며낸 이야기입니다.

없었던 사람들의 없었던 사건들입니다.

차례

갑시다, 금성으로 009

손바닥의 붉은 글씨 059

보름의 노래 175

월지에 엎드린 죽음 227

작가의 말 287

갑시다, 금성으로

설자은은 오래 머물렀던 장안을 사신단과 함께 떠나, 육로로 등주까지 왔다. 유학생으로 처음 당나라 땅을 밟았던 곳에서 다시 떠나게 되다니 한 생이 끝난 듯한 감회가 일었다. 뜻밖의 전쟁으로 사신단이 오가지 않은 기간이 길었고, 덕분에 수학 기간이 배가 되어 지원 없이 고립되고 말았다. 지니고 왔던 것을 다 팔아야 했으며 스승과 친우들이 따로 일거리를 주지 않았다면 굶어죽은 몸이 가는 뼈로 흩어진 지도 한참이었을 것이다. 두 나라의 사이가 드디어 회복되어 신라 왕경에 돌아갈 수 있게 되었다는 소식을 들은 것은 사흘 먹지 않아도 허기를 느끼지 않게 된 다음이었다. 익숙한 듯 낯선 항구에 도착해서도 실감이 나지 않았다. 맞는 바람을 기다리느라 등주에서도 한동안을 지내야 했는데, 그래도 길게 기다린 편은 아니라고 했다. 위태로울 정도로 얇아진 옷이 바닷바람에 펄럭였다. 신라 땅에 닿을 때까지만 해지지 않기를 바랄 뿐이었다.

배에 올라 자리를 잡고 앉았다. 살이 내려 몸이 닿는 곳마다 갑판이 그대로 느껴졌는데 큰 바다를 몇 번이고 건넌 배인지라 나뭇결이 매끈히 다듬어져 있어 다행이었다. 밤에는 배 위에 가볍게 지어진 뱃집 한구석을 차지할 수 있겠지만, 해가 떠 있는 동안은 짐 상자에 기대어 있기로 했다. 설자은의 낡고 장식 없는 상자들 안에는 경전과 다른 책들이 들어 있었다. 짐을 싸는 동안 고작 이 종이 묶음들을 위해 목숨을 걸었나 싶을 때도 있었고, 한 권 한 권이 소중해서 품에 품고 가고 싶을 때도 있었다. 상자 틈을 풀로 메우긴 했지만 그래도 바닷물이 닿지 않도록 적당한 곳에 두었다.

"무겁네요. 뭐가 들었습니까?"

나르는 걸 도와준 선원이 허리를 펴며 물었다.

"다 책이오."

젊고 쾌활해 보이는 짐꾼에게 다른 의도는 없어 보였지만, 자은은 한 손으로 아직 잠그지 않은 상자를 열어 안을 보여주었다.

"귀중한 사람에게만 귀중하지."

육십 명이 넘게 타는 배에 도둑이 없을 리 없으니 일부러 큰

소리로 말했다. 괜히 밤중에 거친 손, 젖은 손으로 헤집어보지 않도록. 선원은 그런 자은을 향해 시원하게 웃으며, 상자를 잠그고 그 위로 기름 먹인 천을 덮는 것을 거들어주었다.

"이 책들을 다 공부하신 겁니까?"

자은은 애매하게 고개를 끄덕였다. 모든 책을 처음부터 끝까지 외워 쓸 수 있었다. 그럴 수 있는 머리 때문에 형제들 중 차출되어 두 번 큰물을 건너게 된 것이었다. 그러나 다 배웠느냐고 물어온다면, 그건 평생의 과업이라고밖에 말할 수 없었다.

"금성으로 가십니까?"

배는 사신단이 탄 본선과 함께 당은포까지 가는데, 그곳에서 금성까지는 다시 육로로 칠백 리였다. 배에 탄 유학생, 구법승, 상인 들은 당은포에서 각자의 목적지로 흩어지겠지만 대개 금성으로 향할 터였다.

"금성 사람이오."

자은은 돌아가길 택했다. 다른 나라 출신 중에 아예 돌아가지 않고 당의 관리가 되는 길을 택하는 이들도 슬슬 늘었지만, 자은은 그 선택지를 고려하지 않은 지 몇 년 되었다. 금성을 떠날 때는 허물을 벗어던지고 온 줄 알았는데, 시간이 지날수록 그곳에 두고 온 쪽이 진짜이고 물을 건넌 자신이 허물인 것처럼 느껴졌다. 매미 껍데기처럼 색이 없고 안쪽이 텅 빈 무엇…… 어쩌면 배고픔을 지나쳐 언제나 살짝 발이 땅에서 뜬 듯한, 가시지 않는 어지러움에 시달리고 있어서 그랬을지도 모른다. 돌아가 확인하기 전까지는 짚어 말할 수 없을 터였다.

"금성은 어떤 곳입니까?"

젊은 선원은 가보지 못한 모양이었다. 금성, 서라벌, 왕경 뭐라고 부르든 태어난 곳을 떠올리는 것만으로도 자은 안에 차오르는 것이 있었다.

"또 없는 곳이오. 어딜 가도 금성 같은 곳은 없을 테요. 어느 방향으로 서도 금과 유리와 다른 귀한 것들로 조각한 땅 같지요."

"정말 그렇게 사방이 금입니까?"

"과장은 얼마간 있겠지만……"

자은은 자신이 말한 금이 꼭 금을 가리키기보다는 완벽하게 들어앉은 도시 위로 내리는 햇빛까지도 포함한다고 덧붙일 새가 없었다.

"만덕아!"

"가봐야겠네요."

선장이 젊은 선원을 재촉하자, 선원은 급한 기색을 꾸미지도 않고 느긋하고 큰 보폭으로 멀어져갔다.

"걸음 좀 봐라. 요즘 어린것들은 제대로 된 녀석들이 없다니까. 저 녀석이 공자를 귀찮게 하던가요? 이런 배는 처음 타는 놈이라 제가 길을 들일 새가 없었습니다."

선장의 우려 담긴 인사에 자은은 고개를 저으며 아니라고 대답했다. 바다를 수십 번 넘게 건넌 선장이라고 들었다. 땅에서 지내는 사람들은 읽을 수 없을 하늘의 지도와 바람의 기색을 읽을 수 있는 이가 아닐까, 자은은 선장의 소탈한 얼굴 뒤에 숨은 것들을 엿보고 싶었다. 여전히 호기심만은 남아 있다는 것이 스스로도 신기했다. 선장과 선원들이 알려진 것보다 더 뛰어난 이들이길 바라는 마음도 있었다. 그간의 고생을 한 후 그저 바다에 삼켜진다면…… 난파와 조난의 소식은 끊이지 않았고 어떤 배들은 그마저도 남기지 못했다. 어디서 삼켜졌는지도 모르게 삼켜지면 해변에 밀려오는 잔해도 없었다. 자은은 충분히 일어날 수 있는 재난을 생각하지 않으려고 다른 손님들이 배에 오르는 걸 보았다. 주로 상인들이었다. 황마와 삼, 비단, 차와 약재, 서화와 도자기 등이 여기저기에 균형을 고려해 쌓이는 걸 지켜보는 재미가 있었다. 자은의 곁에도 세 사람의 상인이 자리를 잡고 각자의 거래 경험을 삼한 말에 대국 말을 섞어 늘어놓기 시작했는데, 배가 출발하기를 기다리면서 하는 이야기일 뿐 중요한 내용은 하나도 없음을 서로 알고 있는 듯했다.

위세가 대단한 상인 한 사람이 부인과 딸을 데리고 배에 올랐다. 가족을 대동한 것이 눈에 띄기도 했지만, 다루는 물건이 귀한 것인 듯 짐을 간수하는 모습이 무척 예민해 보였다. 경직된 자세로 여러 번 주변을 살피는 얼굴에 날카로움이 느껴졌다.

"저 친구는 장신구래."

"그래? 아는 자야?"

"아니, 아까 잠깐 말을 섞어보려 했는데 저쪽은 원하지 않는 것 같더라고."

들리는 말을 들으며 장신구 상인의 부인과 딸을 살폈지만 딱히 치장을 하지 않은 채였다. 물건을 선보이고자 이것저것 달아줄 만도 한데…… 저쪽도 도둑을 경계하는지 몰랐다. 아닌 게 아니라 장신구 상인은 상당히 날선 상태로 보였고, 부인과 딸을 곧바로 갑판 아래로 내려보냈다. 남자들이 뱃집에 머물 걸 고려해 내려보내는 모양이었다. 하지만 출발도 전에? 전혀 쾌적하지 않을 텐데, 하고 자은은 여인들을 가볍게 걱정했다.

마지막으로 아슬아슬하게 배에 오른 건, 웃는 얼굴의 남자였다. 위험한 항해를 앞두고도 그리 신나나, 희한한 이구나 싶어 자세히 보니 정말로 웃고 있다기보다는 눈꼬리와 입꼬리가 묘하게 그런 모양이었다. 적절하지 못한 순간에는 오해를 받기 십상일 듯했다. 웃는 얼굴의 남자는 갑판 위를 쓱 둘러보더니 하필 자은 쪽을 향해 다가왔다. 남자의 옷과 신발, 짐의 남루함은 자은보다도 심해서 곧 먼지가 되어도 이상하지 않을 정도였다. 뱃삯은 어떻게 냈는지 궁금했다. 남자는 남자대로 싱글거리는 눈으로 자은을 살피고는 신기하다는 듯 웃었다.

"아니, 유학생이 왜 높으신 분들이 탄 본선에 함께 타지 못했소? 본선에 타서 얼굴을 디밀고 앞길을 도모해야 하는 것 아니오?"

초면에 자은이 속상해하고 있던 부분을 들추는 인간이었다. 바로 옆에 정박한 본선은 백 명 넘게 탈 수 있는 크고 근사한 배였지만 거기 자은의 자리는 없었다. 자은의 싫은 기색에도 아랑곳없이 가까이에 털썩 앉은 남자의 짐에서 무언가 쩔그렁거리는 소리가 났다.

"……내가 유학생이란 건 어떻게 알았소?"

"승려는 척 보기에도 아니고, 뱃사람이라기엔 몸이 너무 작고, 상인이라기엔 짐이 너무 적고, 손가락은 붓을 너무 쥐어 비틀어져서?"

따지고 보면 그리 알기 어려운 사실은 아니었다.

"이쪽은 좁으니 다른 곳으로 가시오."

자은은 남자가 꺼져줬으면 했지만 그는 그럴 기미가 없었다.

"같은 유학생끼리 갑시다. 나는 목인곤이라고 합니다."

남자 쪽도 유학생이라는 말에 자은은 반응을 보이고 말았다.

"그쪽 손은 붓을 많이 쥐었던 듯하지 않은데?"

자은이 인곤의 유난히 손톱이 크고 둥근 손을 보며 말했다.

"붓은 관심이 없었지. 누반박사가 되려고 했거든. 돌과 철을 다루는 법을 전부 배워 오라고 겨우 제 얼굴이나 씻을 나이에 이쪽으로 보내졌는데, 그새 나라가 망해버렸네?"

인곤이 자조적으로 하는 말에 자은은 그가 백제 출신임을 알았다. 목씨 성이 그러고 보니 그쪽 성이었던 것도 기억해냈다. 어디까지가 진담인지는 몰라도 그의 손은 확실히 재주가 좋아 보였다. 탑을 세울 기술이 있단 말인가? 그런 귀한 기술을 가지고 왜 삼한으로 돌아가는 것일까?

"탑이란 것 말이야. 내가 세울 줄 안다고 세울 수 있는 게 아니더라, 깨달았지 뭐요. 절을 지을 때 나를 기용해줄 뒷배가 있어야지. 여기서 그 뒷배를 찾지 못했소. 삼한으로 돌아가면 찾을 수 있을까 하고."

자은의 속내를 읽은 것처럼 목인곤이 덧붙여 털어놓았다.

"어린 시절 떠났다니, 떠나온 땅이 기억이나 나오?"

"거의 나지 않소. 나를 기다리거나 내가 찾아야 할 사람도 없고. 친척을 마주친다 해도 피차 못 알아보겠지."

돌아가야 할 이유도, 심지어 나라도 없는데 돌아가다니 어떤 의미로는 대단했다.

"바다에 빠져 죽는 것은 두렵지 않소? 나랏일을 맡은 사신들도 못 돌아갈 각오로 오가는 길인 것을."

"바다가 두려워서 그렇게 얼굴이 질렸소? 그렇다면 가는 길 내내, 서로 등을 지켜주기로 하면 어떻소?"

"흥, 필요 없소."

자은은 인곤이 들러붙을까 고개를 저었다.

"해적이 나타날 수도 있고."

"재수 없는 소리."

나팔소리가 신호였다. 사백여 명이 다섯 척의 배에 나누어 탄 채, 한날한시에 출항하여 바다를 건너기 시작했다. 먼바다로 나아가서 이 배 저 배가 앞서거니 뒤서거니 할 때에도 자은이 탄 배는 선두를 차지하는 적 없이 본선의 오른편에서 나란히 나아갔다. 충직한 신하처럼, 말을 따라 달리는 개처럼. 두 개의 돛으로 역풍도 이용할 수 있다고 들었지만, 순풍을 더 많이 만나기를 바랐다.

넷째 되는 날, 자은은 저녁에 잠들어 한밤중에 깼다. 객들로 가득한 뱃집이 답답해 문가에 잠깐 기대 있으려다 그대로 잠든 모양이었다. 천 리 항해의 객이란 하는 일 없이 혼곤할 뿐이었다. 바다 한가운데에서 눈을 뜨니, 갑자기 자신이 누구인지 기억이 나지 않았다. 죽은 자가 관 속에서 몇 년 만에 눈을 뜨면 같은 기분일까? 막막함에 울음이 복받쳐올랐지만 꾹 눌렀다. 눈치를 주어도 내내 곁을 떠나지 않은 목인곤은 세상에서 제일 푹신하고 편한 곳에서 자는 것처럼 잠들어 있었다. 꼴사납게 울음을 터뜨려 원하지 않았던 동행을 깨우고 싶지 않왔다.

받아둔 물을 아껴 천천히 넘기고 있을 때, 어디선가 희미하게 우는 소리가 들렸다. 자은은 자기도 모르게 울고 있었나 얼른 뺨을 만져보았다. 그간 꽉 붙잡고 있던 것을 놓아버려 울면서 우는 줄도 모른다면 큰일이다…… 하지만 그것은 갑판 아래에서 들리는 소리였다. 여자의 울음소리라면 짐작 가는 데가 있었다. 무릎걸음으로 조용히 울음소리를 따라가자, 들창 틈으로 엎드려 울고 있는 장신구 상인의 딸이 보였다. 달빛만으로는 확실치 않았지만 울고 있는 여자가 잠든 자기 어머니와 탄탄한 천으로 묶여 있는 것처럼 보였다. 팔목과 팔목이 친친 감겨 있었다. 안전을 위한 조치인가? 이 배는 거친 이들로 가득한데다 다른 염려할 만한 부분도 많겠지만, 비상시에는 팔이 풀려 있는 편이 더 나은 선택일 것 같았다. 저렇게 묶여서는 두 사람 다 방어하기 어려울 듯했다. 방어는커녕 요강까지 가려고 해도 다른 한쪽을 깨우고 말 텐데, 이해하기 어려웠다. 울던 여자가 고개를 들고 눈가를 닦았으므로 자은은 얼른 들창에서 물러났다.

다시 잠들고 싶었지만 잠들 수가 없었다. 자는 듯 누워 있기만 했는데 아침이 되자 목인곤이 자은의 무릎을 조심히 흔들었다.

"아침을 또 거를 거요? 배 위에서 속이 불편한 건 알겠네만,

그걸 감안해도 공자는 너무 적게 먹고 적게 마시오. 그러다 큰 일나오."

"오늘은 거르지 않겠소."

자은이 인곤을 따라 움직이자 인곤이 기뻐했다. 자은의 목적은 먹는 게 아니었다. 묶여 있던 모녀의 모습을 가까이에서 확인하는 것이었다. 밥때만큼은 모녀도 격벽으로 나뉜 갑판 아래에서 올라오곤 했다. 둥글게 모여 앉을 때 자은은 모녀를 잘 살필 수 있는 자리로 사람들을 헤치고 갔다. 선원들이 찐쌀과 절인 찬을 나눠주었다. 자은은 여자들이 음식을 받는 손을 유심히 살폈다. 소매가 길어 묶였던 부분이 보이지 않았다.

"공자, 여인들을 그렇게 뚫어져라 보면 불편해합니다."

여자들의 곁에 있던 장신구 상인이 자은에게, 그리 공격적이지는 않은 투로 주의를 주었다. 자은은 귓불이 달아오르는 것을 느끼며 사과했다.

"미안하오. 나쁜 마음을 품고 쳐다본 것은 아니오. 이런 위험한 바닷길에 처와 자식을 동반하는 것은 본 적이 없어서 그랬소."

여자들은 자은의 사과가 들리지 않는 듯 눈도 맞추지 않았다. 상인이 잘 다듬은 수염을 만지며 고개를 끄덕였다.

"제가 이번을 마지막으로 장사를 접게 되어 함께 삼한 땅으로 돌아가게 되었지요. 조상들이 내내 살았던 땅 근처에서 작게 밭이나 일구며 여생을 보내고 싶어서요. 이 나이가 되면 부귀영화보다 평온한 삶을 찾게 된답니다."

장신구 상인이 그렇게 말하며 딸에게 마른 음식을 더 권하자, 딸 쪽은 억지로 삼키는 듯했다. 자은도 젓가락을 놓았다.

그 밤에도 여인의 울음소리가 들렸으나 이내 작게 철썩 하는 소리와 함께 그쳤다. 때렸다. 때렸음이 틀림없다. 뺨을 철썩 때린 게 아닌가? 자은은 자신이 금방 들은 소리가 그저 배에 부딪는 파돗소리이기를 바랐다. 마음이 쓰였다. 오래 만나지 못한 자매들이 떠올랐기 때문일까? 몇은 이미 세상을 떴을지도 몰랐다. 금성을 떠나지 않은 그들이 세상을 뜨고 자은이 살아 돌아간다면 그것 또한 기이한 일일 터였다.

"좀 먹겠소?"

목인곤이 주섬주섬 무언가를 들고 오며 물었다. 몇 점의 생선살이었다.

"이게 어디서 났소?"

"배 속도가 느려지니, 다들 낚싯대를 꺼내기에 가서 말을 붙여보았지."

"낚시꾼들이란. 나는 됐소."

"공자, 거의 투명해지고 있소."

"그게 무슨 소리요?"

"귀신처럼 뒤가 비칠 것 같단 말이오. 그대로 굶다가는 마전도의 귀신 같은 게 되고 말겠소. 혹은 고사도나 득물도일지 모르지."

그 섬 이름들은 자은에게도 익숙했다. 항로에 놓인 기착지들이었다. 물이 떨어지거나 태풍을 만나거나 배를 갑자기 고쳐야 할 때 들렀다. 제물을 바치기도 하고 죽은 자를 묻기도 하는 바다 위의 물수제비 흔적 같은 점들. 육지가 그리워 그 섬들이라도 보면 속이 트일 것 같았다.

"언제 닿는다 하오? 마전도에."

"바람이 돕는다면 이틀이면 닿는다 하더이다."

자은이 고개를 끄덕이고 눈을 감았다. 인곤은 그 표정이 이틀 동안 내버려둬달라는 표정이라는 걸 알았지만 그 뜻을 따를 생각은 없었다.

바람은 인심 쓰듯 다시 돛을 뒤에서 밀어주었다.

"유채 기름이 기록과 맞지 않게 크게 줄었습니다."

"아니, 날짜보다 넉넉히 가져왔는데 그것이 말이 되는가?"

선장과 선장의 수하가 아침부터 인상을 잔뜩 찌푸리며 나누는 이야기에 자은은 그거 아마 낚시꾼들이 밤에 써버렸을 거요, 하고 말해주고 싶었지만 꾹 참았다.

정오쯤, 북쪽에서 배 두 척이 나타났다. 한쪽이 약간 더 크긴 했지만 가볍고 빠른 종류의 배였다. 인곤은 그 배들을 자세히 보기 위해 자칫하다간 떨어질 만큼 몸을 내밀었다.

"그런다고 보이겠소?"

"오합지졸들인지, 제대로 된 군사들인지 보고 싶어서 그러오."

"보면 아오?"

선장 쪽이 심각히 손짓을 하자, 나팔수가 나팔을 길고 짧게 불어 옆 배들에 신호를 보냈다. 선단의 다른 배들에서도 답신이 있었다.

"자, 모두 무기를 꺼내!"

손이 남는 선원들과, 목패를 던지며 시간을 보내던 상인들의 호위병들이 대수롭지 않게 각자의 무기를 꺼내 높이 쳐들었다. 자은은 새삼 배에 얼마나 무기가 많았는지 깨달았다. 커다란 활이나 석궁을 꺼내는 이도 십수 명은 되었다. 누군가 남는 날붙이 하나를 자은에게 내밀어 자은도 그것을 쥐고 따라 했다. 함께 높이 무기를 들고 슬쩍슬쩍 흔들어 햇빛에 날들이 번쩍이게 했다. 옆 배, 옆옆 배에서도 마찬가지였다.

"이쪽 선단이 커서 다행이로군."

목인곤이 중얼거렸다.

"역시 해적일 것 같소?"

"모르긴 몰라도 세를 과시해놓아서 나쁠 건 없겠지."

배들은 나타났을 때처럼 슬며시 수평선 너머로 사라졌다.

거리를 두고 따라오며 계속 도사릴 수는 있겠지만, 그때 가서 살피면 될 일이었다.

칼을 돌려주고 나서, 손에 남은 묵직하고 거친 감각을 곱씹고 있을 때 인곤이 또 말을 걸었다.

"공자는 칼이 낯설어 보이지도 않고 익숙해 보이지도 않는군."

"칼이 한 자루 있었는데, 팔아먹었소."

처음부터 칼의 주인은 자신이 아니었다. 애착 없이 팔 수 있었던 물건이었다.

"낭도 같은 거였소? 막 돌진하고 그랬소? 얼굴을 보니 낭도였을 것 같은데? 유명한 화랑을 따랐소? 나도 들으면 알 만한?"

대답할 수 없는 질문이었다.

"과거에 대해 입을 다물어야 하는 건 내 쪽 아니오? 신라인은 이제 무얼 말해도 자랑인 것을, 공자는 왜 그리 과묵하오? 망한 나라 사람을 조금쯤 놀려도 나는 받아줄 수 있소. 심심한데 얘기 좀 해보시오. 전쟁이 무서워 도망친 거요?"

"시끄럽소."

황급히 떠나오긴 했지만 그것은 도망보다 훨씬 복잡한 사정이었다. 해가 지고 밤안개가 피어오르자, 심술궂은 신선이 팔꿈치로 뭉개놓은 듯 하늘과 바다의 경계가 사라졌다. 안개를 노려보다가 자은의 마음은 그 밤으로 돌아갔다.

자은이 죽었던 밤.

낭도였나, 낭도가 아니었나.

다섯째인가, 여섯째인가.

자은인가, 미은인가.

이름을 얻은 걸까, 빼앗긴 걸까.

금성을 떠나기까지 몇 년 동안, 집안에 죽음이 휘몰아쳤다. 양친이 연이어 병으로 세상을 뜬 게 시작이었다. 열한 명의 형제자매 중에 첫째와 둘째 오라비는 전투중에 싸우다 죽었다. 그래서 셋째가 첫째 역할을 하게 되었다. 넷째 언니는 아이를 낳다 죽었다. 흔하다면 흔한 일이라 두드러지는 비극은 아니었지만, 장례 다음 장례를 치르다보니 눈물도 말랐다. 가족들이 모이면 부석한 낯으로 어디 가서 불공이라도 드려야 할지 의논하곤 했지만, 그즈음에는 그럴 가산도 부족했다. 혼이 바스러져가는 듯하다고 여기던 중 마지막으로 찾아온 죽음은, 장안으로 유학을 가기로 낙점을 받았던 다섯째 오라비의 것이었다. 출발을 앞두고 급환에 걸려 나흘 만에 속절없이 숨을 거둔 것이다.

황망한 일, 그뿐이어야 했다. 셋째로 태어나 첫째가 된 호은이 머릿속이 상당히 이상한 종자가 아니었더라면 더 일어날 일이 없었다. 호은은 다섯째 자은이 숨을 거둘 때 그 머리맡을 혼자 지키고는 아무도 부르지 않고 여섯째 미은만을 불렀다.

"자은이 죽었다."

호은이 죽은 동생의 머리맡에 서서 말했다. 미은은 잠든 것처럼 보이는 자은의 몸에 손을 대려고 했다. 가장 가까운 오라비였다.

"아니, 만지지 마라. 소리내어 울지도 마. 그러라고 부른 것이 아니다."

남아 있는 줄도 몰랐던 슬픔이 차올라, 호은의 말이 잘 들리지 않았다. 병자의 침상에 드리워두었던 천을 꽉 쥐었다.

"어떻게 이리 사람을 계속 데려가? 어찌 이리 갑자기 죽어?"

원망의 대상도 없이 원망하고 있을 때였다.

"목소리를 죽여라. 너는 이제 자은으로 살아야 하니까."

"뭐?"

"오늘 죽은 것은 너다. 미은이다."

"나라니, 그게 무슨 소리야?"

"너는 자은이 되어 글피에 배를 탄다. 자은 대신 장안에 가 공부를 하고 돌아오너라."

자은의 죽음을 지켜보다가 셋째 오라비가 돌아버린 줄 알았다. 크게 소리쳐 제정신으로 돌아오게 하고 싶었지만 미은은 저도 모르게 소리를 낮추었다.

“그게 무슨 말도 안 되는 이야기야? 그런 술수가 가능할 리 없어.”

호은은 돌아버린 것치고 잠잠한 태도였다.

“얼굴이 꼭 닮았지. 자은이 크지 않았는데 네가 여자치곤 커서 키도 비슷하고. 그렇지만 키 같은 건 상관없어. 머리가 비슷하게 좋은 것이 너뿐이다. 다른 동생들은 나이도 어릴뿐더러 너처럼 주머니를 뚫고 나오는 송곳이 아니다. 어머니가 자은과 너를 낳으셨을 때 무엇을 달리 하셨는지……”

“웃기지 마. 꾸며낼 것 없이 오라비가 직접 가. 그럼 되잖아?”

“집안은 누가 돌보라고? 그러지 않아도 아슬아슬한 형편인데. 그리 대단히 꾸며내는 것도 아니다. 조용했던 자은을 아는 이는 적고, 너는 더더욱 그림자 아래 있지. 자은이 타기로 했던 배를 타라. 이미 치른 값은 돌려받을 수 없고 네가 완벽히 자은이 되어 돌아와야 이 죽어 망해가는 집안을 일으킬 일편의 방도라도 남는다.”

“여인의 몸으로 그 멀리 갔다가 들켜서 죽어버리란 말이야?”

“사람이 죽고 사는 건 여기 있어도, 아무리 한자리에 머물러도 마찬가지다. 우린 이제 그걸 알지 않니?”

셋째는 죽은 다섯째의 시신 너머로 그렇게 말했다.

"우리가 글을 배울 때 스승님은 너는 그만 배워도 된다고 방에서 내보냈지. 그런데 너는 떠나지 않고 창밖에서 귀로 배웠다. 나중에 스승님이 너를 혼내려 불러 모질게 시험해보았을 때 네가 써낸 것이 내가 써낸 것보다 나았다. 나는 그 일을 잊지 않았다. 우리가 진짜 칼을 받았을 때 너는 나무칼을 쥔 채, 네가 쓰이지 않으면 신라가 잃는 것이라고 했지. 자, 내가 네게 쓰일 기회를 주겠다. 너는 이제 어쩔 것이냐?"

셋째의 특장은 도발이었다. 여섯째는 태어나서 셋째를 한 번도 이겨본 적이 없었다. 자신과 꼭 닮은, 그러나 죽음의 색이 짙어져가는 다섯째의 얼굴을 내려다보며 긴 한숨을 쉬었다. 창밖에서 귀로 공부를 쫓아갈 때 몰래 책을 베껴줬던 것은 다섯째였다. 너와 나는 거의 같지, 하고 속삭이면서…… 다섯째에게 빚이 있었다. 다섯째로 살면 다섯째를 살린 것 같을까?

그리하여 병으로 죽은 것은 여섯째 미은이 되었다. 미은은 자기 이름을 묻고 자은이 되었다. 남자 옷을 입고, 한때 낭도였고 글에 밝았던 한 살 위 오빠의 삶을 이어 살기로 했다. 그 결정에 따른 위기들이 없을 리 없었다. 먼길 위에서, 학사에서, 저잣거리에서 하마터면 몇 번이고 험한 일을 당하거나 죽을 뻔했다. 셋째 호은은 가능한 위험들을 깊이 헤아리지 않았을 테고, 더 솔직히는 동생이 죽어 돌아오지 않는다 해도 어쩔 수 없다고 여겼을 것이다. 비정한 주사위놀이를 하듯 멀리 던졌을 뿐이었다. 살이 내리는 바람에, 달거리가 끊기고 몸의 부드러운 구석들이 사라진 것은 들키지 않는 데 도움이 되었다. 돌아가 호은을 만나면 호은은 또 어떤 궤변으로 자신을 대할까? 그때 호은은 자은을 마주한다고 여길까, 미은을 마주한다고 여길까?

먹보랏빛 허공을 바라보고 있자니, 죽은 자들이 가까이 있는 것처럼 느껴졌다. 죽은 자은이 서늘한 손으로 살아 있는 자은의 손등을 두드려주는 것만 같았다. 원래 말이 많은 형제는 아니었다. 우리가 정말로 거의 같았어? 한쪽은 차분했고 한쪽은 나무칼을 쥔 채 외쳤는데 우리가 거의 같을 리가 있었어? 죽은 형제는 대답이 없었다.

그리고 얼마 지나지 않아 그 안개 속에서 죽음을 떠올린 건 자은만이 아니었던 것으로 밝혀졌다.

차갑게 식은 장신구 상인이 발견된 것은 해가 떠오르며 안개가 걷힌 직후였다. 앞쪽 갑판에 쓰러져 있는 그의 목둘레에는 목이 졸린 흔적이 짙게 남아 있었다. 시신을 둘러싸고 선 사람들은 죽은 자를 아연히 내려다보며 같은 생각을 했다.

이자를 죽인 자는 태연한 얼굴로 우리와 함께 서 있을 것이다……

"여자들은 어디 있소?"

자은의 목소리가 떨려 나왔다. 선장이 사람을 갑판 아래로 내려보냈다. 그런데 돌아온 이는 혼자였다.

"여자들이…… 없는데요."

"그 자리에 없다는 거요, 아예 이 배에 없다는 거요?"

급히 수색을 했지만 여자들은 흔적도 없었다. 남자를 죽이고 여자들은 밤바다에 던져버린 것인가? 머릿속에서 피가 다 빠져나가는 것만 같았다.

"본선에 알리겠습니다."

그렇게 말하는 선장의 이마에 주름이 깊었다. 해적이 나타났을 때보다 한층 복잡한 나팔소리가 배들 사이를 오갔다.

"배를 멈춰 세우나요?"

젊은 선원이 선장에게 물었다. 항해중에 사람이 죽는 일은 흔해도 병을 앓거나 격랑 속에 배에서 미끄러지거나 하는 경우지, 목이 졸리는 일은 많지 않을 것이었다.

"마전도에 배를 대기로 했어. 바다 위에서는 뭘 어쩔 수 없지. 안 그래도 본선에 물이 모자란다는군. 물독도 채울 겸 배를 세우라는 명령이야."

선장은 객들에게도 같은 내용을 다시 한번 말해주었다. 마전도가 멀지 않아, 사신단의 누군가가 와서 볼 때까지 시신은 그대로 두기로 했다.

막상 마전도가 눈에 들어왔을 때는 그리 보고 싶었던 뭍인데도 상황이 상황인지라 반가운 마음을 느낄 새가 없었다. 물독을 채워야 하는 선원들만 하선이 허락되었다. 자은의 배에서도 두 사람이 독을 안고 내렸다. 제대로 된 항구가 아니었기 때문에 뗏목과 작은 배가 여러 번 오갔다.

사신단에서는 부사와 판관이 호위 군사를 데리고 이쪽 배로 왔다. 부사는 상황을 무척 마땅찮아하는 얼굴로, 갑판에 올라오자마자 물었다.

"죽은 이는 누군가? 문서는 어디 있나?"

선장이 시신을 뒤졌지만 문서는 몸에 없었다. 선원들이 갑판 아래를 뒤져 찾아낸 것을 어정쩡하게 들고 서 있었다. 판관이 건네받아 읽었다.

"죽은 자의 이름은 예훈, 우이 출신입니다."

"이자의 물건은?"

장신구 상인이 데리고 탄 일꾼들은 낭패감을 숨기지 못한 채 특별히 사라진 물건은 없는 듯하지만, 그 점을 확인해줄 가족들이 없어 말하기 어렵다 했다.

"가족들?"

부사가 눈썹을 올렸다.

"아내와 딸이 함께 승선해 있었는데 보이지 않습니다."

"셋이나 소리 없이 당했다고? 아무도 아무 소리도 듣지 못했나?"

밤새 갑판을 살폈어야 할 불침번은 잔잔한 파돗소리에 그만 잠들어버렸노라고 무릎을 꿇었다. 항해를 맡았던 선원들도 배를 모는 일에만 신경을 쓰느라 평소와 다른 점은 알아채지 못했다고 했다. 짐과 객을 싣기 위해 선원 수를 최소한으로 했을 테니 고되었을 것이다.

"왜 이 시신만 남겼을까?"

목인곤이 곁에서 중얼거렸다.

"마저 바다로 넘겨버리지 않고?"

"그보다 배 위에 무기가 많은데, 말 그대로 손마다 무기인데 왜 하필 목을 졸랐을지는 궁금하지 않소?"

자은도 궁금증이 일었다.

"자네, 설씨 집안의 학생이지?"

부사가 자은을 돌아보며 물었다. 자은은 장안에서부터 사신단과 함께 여행했지만 정사나 부사, 판관과 직접 말을 나눈 적은 없었다.

"예."

"자네 형이 자네가 명석하기 그지없다고 온 서라벌에 그리 말하고 다니던데? 자네 형도 꼴사나운 자지만 머리는 나쁘지 않아 여기저기 불려다니곤 하지."

"예?"

"배가 당은포에 닿기 전에 누가 이자를 죽이고 여자들을 바다에 던졌는지 밝혀내게."

"제가 맡아도 되겠습니까?"

"상인과 상인의 식구일 뿐인걸. 이 정도 일에 내 수하들을 쓰는 것도 과하네."

"혹 제가 죽였으면 어쩌려고 그러십니까?"

자은이 묻자, 부사가 어이없다는 듯 웃었다.

"셋을 소리 없이 죽이려면 셋 이상은 필요한데 자네가 일행 없이 혼자라는 건 내가 장안서부터 봐왔네. 그러니 자넨 아니지. 게다가 그 비쩍 곯은 팔로 저 풍채 좋은 자를 어찌 이겼겠나? 자, 설자은이 묻는 것에 지체 없이 대답하고 필요하다고 하는 건 다 해주게."

부사와 그의 사람들은 그걸로 할일을 마쳤다는 듯 본선으로 돌아가버렸다. 그렇게 살인자를 찾아내는 일이 자은에게 떨어졌다.

배는 곧 마전도를 떠났고, 자은은 선장과 목인곤의 도움을 받아 우이 사람 예훈의 시신을 살폈다.

"우이라면 어디더라?"

"웅진."

"웅진입니다."

자은이 중얼거린 말에, 목인곤과 선장이 동시에 대답했다.

"웅진의 예씨라…… 뭔가 생각날 듯 말 듯한데."

인곤이 찌푸리며 덧붙였다. 찌푸리고 있을 때도 웃는 것처럼 보이는 묘한 관상이었다. 자은은 죽은 자의 목부터 그 아래로 손길을 옮겼다.

"이게 뭐지?"

예훈의 소매 안쪽에서 뭔가 만져졌다. 막대 끝에 둥근 게 달린 단단한 물체가 꿰매어 봉해져 있었다.

"죽인 자가 가져가지 않았으니 별 상관없는 물건인지 몰라도 뜯어봐야겠소."

선장이 작은 칼을 건넸고, 다시 소용을 다할 옷도 아니기에 자은은 대범하게 뜯었다. 손을 넣어 잡았을 때부터 보통 물건이 아니다 싶었는데, 꺼내어보니 진주 머리장식이었다. 둥글고 흠 없는 진주는 자은이 살면서 봐온 중 가장 커다란 것이었고, 구경하던 여럿이 동시에 숨 삼키는 소리를 낼 정도였다.

"이런 머리장식은 왕비의 머리에서나 볼 수 있겠는데?"

떨어뜨리기라도 할까 손이 떨렸는데 인곤이 손을 내밀기에 넘겨주었다.

"백제의 세공이야."

인곤은 흘낏 보더니 확언했다.

"어떻게 바로 아오?"

"당초무늬가 구름을 닮은데다, 여기 진주를 물고 있는 쥠쇠 부분이 정교한 것이 백제만 이렇게 할 수 있지."

"요즘은 어디서든 다 잘 만드는 것을."

"말도 안 되는 소리. 신라가 따라오려면 백 년은 멀었어. 백제가 망한 나라긴 해도 물건 하나는 최고로 만들었지."

다소 오만한 발언이었지만, 누반박사가 되려고 했었다니 참작해서 들어야겠다고 자은은 생각했다.

"이거, 값이 꽤 나가겠는데요? 시장에서 사고팔 만한 물건도 아니지만 말입니다."

선장이 말했다.

"이 정도 거대한 진주의 값을 치를 수 있는 건…… 왕경에서도 한 손에 들지 않을까?"

"그 정도인가?"

인곤이 묻자 자은은 고개를 끄덕였다. 소매를 꿰매 숨길 만큼 귀한 물건이었다. 달 같은 진주를 두고 갔다면 살인자의 목적은 재물이 아니라고 봐도 좋을 듯했다. 지금으로서는 알 수 없는 무언가를 가져갔을 수는 있겠지만, 그렇다면 그리 값나가는 물건은 아닐 것이다. 동행한 일꾼들이 사라진 게 없다고 거짓말을 했을 가능성도 없지는 않으나 도망갈 곳도 없고 곧바로 의심을 사기 쉬운데 그랬을 것 같지 않았다. 진주 머리장식 외에 몸에서 다른 물건은 발견되지 않았다. 속으로 사과하며 옷을 벗겨보자, 몸의 앞면에는 시반이 보였고 뒷면에는 그것과 별개로 둥근 멍이 있었다. 뒤에서 올라타 목을 조르며 무릎이나 발로 누른 모양이었다. 땅 위에서라면 옷에 신발 자국이 났을지 모르는데 아쉽게도 해상생활 며칠 만에 흙먼지는 모두 날아가고 누구의 발자국도 남지 않게 되었다. 인곤이 죽은 자의 손가락을 만져보았다.

"손가락까지 굳었으니 한밤중에 죽은 것이 틀림없어."

"일단 두고 갑판 아래로 내려가지."

짐들을 하나하나 뒤지자, 진주 머리장식만큼은 아니지만 정교하게 세공된 장신구들이 쏟아져나왔다. 금정과 은정도 궤짝으로 나왔다.

"이자의 목적은 뭐였던 걸까? 금성을 통째로 살 생각이었나?"

기가 질리는 부유함이었다.

"한 번의 항해에 이렇듯 전 재산을 걸다니…… 너무 위험하지 않은가?"

"여러 배에 나누어 보내기도 불안하긴 했겠지. 주변에 믿을 사람이 없었나보군."

어느새 자은과 인곤은 서로 말을 놓고 있었다. 누명을 쓸까 두려워 다른 이들은 물러나 있기만 했는데 인곤은 그러지 않았다. 더 잃을 게 없는 자의 가벼움일지도 모르겠다고 자은은 생각했다.

부유한 상인이 죽고 그 가족은 바다 한가운데에서 사라졌다. 보화는 고스란히 남아 있다.

"당은포까지 얼마나 걸릴 것 같나?"

"듣기로는 길어야 사흘이라던데."

자은은 입술을 깨물었고, 인곤은 손거스러미를 뜯었다. 서로가 그러는 모습을 보았지만 모르는 척했다.

죽은 자를 똑바로 눕히고 간단히 봉해두었을 때 심각한 얼굴로 모여 이야기를 나누던 황마 상인, 비단 상인, 약재 상인이 자은에게 다가와 말을 걸었다.

"우린 그 사람, 지금까지 본 적이 없습니다."

자은은 무슨 말인가 싶어 약재 상인을 바라보았다.

"바다를 건너는 배는 그리 많지 않아요. 노련한 배가 있고 미친 배가 있고……"

"아니, 잠깐, 그럼 난 어느 쪽이야?"

선장이 끼어들었다.

"그쪽은 둘 다에 속하지."

"미치기만 한 것보다는 낫군."

선장은 쉽게 물러섰다.

"어쨌든 저 정도 물건을 다루는 자를 지금껏 우리 셋 중 누구도 마주치지 않았다는 것은 이상합니다."

"몇 대 되지 않는 배가, 주로 사신단의 일정에 맞추어 움직이는데 말입니다. 따로 움직일 때도 아주 없는 것은 아니지만, 수년간 이 일을 해왔다면 당연히 한 번쯤은 마주쳤어야 해요."

"게다가 그 사람……"

비단 상인이 자신도 이해가 되지 않는다는 듯 생각에 잠겨 말했다.

"금성의 큰 시장, 동시東市에 대해 말할 때 완전히 틀렸어요. 상인이 금성을 드나들었는데 동시를 모른다? 그럴 수는 없지요."

"우리랑 이야기하다가 들통났지."

"들통났다는 걸 깨달았는지 곧 입을 꾹 다물고 어울리지 않더군요."

"직접 가본 게 아니라 전해들은 이야기로 대충 알고 있었던 것 같아요."

자은은 세 사람이 그렇게 느꼈다면 정말로 그랬으리라, 고개를 끄덕이고 알려준 것에 감사를 표했다.

"상인이 아닌가? 문서도 거짓으로 꾸민 걸까?"

자은이 다시 예훈의 문서를 펼쳤다.

"만약 그랬다면 위험한 짓이었을 겁니다."

선장이 말했다.

"들켰다가는 목이 베일 텐데요. 특히나 사신단과 함께 움직이면서 그런 짓을 하면 구렁텅이에 제 발로 달려드는 거죠."

그거야 자은이 장안에 들 때도 마찬가지였다. 문서를 목숨처럼 품었다. 혹 젖을까 해질까 몇 겹으로 감싸서 늘 손 닿는 곳에 두었다. 문서가 기능한다는 것은 곧 나라가 기능한다는 것과 같은 뜻이었다.

"단순히 금성에 발을 딛는 거라면 지어내고 꾸며낸 빙憑으로도 어찌저찌 가능할 일이지만, 이렇게 성 하나는 사고도 족히 남을 보화를 가지고 그게 목적일 리는 없지 않나?"

인곤이 자은과 추측을 나누었다.

"성 하나를 살 수 있을 보화…… 성은 살 수 없지만 그에 버금가는 것은 살 수 있겠지."

자은에게 떠오르는 것이 있었다.

"뭐가 있소, 그런 게?"

"관직."

"에이, 신라의 오래된 가문들도 넘쳐나는데."

"왕경의 관직은 무리더라도, 옛 기반인 웅진 쪽을 노렸다면 가능했을 거요. 특히 이런 시절엔 사람이 늘 모자라고."

"이런 시절?"

"뭐라 해야 하나, 나라의 틀을 새로 짜 다지는 시절?"

"아, 그런 시절인가? 내 쪽은 전해들은 게 없다보니…… 죽은 자가 사려 했던 게 관직이라면, 문서는 진짜여야겠군."

인곤이 끄덕였다.

"바다 위에서는 알 수 없으니, 일단은 그렇다 하고 다음을 살핍세."

자은과 인곤은 함께 생각의 고리를 짚어보고 있었다. 두 사람은 동시에, 각자 서로를 평가하고 있다는 걸 깨달았다.

꿈속에서 부르던 노래가 깨어나는 순간에도 입술에 남아 이어질 때가 있다. 어쩌면 그 노래를 놓치지 않기 위해 잠이 물러난 걸지도 모르지만, 그날 새벽 자은이 깨어날 때가 그랬다. 단번에 눈을 떴고, 입술은 가사를 기억하며 달싹이고 있었다.

"달 같은 진주를 네 머리에 꽂았다 내 머리에 꽂았다……"

그러자 먼저 일어난 인곤이 바로 뒷부분을 받아 불렀다.

"삼백 궁녀의 머리에 보름달이 떴다 졌다 하였네."

"자네는 노래 전체를 아는가? 나는 한두 구절밖에 알지 못하네."

백제인에게 그 쓸쓸한 노래에 대해 묻는 것은 편한 일이 아니었다. 자은은 인곤의 얼굴에 그림자가 스치는지 보고 싶었지만 새벽빛이 어두웠다.

"짧은 노래네. 어린 아이들도 외울 수 있을 정도로."

인곤이 처음부터 끝까지 불러주었다.

현인이 아직 이 땅에 계셨을 때
우리가 아직 어렸을 때
용왕이 보낸 빛나는 보물
금 구름으로 귀히 받쳐
노래가 뛰어난 이에게 주겠다
춤이 최고인 이에게 주겠다
차라리 우리를 슬퍼하며 기릴 이에게 주시지요
저이가 좋겠네 어리고 여린 이
달 같은 진주를 네 머리에 꽂았다 내 머리에 꽂았다
삼백 궁녀의 머리에 보름달이 떴다 졌다 하였네

노래를 잘했는지 못했는지는 확인할 길이 없었다. 듣기 나쁘지는 않았다. 가사로 언제쯤 지어졌을지 추측할 수 있었다. 거의 삼십 년을 살아남은 노래였다.

"삼백이라니, 말도 안 되는 소리."

자은이 작게 코웃음을 쳤다.

"삼백이든 삼천이든 입에 붙는 숫자지. 어쨌든, 오늘 발견한 진주가 노래 속의 그 진주일까?"

인곤은 자은보다 노래 가사에 관대했다. 이어진 물음은 자은의 것이기도 했다.

"우이의 예씨라면, 아예 불가능한 일도 아니지."

자은의 말에 인곤이 고개를 끄덕였다.

"자네도 기억해냈군."

"백제의 마지막 왕을 소정방에게 넘긴 것은 예군, 예식진 형제였지."

"그 형제가 이후 어떻게 되었는지 알고 있나?"

솔직히 자은에겐 관심 밖이었다. 인곤은 들은 소문에 대한 불명확한 기억을 짚어나갔다.

"백제 출신들 사이에선 말들이 떠돌았지. 형제 모두 승승장구해서 당의 조정에서 장군직을 받았나, 뭐 그랬을 텐데. 형인 예군 쪽은 아마 사신으로 왜에도 갔을걸."

"아직 살아 있을까?"

"죽었을 나이 아닌가?"

"나이로 가늠하면 예훈은 그들의 손아래 형제일까, 자식일까?"

"조카나 사촌, 그보다 더 먼 친척일 수도 있지. 영달을 노렸던 것만큼은 그 집안 사람답군."

"영달을 노렸다……?"

자은은 질문만 사슬처럼 늘어지고 있다고 느꼈다.

"왜 당에서 벼슬할 생각을 접고 돌아가려 했을까? 가봐야 제대로 뜻을 펼칠 수 있을 리 없는데?"

"요즘 장안 정국도 심상치 않잖나. 흑치상지도 곧 아슬아슬해질 거라는 소문이 있어. 삼한 출신들, 당에 자리잡았다 해도 기반이 흔들리기 쉽지."

"공로의 기억이 희미해지자마자…… 그런 흐름을 읽고 돌아가려 했다? 미안하게 되었지만 백제 출신들을 다 살펴봐야 할 것 같네. 자네를 포함하여."

"왜?"

"만약에 보화를 훔칠 셈이었다면 배에 타기 전에 훔쳤을 거야. 아니면 배에서 내린 다음이나."

"그거야 그렇지."

"예훈을 마음먹고 죽이려고 했어도 육지에서가 훨씬 쉬웠을 테고."

"그것도 그렇지."

"계획한 게 아니었다면? 우연히 같은 배에 탔는데 얼굴을 알아본 거야. 죽이려던 게 아니라 그저 시비를 걸려다가 잘못된 건지도 몰라. 네놈 집안 때문에 나라가 망했다, 내 가족 누구가 웅진성에서 죽었다, 너만 배가 부르게 잘살았구나…… 한 대 쳐주려다가 일이 과해져버린 거지."

"배에 널린 칼로 치지 않은 건 그리 설명할 수 있겠군."

그렇게 말하면서도 인곤은 별로 납득하는 눈치가 아니었다.

선원들과 객들 중에 백제 출신은 열여섯 명이었다. 그중에 예씨 집안 사람을 알아볼 만큼 나이가 있는 사람은 폭을 넓혀 추려도 일곱이었다. 따로따로 뱃집으로 불러 추궁해보았지만, 격하게든 심드렁하게든 믿을 만한 태도로 살인은 저지르지 않았다고 부정했다.

"아니, 대체 왜 아직까지 앙심을 품고 있겠습니까? 젊은 시절 전쟁에 끌려나가긴 했지만, 그저 집에 가고 싶어하는 졸이었습니다."

"죽은 자요? 태어나 처음 보는 자예요. 설령 과거에 마주쳤다 해도 먹고사는 게 바빠 누구 얼굴을 외울 만큼 한가하지 않았습니다."

"대대로 당은포 근처 사람인데 그 부근은 나라가 계속 바뀌지 않았소? 결국 내 나라는 뭍이 아니라 바다라 여기며 산다오."

웅진 출신은 아무도 없었다. 자은은 일곱 명에게 더 캐물을 실마리를 찾지 못했다.

"어쩌면 나라나 출신지와 전혀 상관없는 일일 수도 있네."

목인곤은 내심 그러길 바란다는 듯 말했다.

"그럼?"

"술을 먹고 우발적으로 일어난 주먹다짐이었을 수도 있지. 엎치락뒤치락 때리다가 목을 콱 졸라버린 거라면?"

"그랬으면 시끄러웠겠지. 선장이 애초에 술은 얼마 못 싣게 했는데…… 그런 유의 일이었으면 여자들은 왜 없앴나? 갑판에서 예훈을 죽인 다음, 여자들을 갑판 아래에서 끌어냈다고? 그 와중에 아무도 잠에서 깨지 않았고?"

"자네, 그 딸 쪽을 아직도 생각하고 있지? 내내 그렇게 쳐다보더니만."

인곤이 자은의 심중을 꿰뚫었다. 자은은 서로 묶여 있던 모녀를 잊을 수 없었다. 안개 낀 밤에 바다에 던져졌다면 얼마나 무서웠을까? 맞서기는 어려웠다 해도, 왜 소리를 내지 않았을까? 둘 다 그 시점에 이미 혼절한 상태였단 말인가? 예훈처럼 목이 졸려 죽어 있었나?

"배를 돌려 시신이라도 찾을 수 있었다면 좋았겠지만, 되살릴 순 없으니 무슨 소용이 있겠나. 마음 무겁게 생각하지 말게."

그렇게 말하는 인곤의 뒤로 선장이 지나갔다. 육지에서 걷는 것처럼 편안한 걸음걸이였다. 자은은 선장을 쫓아갔다.

"이 배에서 빠져나갈 방법은 없겠소?"

선장이 이해할 수 없다는 듯 자은을 바라보았다. 자은이 얼른 설명했다.

"섬에 배를 대었을 때 썼던 뗏목이나 작은 배를 이용한다면, 몰래 선단의 다른 배로 갈 수도 있지 않을까 하여……"

설명을 듣던 선장의 입이 떡 벌어졌다.

"아이구, 그게 될 리 있겠습니까? 물론 그날 밤 바람은 없다시피 했지만 멈춰 있는 배와 해변을 오가는 것과는 아예 다른 이야기죠. 망망대해에서 움직이는 배 사이를요?"

"노를 무척 잘 젓는 뱃사람이라면?"

"건장한 뱃사람이 죽어라 젓는다면…… 아이, 그래도 그렇지. 없어진 뗏목도 없잖습니까? 공자, 영 엉뚱한 방향으로 궁리하고 있는 거 아닌지요?"

"노를 젓는 게 무리였다면…… 밧줄은? 선장, 내가 이 배의 밧줄들을 좀 봐도 되겠소?"

자은은 배에 있는 모든 밧줄의 길이를 재기 시작했다. 그런 다음, 종이와 붓을 들고 그날 새벽 잠시라도 깨어 있었던 사람들에게 물어 다른 배들의 위치를 그리기 시작했다.

"사라진 여자들이 죽였다고 생각하는 건가? 죽이고 다른 배로 도망쳐 숨었다고?"

목인곤이 자은의 어깨 너머로 종이를 들여다보며 물어왔다.

"괜히 한번 짚어보는 것뿐일세. 짚어보지 않을 수는 없어서."

"처음 보고는 미려하지만 차가운 얼굴이라 생각했건만, 그렇지 않은 구석이 있구먼."

인곤이 그렇게 말하며 자은이 휘갈겨둔 것들을 살폈다.

"대충 써도 명필이네. 흠, 출발 때부터 그랬지만 본선이 가장 가까웠군그래? 사람들의 기억이 정확한가?"

"내 기억도 마찬가지네만, 자네도 떠올려보게."

"음, 그래. 항상 우리 배의 왼편이었지."

"사람이 죽고 나선 나쁜 게 옮을까 저어하는 듯 저만치 앞서가고 있지만 말이야."

자은은 그전과 배의 배치가 바뀐 것이 어쩐지 신경쓰였다.

"저 배까지는 밧줄을 어찌 던졌으리라 헤아리는 건가? 아니, 대답하지 말게. 내가 맞혀보지."

눈을 이리저리 굴리는 인곤을 보며, 자은은 기다려주었다.

"아, 신라인들이 좋아하는 그 커다란 활과 석궁, 그것들을 이용했다고 하고 싶은 건가? 굵은 화살 가운데 줄을 묶어서?"

자은은 고개를 끄덕였다.

"그럼 한번 해보게."

"뭐?"

"쏴달라고 부탁하지. 다들 그거라도 하고 싶어할걸. 배에 수상한 자가 있는 게 찜찜할 때 뭐라도 하고 싶지 않겠어?"

"하지만 재어보니 밧줄 길이가 모자라."

"그래도 직접 보면 생각나는 것들이 있을 테고."

인곤의 말이 맞았다. 활과 석궁을 가진 이들은 흔쾌히 자은의 말을 따라주었다. 화살만 날리면 다른 배까지 닿을 거리를 갔지만, 밧줄은 역시 짧았다. 한쪽 끝을 이쪽에 남겨두고 반대쪽 끝을 다른 배에 고정하기란 불가능해 보였다. 굳이 해보다가 밧줄 하나를 잃어버려 선장의 눈총을 샀다.

"아무래도 아닌 듯싶네."

자은은 한숨을 쉬며 종이를 그냥 접어버렸다.

"아주 접진 말게. 무리한 이야기인 듯해도 한편으로는 일리가 있으니까. 일을 저지른 자가 여인 둘이라면 예훈의 시신도 배 밖으로 던져버렸을 것이네. 그런데 한 사람이라면 상황이 달라지지. 제 힘으로 넘길 수 있는 여자 시신은 바다로 던져버리고, 무거운 남자 시신은 갑판에 남겨둔 게 설명이 되네."

"여자 둘이 한 패가 아니었다……"

"왜? 또 무언가 있나?"

자은은 두 여자의 손목이 묶여 있던 모습을 보았다고 인곤에게 털어놓았다.

"딸이 아니었던 걸까?"

"제 배로 나은 자식에게도 잔혹한 인간들이 많지만, 상황상 아니었을 듯하군. 어쩌면, 납치일 수도 있겠어."

"뜻에 반하여 끌고 가는 것이었다면, 진주 머리장식과 마찬가지일 수도 있을까?"

자은이 말하자, 인곤의 웃는 눈이 크게 떠졌다.

"백제의 왕에게서 빼돌려졌다고? 그때의 궁녀가 살아 있었다면 쉰이나 환갑일 거야."

"그 얘기가 아니야. 궁녀 중 한 명이 아이를 가지고 있었다면? 예가에서 몰래 키워졌고 신라의 누군가에게 바쳐지기 위해 끌려가는 길이었다면?"

"아아, 사라진 나라 왕의 피가 흐르는 첩이라, 그건……"

"진상품 중의 진상품이지."

인곤이 마치지 못한 말을 자은이 마쳤다. 이야기가 붙어 있는 여자를 풍류로 여기는 징그러운 이들이 금성에도 한가득일 것이었다.

"그 딸 아닌 딸 쪽이 예훈과 그 아내인지 뭔지 모를 여자를 죽여버리고, 자신은 몸을 던져 자결했다?"

"투신으로 끝내는 것도 벗어나는 것이려나…… 여기서 멈추지. 아무리 생각해도 여인이 동시에 두 사람을 상대할 수 있었을 리 없어."

"동시가 아니었나보지. 먼저 어미인 척하던 여자를 해치우고, 예훈을 해치운 거야. 손목을 묶었던 바로 그 끈으로 목을 조른 거지. 몰래 다가갔다면 못할 일도 아니지 않나?"

"말도 안 되네."

자은은 인곤이 펼친 것을 일축했다. 일축하고 나서도 머릿속이 간질간질했다. 결국 참지 못하고 말해버렸다.

"그런데 조력자가 있었다면……"

그렇다면 풀리는 부분들이 있었다.

"이 배에?"

"쉿."

자은이 인곤의 입을 막았다.

"이 배와…… 선단의 다른 배에도 있었다면. 그랬으면 어땠을 것 같나?"

마지막 기항지인 득물도에 배들이 들었다. 필요하지 않은 기항이었으나, 당은포에 가기 전 일어난 일들을 추스르기 위한 것이었다.

이번에는 부사가 오지 않고, 자은이 본선으로 불려갔다. 사신 앞에 다다라 바닥에 이마가 닿도록 엎드렸는데, 공경심의 표현이라기보단 누가 자신을 유심히 볼까 걱정이 되어서였다.

"그래, 그 상인을 죽인 자는 누군지 알아냈는가?"

"그것에 대한 대답을 드리기 전에, 혹 배마다 물독을 확인해도 되겠습니까?"

"물독?"

사람들의 얼굴에 미약하게 당혹감이 번지는 걸 보자, 자은의 목소리가 얕게 떨렸다.

"상인을 죽인 자가 몸집이 작다는 것을 알게 되었습니다. 혹 지난번 마전도에서 물독을 채울 때, 빈 물독을 이용해 다른 배로 간 것이 아닌가 하여…… 샘물가에서 독을 바꿔치기 하고 물이 든 척하면 다른 배로 갈 수 있었습니다."

"하, 듣도 보도 못한 이야기를 하는군. 그 형에 그 동생이야."

부사가 사신을 바라보았다. 자은을 대신 질책할지 묻는 듯했다.

"물독을 옮겨 도운 자가 있다고 보는 건가?"

사신은 자은을 질책하지 않았다.

"배에서 빠져나갈 길은 그것밖에 없었을 것입니다. 그것이 아니면 바다에 몸을 던져 자결한 것입니다."

"아직 아무도 하선하지 않았나?"

사신이 부사에게 확인했다. 부사가 자은에게 못미더운 시선을 던지며 사신에게 확인해주었다. 허락이 내려졌다.

자은은 배마다 다니며 물독들을 살폈다. 큰 물독들이 많았다. 작은 여자가 웅크리면 몸을 숨길 수 있을 만큼 컸다. 마전도에서 당은포까지는 길어도 사나흘이다. 하늘과 바다가 돕는다면 훨씬 빠를 것이니, 조력자가 있다면 충분히 숨을 만했다. 자은은 물독 뚜껑을 열었을 때 여자가 있길 바라는지, 없길 바라는지 혼란스러움을 느끼면서도 그 일을 끝까지 했다.

다섯 척의 배를 샅샅이 뒤져 확인했지만, 물독에 숨은 이는 없었다.

"물독에 아무도 없었으니, 일을 저지른 자는 이미 바다 밑에 있다고 보아도 되는가?"

사신이 물었다.

"각 배의 선장들에게, 혹 보지 못하던 선원이나 객이 한 사람 늘지는 않았는지 다시 세어보게 해주십시오."

"아무리 큰 배라도 보이지 않던 얼굴이 보이면 바로 알아챌 것을."

자은을 멍청히 여기면서도 허락은 해주었다. 판명이 나는데 그리 오래 걸리지 않았다. 없었던 이가 솟아나듯 생기지는 않았다.

"자, 마지막으로 묻겠네. 이대로 당은포로 향해도 되겠나?"

"……예."

사신이 알고 싶어하여, 예훈이 관직을 얻기 위해 여인과 보화를 진상하려다 일이 틀어진 것이 아닐지 추측하던 내용을 올렸다. 간추리니 한없이 간추려지는 며칠이었다. 보화는 사신의 것이 되었다. 사행길에 얻은 것은 사신의 것. 늘 있는 일이었다.

아침나절에, 파도 너머로 당은포가 보였다. 당은포에 돌아오면 어떤 마음이 될지 몰랐는데, 자은을 덮친 것은 강력한 허기였다.

"배가 고파……"

말하는지도 모르고 말하자, 곁에서 인곤이 크게 웃었다.

"그거 반가운 말이네. 뭐가 먹고 싶은가?"

"밥에 맑은 국."

"내가 대접하고 싶지만, 가진 게 없네. 자네도 궁색해 보이는데."

"책을 한 권 팔까?"

"제가 맛있는 집을 압니다."

선장이 둘의 이야기를 듣다가 끼어들었다.

"선장, 고맙소. 덕분에 태어난 땅을 밟게 되었소."

"이제 뵐 일이 없겠지요? 바다 건널 일이 또 생기면 꼭 제 배를 찾으십시오."

자은은 화답 대신, 묻지 말아야지 마음먹었던 것을 묻고 말았다.

"마지막으로 한 가지만 더 묻겠소. 이번 항해에 선장을 처음으로 따른 이가 누구요?"

"설공자님, 높으신 분들이 마무리지으셨는데 왜 그런 걸 물으십니까?"

몸이 솔직한 선장이 반걸음쯤 물러섰다.

"아무것도 하지 않겠소. 아는 것을 품고 그대로 가겠소."

망설이면서도 선장은 자은의 귓가에 이름을 하나 남겨주었다.

배가 보이는 곳에서 맑은 국을 먹었다. 두 그릇째였다. 자은이 허기로 멀리 걷지도 못하여, 인곤이 대신 책을 여비가 될 만한 곡식과 포로 바꿔다주었다.

"아직도 보이지 않나?"

"저기, 보이는군."

만덕이 배에서 내렸다. 처음 자은의 짐을 부려주었던 서글서글한 청년이었다. 짐 내리는 일을 끝내자 다른 선원들과 인사를 나누고, 이번엔 오로지 자신의 짐만을 가지고 느리게 걸었다. 자은은 눈으로만 만덕을 쫓았다. 만덕은 본선으로 향했다. 본선에서 젊은 선원 둘이 내려 만덕을 짧게 끌어안았다. 한 명은 만덕보다 작지만, 얼굴은 만덕과 닮은 이였다. 다른 한 명은 좀더 작았다. 얼굴과 몸을 온통 천으로 가리고 있었다.

"만약에, 본선의 선원이 처음부터 두 사람 역할을 했다면?"

"뭐?"

"선원들은 교대로 일하잖아. 제 순서일 때는 얼굴을 드러내고, 꾸며낸 이 역할을 할 때는 천을 두르고 일했다면 말이야."

"잠도 자지 않고?"

"젊고 강건하면 그럴 수 있지."

"천으로 얼굴을 가릴 핑계는?"

"피부에 부스럼이 났다 하면 되지. 사람들이 피하기도 피했을 거야."

두 명 역할을 하다가 물독으로 여자를 옮겨오고는 바로 꺼내 선원 일을 하게 한다. 항해는 끝물이고, 사람들 눈에 띄지 않는 밤 순서를 맡기면 된다. 그렇게 하면 갑자기 늘어난 이는 생기지 않는다. 달려가 저 천을 벗긴다면, 하고 자은은 생각했다. 이름을 듣지 못한, 어쩌면 자은처럼 이름이 여럿일지도 모르는 저 여자의 얼굴을 가린 천을 확 벗긴다면……

생각만 했다.

"그대로 보낼 참인가?"

목인곤이 물었다.

"머릿속에 있는 것은 다 짐작일 뿐인데 어찌 잡겠는가?"

"끌려간 여자를 구하러 제 목숨들을 걸고 큰물을 건너다니. 정인일까, 지아비일까? 둘 중 어느 쪽이?"

"알 수 없지. 혼인을 한 여자도 빼앗아다 바치는 일이 비일비재하니. 또래들로 보이지 않나? 의외로 소꿉친구 같은 것일 수도 있네."

"짐이 가벼운 두 남자가 육로로 앞지르는 것은 쉬웠을 거야. 예훈은 수레가 여럿이었잖아."

"본선과 우리 배가 늘 나란히 가까웠었다는 점에서, 애초에 선원들이었을지도 몰라. 당에 머무르는 삼한 사람은 배 모는 일을 흔히 하니까. 섬들을 이용한 것도 선원답고."

"처음부터 배에서 배로 옮길 셈이었다고?"

"염두에는 뒀을 것이네. 물독 담당을 자처했을 것이고. 다른 선원들은 반기며 맡겼을 거야. 호위병들도 배 위에선 한껏 쉬는 분위기였잖나? 일이 벌어진 날에 대해선 계획한 건지 우연한 기회를 본 건지 모르겠네. 일을 벌이려면 섬에 닿기 전에는 벌여야 했겠지. 바다에 빠져 사라진 걸로 하는 쪽이 말끔하니까. 어쨌든 만덕이 예훈을 죽였으면 분명 무기를 썼을 거야. 칼을 찬 걸 봤거든. 예훈만큼은 여자가 죽인 거라고 보네. 예훈이 여자의 탈출을 알아챘든가, 아니면 여자가 울분을 이기지 못했을 수도 있지."

"만덕인가 하는 놈은 그때 뭘 하고?"

"중한 일을 하고 있었겠지. 물독을 준비하거나, 본선에 신호를 보내고 있었던 게 아닐까?"

"신호? 대체 그 안개 속에서 어떻게?"

"훔쳐두었던 유채 기름을 썼을 거야. 빛을 가렸다 말았다 하며 정해둔 신호들로 상황을 나누었겠지. 그 밤뿐 아니라 내내. 선장이 기름이 줄었다고 투덜거렸지 않나."

세 사람은 이제 포구에서 이어지는 저잣거리 깊숙이 걸어들고 있었다. 왔던 길을 돌아갈지, 다른 길이나 다른 방도를 택할지 문득 알고 싶어졌다.

"어찌되었든 사람을 둘이나 죽였는데 저대로 그냥 보낼 건가?"

"내가 늦은 것이니 받아들여야지. 득물도에서만 깨달았어도 잡을 수 있었을 텐데."

"일부러 미적거린 것은 아니고? 같은 여인이라고 심히 너그럽구먼."

자은은 인곤의 마지막 말을 듣지 못한 척하고 싶었지만 그럴 수 없었다. 수저를 멈추고 인곤을 노려보았다.

"나를 식객으로 들이게."

망한 나라 사람이 뻔뻔스럽게 요구해왔다.

"금성에 가 자네 집에 나를 식객으로 들이면, 모르는 척하겠네. 자네도 여러 도움이 필요하지 않은가? 여남은 살의 사내를 흉내내는 것과 다 자란 사내를 흉내내는 것은 아예 다른 일일 터?"

자은은 옷에 맺힌 잔 소금을 털고 자리에서 일어나며, 날숨과 함께 말했다.

"일단 가기나 갑시다, 금성으로."

손바닥의 붉은 글씨

금성으로 가는 길은 익숙한 듯 익숙하지 않았다. 굽이지고 뻗은 모양은 그대로였지만, 두서없이 마구 들어선 인가들이 비계처럼 곁에 껴 있었다.

"처마와 처마가 맞닿아 틈이 없다던 말이 아주 과장은 아니었군."

목인곤의 말에 자은은 고개를 저었다.

"아직 금성은 멀었네."

"글쎄, 이 부근까지 다 집어삼킨 듯한데."

막상 수도가 한눈에 보이는 고개를 넘어섰을 때는 한 번도 떠나지 않은 사람처럼, 십여 년 전의 그날 바로 다음에 오늘을 이어붙인 사람처럼 집으로 향했다. 길은 변하지 않는다. 길 양쪽의 다른 것들이 올라가고 무너지고 흥했다 스러진다 해도, 길 자체는 같은 굽이로 흘렀다. 그저 흙바닥일 뿐인데도 사람들의 발에 다져지며 그대로인 것에 자은은 어쩐지 좀 울 것 같은 기분이 들었지만 인곤에게 들키고 싶지 않아 꾹 눌렀다.

"이름 같은 건 없는가?"

"무슨 말인가?"

"오래되거나 유명한 집에는 이름이 붙지 않는가?"

"그런 건 없네."

"아이, 기왕 몸을 의탁하는 거 그런 집에 의탁하고 싶었건만."

인곤의 너스레에 자은이 웃었다. 자은의 집은 금입택에 들 수준은 아니었지만 습비부 일대에서 도드라지는 고택이었다. 목적지가 시야에 들어오자 인곤이 감탄 대신 짧은 휘파람을 불었다. 높고 두꺼운 대문은 과거와 똑같이 거슬리는 소리를 내며 열렸다. 험한 시대 깊은 밤 무슨 일이라도 생길까, 부드럽게 열리도록 고칠 수도 있었지만 일부러 고치지 않은 것이었다. 마당의 인영이 우뚝 멈춰 섰다. 자은은 놀라 서 있는 도은을 알아보았다. 자신보다 반 뼘쯤 작고 인상이 둥글어 그다지 닮지 않은 다섯 살 아래 여동생을.

"언……"

도은은 '언니'라고 외칠 뻔한 듯했지만, 훌쩍 자란 만큼 기민해졌는지 얼른 뒷말을 바꾸었다.

"언제 도착한 거야?"

자은은 달려와 덥석 안기는 동생이 반가우면서도 빨지 못한 옷과 먼지가 뭉친 머리카락이 신경쓰였다.

"다른 가족들은?"

동생 둘을 더 역병으로 잃은 것과, 친지들의 근황에 대해 짧게 들을 수 있었다. 호은은 자은의 도착을 알지 못하고 출타중이었다. 멀쩡해 보여도 극도로 이상한 인간이 요즘은 어디서 뭘 또 휘젓고 다니는지, 자은을 보고 어떤 표정을 지을지 벌써부터 머리가 아팠다.

도은은 목욕물을 준비해준다고 부산을 떨다, 짐꾼인 줄 알았던 낯선 이가 여전히 자은 뒤에 어정쩡하게 서 있자 자은에게 눈으로 누구인지 물었다.

"아, 식객이야. 대충 아무 방이나 일단."

"식객?"

"식객을 자처하긴 했지만 그래도 다른 말로 소개해줄 줄 알았네. 목인곤이라고 합니다. 누반박사가 되려고 했지만 되지 못했고 이제 그 재주를 설공을 위해 쓰며 한몸 기대려 함께 걸음했습니다."

지나치게 유려한 인사에 도은의 경계심만 더 커진 것 같았다. 도은은 떨떠름하게 목인곤에게 작은방을 하나 내주었고,

자은은 동생이 영리하게 자란 것 같아 흡족했다. 누구의 영리함 덕인지 몰라도, 집의 식솔들은 전부 예전과 다른 사람들로 갈려 있었다. 자은을 미은으로 기억하는 자는 남아 있지 않았다. 낯선 얼굴들이 준비해준 사스래나무 욕조에 혼자 남아 몸을 뉘자 저도 모르게 눈이 감겼다. 작은 첨벙거림에 눈을 떠보니 도은이 목욕물에 말린 인동과 더운물을 더해주고 있었다.

"머리 감겨줄까?"

더러워서 안 돼, 눈을 신경써야 해서 안 돼, 같은 말들이 자은의 입안을 맴돌았으나 팔을 들 힘도 없었다.

"이번만."

"언니가 돌아와서 좋아. 언니가 있었으면 했어."

"오늘만 마지막으로 그렇게 불러."

"알았어, 내가 빈틈없이 할게."

자은은 도은의 그간 일들을 언제 천천히 들어야겠다고 마음먹었다.

호은이 자은을 부른 것은 다음날 조반을 들기도 전이었다. 자은이 들어서자 정리가 매우 절실해 보이는 서고 한가운데 앉아 있던 호은이 온 얼굴로 반가워했다. 그 반가움이 동기간의 그것이라기보다는 기대하지 않았던 판을 이긴 도박꾼의 것이라 자은은 역시 빈정이 상했다. 좋게 말하면 재기어린 것이고 나쁘게 말하면 뻔뻔한 표정은 그대로였지만 그새 고민이 많았는지 눈밑의 그림자는 짙어지고 턱밑의 그림자는 사라져 화는 다소 누그러졌다.

“딱 맞추어 돌아와줬구나.”

“도은이도 비슷한 말을 하던데, 무슨 뜻입니까?”

‘그게 말이다’로 시작된 설명은 몇 년 전의 반란 모의에 돌아가신 아버지의 친우들과 먼 친척 몇이 연루되는 바람에 온 집안이 가시방석 위랄지 벼랑 끝이랄지에 자리한 형국이란 내용이었다.

“등에 붙은 눈이 많다는 거지. 그보다 일찍 돌아가셔서 망정이지, 살아 계셨더라면 함께 모의했을 거라는 게 내 뒤에서들 하는 말이다.”

“그거야 아무도 알 수 없는 일이지만……”

“왕께서 형들이 휘하에서 싸우다 죽은 것을 아직 기억하시니 화를 피하고 있는 거지. 그것도 곧 소용없어질 만큼 걸음걸음이 아슬아슬하다.”

자은의 집안은 증조부 때 진골에서 육두품으로 강등되었다. 방계의 방계였던데다 피가 뜨거웠던 고조부가 골품이 낮은 상대와 혼인을 강행한 결과였다. 진골과 육두품 사이의 간극과 육두품과 오두품 사이의 간극 중 어느 쪽이 큰지에 대해서는 사람마다 의견이 다를 수 있겠지만 또 강등을 겪을 수는 없다는 쪽에 호은도 자은도 동의했다.

“일단은 상문사詳文司에 작은 자리를 얻어두었다.”

조용한 문한직일 테고, 한동안은 나쁘지 않을 것 같았다.

“그러나 거기서 그쳐서는 안 될 일이야. 너에게 짐 지우고 싶지 않지만 네가 내 힘이 좀 되어줘야겠다.”

호은에게 무슨 계획이 있든 그대로 놀아날 생각은 없었다.

“달고 온 식객은…… 일단 내년 봄까지는 머물게 해주마. 그후에도 머물고 싶다면 그자가 네게, 혹은 여기에 소용이 있다는 걸 확실히 해야겠지.”

합당한 말인 것 같아 자은은 고개를 가볍게 끄덕였다.

목인곤은 호은의 뜻을 전해듣고는, 나무를 몇 토막 깎기 시작했다. 무얼 깎는가 들여다보니 자은의 어깨를 더 반듯하게 보이게 해줄 어깨 받침이었고, 키를 더 크게 보이게 해줄 신이었다. 이어 바느질을 시작해 목깃을 높이 올려서 가는 목을 가릴 방도 또한 찾아내었다. 자은의 예상처럼 상문사에서 맡은 일은 직접 당에 보낼 문서를 쓰기보다는, 예전에 보낸 문서의 사본을 관리하는 일이었다. 아무도 한미한 집안 출신의 자은을 자세히 살피지 않았다. 목간들과 두루마리들이 습기를 삼키고 뱉어낼 때 함께 삼키고 뱉어내며 매일을 보냈다. 종종 필사를 맡을 때도 있었는데 마음 없이 붓이 미끄러질 때는 오자를 내었을까, 놀라 다시 살폈지만 그런 일은 별로 없었다. 벌린 입에서 침 대신 먹물이 흐를 것 같은 나날들이었지만 다른 사람의 문장을 외워 옮기는 일은 자은에게 익숙한 일이었다.

"햇볕도 쬐고 사람 구경도 해야지."

도은이 소매를 잡아끌었을 때, 자은도 마다하지 않았다. 자은이 오랜만에 구경을 나갈 채비를 하자, 인곤이 금세 따라붙었다. 자은은 도은을 어리게만 봤었는데, 얼마 지나지 않아 집안의 살림을 실질적으로 꾸리는 게 도은인 것을 눈치채게 되었다. 누구보다 산학에 밝았다. 자은이 산학박사가 학생들을 가르칠 때 쓰는 책 몇 권을 슬쩍 베껴다주자, 식읍에서 올라오는 곡식 양의 추이와 시장에서 거래할 때의 환산 비율 따위를 더 꼼꼼하게 따질 수 있겠다며 기뻐했다.

자은과 인곤은 도은의 지시대로 젓갈을 담을 항아리와 채소를 담을 포대를 집어들었다. 시장은 사람이 많아 정신이 없었지만, 그 활기가 자못 흡족하기도 했다.

"장안에 못지않네."

"대체 이 금이 다 어디서 오는 건가?"

목인곤은 금실이 들어간 천을 만지작거리며 탐을 냈다.

"금의 나라지. 이 산 저 산에 금맥이 흘러 진득한 성격이라면 개천에서 건져올릴 수도 있네."

가장 귀한 것들을 모아둔 가게들 앞을 살 마음도 여력도 없으면서 서성거릴 때, 멀리서부터 사람들이 조용해졌다. 무슨 일인가 고개를 들었더니 대단한 귀부인이 골목에 들어선 참이었다. 틀어올린 머리에는 보석들이 빛났고, 짙은 자줏빛 옷은 자수가 하도 빽빽하여 본바탕이 드러나지 않을 정도였다. 그러나 그 모든 화려함에 지워지거나 눌리지 않는 천녀만큼 아름다운 얼굴에 이목이 몰렸다. 대여섯의 아랫사람들이 묘한 자부심을 띤 얼굴로 뒤를 따르고 있었다. 자은은 귀부인의 풍성한 치맛자락이 엉키지 않게, 예의를 갖추어 길 가장자리로 물러났다. 모두가 바라보는 게 부담스러울 것 같아 눈길도 부드럽게 돌렸다.

"저를, 이제 쳐다보기도 싫으신가요?"

흠칫하여 올려다보자 그 얼굴이 바로 눈앞이었다. 자은은 도움을 요청하며 도은을 돌아보았는데, 도은도 당황해 있긴 마찬가지였다. 하기야 진짜 자은이 살아 있을 때 도은은 어린 아이였다. 죽은 오빠와 이 귀부인 사이에 무슨 일이 있었는지 자매 둘 다 알 수 있을 리 없었다. 아무것도 모르는 게 분명했지만 도은은 자은을 도우려 최선을 다했다.

"저희 오라버니께 볼일이 있으신 건가요?"

귀부인은 도은이 말할 때도 자은을 보았다. 자은은 이름의 원래 주인이 조용하고 사람을 가리는 성품이었던 걸 기억했지만 아름다운 여인에게도 그랬을지 짐작하기는 어려웠다. 대체 어떤 사이, 얼마나 깊은 사이였을지 귀부인의 얼굴에서 간파해보려 했으나 머릿속이 희게 지워질 뿐이었다.

"이곳은 이목이 많으니, 자리를 옮기시지요."

귀부인의 수행인 중 한 사람이 때맞춰 제안했다.

시장통에서 어느 정도 벗어나 천변 그늘에 마주앉았다. 목인곤은 그동안 일없이 지냈던 것이 지루했는지 지나치게 신난 얼굴이었다.

"제가 드렸던 호신불상은, 잘 지니고 다녀오셨습니까?"

귀부인이 자은에게 물었다. 불상? 무슨 불상? 혼란을 숨기려 눈을 내리깔았다. 그러고 보니 짐 깊숙이 작은 금불이 있었다. 검지만한 금동 비로자나불이…… 한참 배고팠던 유학 말기에 팔아서 먹을 것을 구했다. 덕분에 몇 주를 잘 먹고 버텼는데, 그 불상을 준 것이 이 귀부인인 모양이었다. 떠난다는 소식을 알고 있었고 호신불상까지 건넸다면 죽은 오빠와 이 귀부인은 보통 사이가 아니었음이 분명했다. 오빠에게 이런 재주가 있었다니 미처 몰랐다. 여러모로 아까운 인물이었구나, 자은은 감탄하다가 얼른 대답을 찾아냈다.

"덕분에 몸 성히 돌아왔습니다."

거짓말은 아니었고, 귀부인은 불상을 지금 지니고 있느냐고까지 묻진 않았다.

"원망하시겠지요."

"네?"

"제가 다른 남자와 가약을 맺어서요. 살아 돌아오실 줄도 모르고."

자은은 잠시 생각했다. 귀부인의 차림으로 보아, 설령 원래의 자은이 살아 유학을 마치고 돌아왔다 해도 맺어지기는 어려웠을 상대가 틀림없다고.

"원망하지 않습니다."

"누구와 맺어졌느냐고 묻지도 않으십니까?"

"복을 누리고 계신 분은 어느 분이십니까?"

귀부인은 서글픈 표정으로 입을 열어 작게, 자은으로서는 낯선 이의 이름을 댔다. 바람결에 흩어져 제대로 들리지 않았다. 도은이 얼른 자은의 귓가에 그가 상대등의 아들 중 한 명이라고 일러주었다. 공을 많이 세운 진골 집안에 갔다면, 대체 자은에게 볼일이란 무엇일지 더 의아해졌다.

"돌아오셨다는 소식을 듣고는 멀리서 한번 뵙는 것으로 평온함을 찾고자 했는데, 아까 그렇게 뵈니 공을 뵌 것이 마치 하늘이 내려준 기회처럼 느껴져, 이렇게 용기를 내어봅니다. 저희 아버지가…… 아버지를 도와주세요."

자은은 여전히 귀부인이 누군지, 귀부인의 아버지가 누군지 몰라 당장 대답을 하지 못했다. 도은이 얼른 말의 여백을 파고

들어 도움을 주었다.

"저는 부인을 오늘 처음 마주합니다만, 부인은 김무헌 독군督軍 슬하의 산아님이시지요? 독군님께 무슨 곤란한 일이라도 있는 건가요?"

"아직 소문이 저희 집 담장을 넘진 않았습니다만……"

산아는 마음을 굳힌 듯 사정을 털어놓았다. 산아라면 어떤 글자를 쓰는 이름인지 자은은 궁금해졌지만 일단 사정부터 들었다.

"열흘 전, 아버지가 자리에서 일어나지 못하셨습니다. 그 전날 밤, 평소처럼 가족들과 저녁을 같이하셨는데, 원래 식욕이 강한 분은 아니셨지만 남기지 않고 잘 드셨고 여느 때처럼 강건해 보이셨다 해요. 그래서 아침에 눈을 뜨지 못하셨을 때 모두 놀랐고 저에게까지 기별이 왔지요. 연세도 있으시니 급환이 드셨나 걱정하며 달려갔지만……"

자은 쪽의 세 사람이 다음 말을 기다렸다.

"손바닥에, 붉은 글씨가 있었습니다."

"어떤 글씨가요?"

"명확하진 않습니다만, 해할 해害처럼도 보이고 흉허물 구咎처럼도 보이는 글자가요."

그 두 글자는 아주 뭉툭한 붓으로 쓰지 않는다면 헷갈릴 리가 없는데 이상했다.

"붓으로 쓴 게 아닙니까?"

산아는 고개를 흔들었다.

"피부에서 돋아났습니다. 이내 흐려졌지만요."

한층 이상한 일이었기에 자은은 미간을 찌푸렸다.

"찌푸린 표정이 예전 그대로이십니다."

산아가 다시 자은으로서는 알기 어려운 남은 감정을 실은 채 말했다.

"제 형제들이 어떻게든 아버지를 살리려 노력하고 있지만, 혼미함 속에 계신 지 열흘입니다. 몸이 붓고 혈색이 변한데다 눈도 못 뜨셔요. 미음 정도는 겨우 넘기시긴 해도 점점 더 기력이 쇠하고 계십니다. 손바닥의 글씨가 무슨 연유로 나타났는지 알아낸다면, 혹 업화業火를 풀 수 있지 않을지……"

"업화라고, 생각하십니까?"

아아, 하고 산아가 자은의 얼굴을 보았다.

"떠나 계실 때의 일이라, 매초성 전투 때의 일을 깊이 모르시는군요? 아버지는 그 전투에서 공을 세웠지만 끌고 나가신 병사 거의 전부가 목숨을 잃었습니다."

"그런 일은 전쟁중에 종종 있지 않습니까?"

당연한 듯도 한 인곤의 물음에 산아가 쉬이 답하지 못했다.

"종종 있는 일과는 조금 달랐다고 들었습니다. 자세한 것은 저보다는 제 오라비나 다른 분들께 묻는 것이 나으실 거예요.

처음 글씨를 보았을 때 죽은 이들의 원한을 입은 게 아닐까, 하늘의 벌을 받은 게 아닐까 가족들끼리는 그리 여겼던 모양입니다."

산아가 정말 모르는 것인지 말을 아끼는 것인지 자은은 가늠하며 들었다.

"이제 와 공에게 이런 부탁을 드리는 제가 얼마나 염치없는지 잘 알고 있습니다. 공을 기다리지 못하고 약조를 저버린 주제에, 공의 뛰어난 지모에는 기대려 하다니요. 아는 사람만 알지만 어릴 때부터 사물의 이치와 일의 앞뒤를 꿰뚫어보시지 않았습니까? 경전 같은 것을 곧잘 외고 읊는 어린아이들은 자라면서 그 총기를 잃기도 잘 잃습니다만, 공의 경우는 다를 거라 믿었습니다. 옛정을 보셔서라도 부디 은밀히 저와 제 가족들을 구해주시길 바랍니다. 맑은 눈으로 살펴주시지요. 그리 해주시면 평생 은혜를 잊지 않겠습니다."

민망해하는 자은 앞에, 산아가 고개를 깊이 숙였다. 비치고 비치지 않는 비단을 겹쳐 입은 소맷자락이 풀 위에 풀썩 떨어졌다. 손가락마다 낀 반지가, 팔목을 타고 내려온 금은의 팔찌가 흙에 닿았다. 자은은 손을 뻗어 산아를 일으키려다가 제때 거두었다. 보는 사람들이 많은데 귀부인의 몸에 손을 대서는 곤란할 것이었다. 자신의 것이 아닌 인연이 엎드린 모습에 어찌해야 할지 마음이 흔들렸다.

"자은 공이, 바로 귀댁으로 가서 도와드릴 겁니다. 제가 모시고 갑지요."

목인곤이 자은 대신 흔쾌히 수락의 말을 했다. 자은은 기가 막혀서 인곤을 돌아보았다. 이 식객 놈이?

이목 때문에 산아가 아닌, 산아의 남동생 김기찬의 초대로 며칠 머무르는 형식을 취하기로 했다. 인곤은 신이 나서 짐을 꾸렸다. 짐의 크기로는 달포는 머무를 기세였다. 상문사에서 가져온 일거리도 한 뭉치였다. 양해를 얻은 것은 자은이나 호은의 깜냥으로는 불가능한 일이었을 테고 어디까지나 산아와 그 집안 사람들이 이 실, 저 실을 잡아당긴 결과였다. 자은은 원래의 자은과 산아의 연분이 그리 길거나 짙은 것이 아니었기만을 바랐다. 잠깐 만나서는 들키지 않았지만 산아가 계속 자은을 바라보다보면 뭔가 어긋남을 느끼지 않을까?

"그리 아름다운 여인이 엎드려 부탁하는데 단칼에 거절했다면, 그게 더 의심을 샀을 걸세. 얼른 짐을 싸게나."

속없는 인곤이 자은의 채비를 서둘게 했다.

"자네가 심심하다고 나를 위태롭게 만드는 건 곤란하네."

"아, 물론 여기 오고 심심하기야 했지. 내 재주에 비해 쓰임이 없이 빈둥거렸으니. 이러다 쫓겨나게 되는 건 아닌가 초조하기도 했고. 그와 별개로, 손바닥에 나타난 글씨라니…… 그런 희귀한 일을 직접 확인하지 못한다면, 자네는 개운히 지낼 수 있을 것 같은가?"

"남이 입은 업화에 신나 하는 건 볼썽사나워."

"업화, 업화라……"

목인곤이 볼을 부풀렸다.

"업화로 죽었다는 사람을 몇 본 적은 있지만, 꼭 뒷소문이 나지 않던가? 사실 그이를 죽인 것은 누구누구일 것이다, 누가 그 죽음으로 큰 걸 얻었다, 혹은 고민을 덜었다…… 업화라 덮어놓고 지나가는 죽음을 제대로 들춰본다면, 정말 다 업화일까?"

"들춰보는 일을 너무 즐기지 말게."

"청이 왔으니 들춰보자는 게지."

"무엇보다 그 어른은 아직 돌아가시지 않았네."

도은이 선물로 들고 갈 떡과 나물을 버드나무 통에 싸주었다. 자은은 여동생이 무척이나 함께 가고 싶어하는 표정임을 알았다. 언젠가 자신이 지었던 표정일지도 몰랐다. 할 수 있는 것들이 있는데 모든 일에서 소외되었을 때.

"처음엔, 호은 오빠가 미쳤다고 생각했지 뭐야."

도은이 자은의 옷매무새를 고쳐주며 털어놓았다.

"이런 위험한 일을 벌이다니, 미쳐도 한참 미쳤다고. 그런데 이제 언니가 왜 그 장단에 끌려들어갔는지 이해해. 왜 이 어려움을 감수하기로 했는지. 큰물을 두 번 건넌 대가로…… 이름을 바꾼 대가로…… 자유롭게, 가고 싶은 곳에 갈 수 있게 되었으니까."

"언니라 부르면 안 된대도."

응, 하고 도은이 다시 고개를 끄덕였다.

김무헌의 저택은 주변에서 사혈택四穴宅으로 불리었다. 남산 북쪽 끝자락을 등지고 지어졌는데, 집과 산이 맞닿은 부분에 네 개의 작은 동굴이 있다고 했다. 숫자도 동굴도 불길하다 하여 집터로 피하는 곳이었는데, 김무헌이 거인이 할퀸 것 같은 동굴마다 금불을 모시고는 불심이 깊은 자는 어떤 흉도 피할 수 있다고 식솔들을 타이른 후 집을 지었다고 한다.

"그 금불들이 말일세, 겉에 금칠을 한 게 아니라고 하네. 전쟁이 끝난 후 왕실에서 하사받은 금을 통으로 써서 빚었다는 거야. 두 척에서 세 척 사이의 금불이 넷이라고 들었네. 아주 크진 않아도 귀한 불상인 게지. 그리고 그 집에 들어가기 전에 껄끄러운 이야기는 다 해두는 게 좋을 것 같아서 말인데……"

목인곤이 그 짧은 시간에 매초성 전투에서 일어났던 일에 대해 알아온 것은 기특했다. 김무헌의 자식들에게 묻는 것보다는 곤혹스러움에 있어서도, 정확함에 있어서도 나을 테니까.

"전형적인 미끼 전략이었네. 신라군이 강 하구에서 당의 보급선을 가라앉힌 뒤였지. 그 배엔 겨울을 날 식량이 실려 있었을 테고 재보급은 어려워진 셈이었어. 매초성 안의 당나라군은 먹을 것이 부족해지기 시작했지. 알다시피 그 지역은 배가 고프다고 근처에서 약탈을 하기도 쉽지 않은 지역이잖나. 민가는 비워진 후였고, 사냥을 하자니 그 많던 멧돼지와 사슴도 씨가 말랐다더라고. 신라군은 성안의 당군들을 적당히 굶긴 다음, 후방의 한주에서 전방의 다른 성으로 가는 보급 부대인 척 미끼 부대를 보냈네. 김무헌의 미끼 부대는 무장도 일부러 느슨히 하고, 수레에 식량을 잔뜩 싣고 걸어갔다네. 노림직한 미끼가 되어. 적성으로 가든 회양으로 가든 매초성을 그리 가까이 스칠 리가 없는데, 속은 건지 다른 수가 없었던 건지 당군은 기세 좋게 성문을 열고 나왔고."

"왜 그랬을까? 말을 수만 필 끌고 왔다면서, 말을 잡아먹으면 되었을걸."

"군마를 먹는 선택은, 원정을 온 군사가 할 선택은 아니네. 나고 자란 땅을 지키려는 이들이라면 몰라도. 사만쯤 되었다니 머릿수도 믿었을 테고."

"그래서?"

"신라군이 쉽게 매초성을 수복했지. 판세를 바꾼 싸움이었어. 신라군의 손실은 그리 크지 않았지만…… 미끼 부대에서 살아 돌아온 것은 겨우 네 사람이었다고 하더군."

"흠, 불상처럼 넷이군. 누구누구인가?"

"김무헌 독군, 독군의 장남 지율, 독군의 오른팔 격인 중봉, 왼팔 격인 두섭이었다는군."

"어찌 살았을까? 버리는 패였을 텐데."

"온전히 돌아온 건 아닌 듯해. 곧 만나보면 알 수 있겠지."

사혈택은 밖에서 안이 바로 보이지 않았으나, 길게 늘어선 담으로 비추어 규모를 짐작할 수 있는 대저택이었다. 문에 다가서자 기척을 느꼈는지, 두드리지 않은 문이 먼저 열렸다. 자은은 산아를 모시던 하인을 알아보았다.

"오시기만을 기다렸습니다. 이리로."

두 사람은 산아가 지내는 방으로 안내되었다. 대문이 세 칸, 집을 돌보는 사람들이 지내는 건물들이 다섯 칸, 가족들이 지내는 건물은 일곱 칸짜리도 있어서 들어갈수록 장중한 집이었다. 산아만 두 사람을 기다리고 있었던 것은 아니고, 산아처럼 또렷한 인상의 젊은 남자도 있었다. 손가락 사이에 먹이 묻은 걸로 보아 한참 일을 하다가 시간을 낸 모양이었다. 초대에 이름을 빌려준 손아래 동생 기찬이 아닐까 했고, 예상이 맞았다. 남매에게 귀한 손님이라도 된 것처럼 차를 대접받았다. 도은이 싸준 꾸러미의 떡도 곧바로 상에 올라왔는데 산아와 기찬은 걱정이 많아서인지 입을 댈 생각이 없어 보였다. 인곤이 하나둘, 다 자기 입으로 집어넣었다. 자은이 슬그머니 발로 인곤을 찼다. 자은이 익히 알 거라고 산아가 여길 터라 직접 물을 수 없는 질문들을 인곤이 대신 물어주어야 했다.

"다른 형제분은 안 계십니까?"

"네?"

산아가 찻잔을 내려다보다가 무슨 질문인가 싶었는지 되물었다.

"셋이면, 좀 적다 싶어서요."

인곤이 얼른 덧붙였다.

"아, 이 친구가 금성 사람들은 다 저희 집처럼 십 형제일 거라 여겼나봅니다. 전쟁과 역귀가 지나가고 나니 반으로 줄었습니다만."

자은이 대뜸 묻는 백제인을 이해해달라는 듯 산아를 향해 과하지 않은 미소를 띠며 말했다.

"아아, 어릴 때 그런 이야기를 자주 들었죠."

산아가 네가 말하라는 듯, 옆에 앉은 동생의 무릎을 가벼이 두드렸다.

"저를 낳고 어머니가 돌아가셔서요. 바로 돌아가신 것은 아니고, 제가 세 살쯤 되었을 때 겨울에 기침을 심하게 하시다가…… 사실 저는 기억이 없습니다. 누이와 형이 아버지와 어머니 사이 금슬이 좋았다고 이야기해주었습니다만."

기찬이 담담하게 늘어놓았다.

"금슬이 좋으셨기에, 다시 부인을 얻지 않으신 겁니까? 제가 듣기로 세 번은 혼약해야 금성 사람이라는 말도 있던데요."

잘한다, 무례한 역할! 자은은 속마음과 다르게 인곤을 향해 헛기침을 했다.

"저희 아버지를 아시면 바로 이유도 아실 텐데…… 내 사람이다, 정하면 한없이 마음을 주시는 분이에요. 그리고 한번 정한 것을 번복하지 않는 분이시고요. 어머니를 아끼신 만큼 어머니 이후로 아무도 쳐다보지 않으셨어요. 자식이 적어서 어쩌냐, 겨우 둘 있는 아들들에게 혹시나 변고가 있으면 어떡할 거냐, 주변에서 말이 많아도 고개를 저으실 뿐이었고요. 이 집에 드나드는 여자는 출가한 뒤로도 가끔 들여다보는 저 하나예요. 비단치마가 이 집 마루를 달리 스칠 일은 없답니다. 금성 사람들이 다 화려하고 방탕하다고 여기시면 곤란해요."

산아가 변을 당한 아버지에 대한 잔잔한 애정을 담아 말했다. 지금과 같은 상황이 아니었더라면 더 밝게 할 만한 이야기였으리라. 자은은 자신의 아버지를 떠올려봤는데, 그저 멀었다. 아버지의 시선이 미은일 적 자은에게 특별히 오래 머물렀던 적은 없다. 애초에 자식들 이름을 다 비슷하게 지은 것은 귀찮아서가 아니었을까?

"그런 분이시라니, 그럼 자녀분들의 이름을 지을 때 고심하시지 않았을까 싶네요."

이번엔 자은이 운을 띄웠다.

"이름 뜻에 여러 기대를 담지 않으셨나 싶습니다. 제 이름은 단단히 마음먹을 기期에 이을 찬纘을 쓰셨고, 누이의 이름은 산호 산珊에 어금니 아牙, 형의 이름은 이를 지至에 율령 율律을 쓰셨으니까요."

아마도 산호와 더불어 뼛조각 장식물을 생각했겠지만, 어금니 아가 들어간 여자 이름이라니 심지가 있어 보이고 산아에게 어울렸다. 어금니가 있는 여자라 그 이름을 지어준 아버지의 위기를 구하고자 움직였겠지. 기찬이 산아의 이름자도 가르쳐준 것은 산아와 자은의 사이를 모르는 척하겠다는 표명이려나? 아니면 정말로 모르나? 연인이었다는 것을 알았다면 이름자 정도는 알리라 하고 뛰어넘었을 것이다.

"그럼 지율님께도 인사를 드릴 수 있습니까?"

이 집의 장자는 어떤 상태인가? 왜 초대의 말은 지율이 아닌 기찬에게서 온 것인가? 산아와 기찬 사이에 눈빛이 오갔다.

"오라버니는 전쟁 때 부상을 심히 입었습니다. 어떤 날은 통증에 시달리고 어떤 날은 그래도 좀 낫다고 합니다만, 혹 두 분을 반듯이 반겨주지 못해도 너그러이 여겨주시길요."

산아가 당부했고 자은은 고개를 끄덕였다.

주변의 방으로 안내할 줄 알았는데, 기찬이 두 사람을 이끌고 향한 곳은 사혈택의 안쪽이었다. 세로로 좁게 난 네 개의 동굴은 간소히 지붕만 얹은 형태의 법당 하나로 갈무리되어 있었다. 벽이 없기에 법당이라기보다 전실에 가까워 보이는 그곳 한쪽 기둥에 비스듬히 기대어 앉아 있는 남자가 보였다. 미리 듣지 않았다면 불경한 자세로 앉아 있다고 오해할 뻔했다.

기찬이 잰걸음으로 다가가 귓속말에 가깝게 자은과 인곤을 소개하고는, 지율을 부축해 일으켰다. 지율은 손아래 남매들보다 겪은 것이 많은 얼굴로 자은과 인곤을 맞았다. 눈 아래와 턱에 베인 흉터가 있었다. 목부터는 옷 안쪽으로 금갑金甲을 입고 있었다. 갑옷과 형태는 비슷하지만 그보다는 등을 다친 지율의 상체를 지탱하는 용도인 듯했다.

자은과 인곤이 고개를 숙였다 들자 지율이 입을 열었다.

"누이가 어려운 부탁을 드렸다고 들었습니다."

확실히 쉬운 부탁은 아니었기에 자은도 인곤도 대답을 흐렸다.

"어릴 때부터 명석하기로 유명했다지요?"

그것은 제가 아닙니다만, 하고 대답할 수도 없었다.

"명석한데다 은밀히 움직여주기로 하시다니, 저희에게 남은 마지막 수가 되어주셨군요. 지난 열흘, 혼이 나가 있지 않은 이가 없었습니다. 저희는 모두 이…… 업화란 것에 너무 가깝고…… 망연히 헤맬 수밖에 없었지요."

"염려가 크셨겠습니다. 누가 독군 어른을 해하려 하는지, 밝혀낼 수 있다면 밝혀내고 싶습니다."

자은으로서는 결과를 보장하기 어려웠다.

"중히 여겨주시되, 과히 얽매이지는 마십시오. 아버지는 어쩌면 생에 여한이 많지 않으실 수도 있습니다. 저는 아버지를 이대로 보내드리게 되어도 어쩔 수 없다고 여기고 있습니다."

"으에?"

인곤이 의아하다는 듯 소리를 내서, 자은은 그보단 정제된 말들로 물었다.

"다른 형제분들과는 의견이 다르신가봅니다. 이유를 여쭤보아도 될까요?"

지율은 몸을 돌려 동굴 안을 가리켰다.

"안쪽이 보이십니까?"

자은과 인곤은 전실 너머로 지율이 가리키는 동굴 안쪽을 살폈다. 서 있는 곳에서는 네 동굴 중 한 곳의 불상이 설핏 보였고 나머지는 각도 때문에 보이지 않았다.

"다 보이지는 않습니다."

"그렇다면 그냥 제가 말씀드리지요. 넷 다 지장보살입니다."

"넷 다요?"

그건 기이한 일이었다. 삼존불의 경우에도 지장보살이 협시보살로 모셔지는 경우는 드물었다. 불상이 넷인 것도 특이한데 전부 지장이라니…… 지장은 석가모니불이 떠나고 미래의 미륵불은 아직 오지 않은 혼란한 시대에 중생들을 구하기 위해 성불을 미룬 부처라고 했다. 육도를 고루 누빈다고는 하나 특히 지옥도, 아귀도, 축생도로 꼽는 악도惡道에 떨어진 이들을 구하는 보살로 명부전에 따로 모셔지는 게 보통이었다. 지옥에서 누구를 구하기 위해 절도 아닌 민가에 지장을 넷이나 모셨단 말인가?

"아버지는 불상을 만들 때부터 악도에 떨어질 날을 준비하고 계셨던 겁니다."

김무헌이 스스로를 악인으로, 죄인으로 여기고 있었다는 것을 그 아들의 입으로 들으니 어떤 표정을 해야 할지 정할 수 없었다.

"형님……"

잠자코 있던 기찬이 만류하듯 지율을 불렀다. 집안의 그늘을 지나치게 드러내진 말아달라는 뜻이리라. 지율이 기찬을 보더니 입을 다물었다.

"내 방에 좀 데려가주련?"

기찬이 이해해달라는 듯 자은과 인곤에게 고개를 숙였다.

"저희는 여기서 귀한 금불을 뵙고 있겠습니다."

형제가 멀어지자마자, 인곤은 곧바로 불심이라곤 찾아볼 수 없는 태도로 이 동굴 저 동굴을 들여다보기 시작했다. 자은이라고 궁금하지 않은 것은 아니라 그 뒤를 따랐다. 정말로 네 불상 모두 지장이었다. 장식 없는 민머리 혹은 두건을 쓴 머리. 석장을 짚고 여의주를 든 모습.

"신라 사람들은 불상을 이것밖에 못 만드나?"

인곤이 고개를 내저었는데, 아닌 게 아니라 세부 묘사가 거의 없는 투박한 솜씨로 만들어진 불상들이었다. 뭉툭하고 단순했다.

"귀한 금으로 불상을 왜 이렇게밖에 만들지 않았을까?"

"이곳이 남에게 내보이지 않는 곳이라서?"

"그렇다 해도 독군은 불심이 깊으시다 했는데?"

왼쪽 끝 동굴의 불상이 다른 세 불상보다 작은 것도 의아했다.

"크기를 맞추지 않은 것은, 그 금으로 혹시 지율님의 금갑을 만들었기 때문일까?"

인곤은 자은의 말을 검토하더니 수긍했다.

"같은 시기에 만들어지긴 했겠군."

"꺼림칙해. 이렇게 꺼림칙하기도 힘들어. 공을 세우고 받은 금으로 명부의 부처를 넷이나 만들고 조금 나누어 장자의 다친 몸에 입히다니. 독군 어른은 대체 왜……"

자은의 미간 골이 깊어졌을 때, 기찬이 돌아왔다.

"이제……"

기찬이 말을 마치지 않았으나 자은도 인곤도 고개를 끄덕였다.

"어른을 뵙기로 하죠."

업화를 가라앉히러 온 손님 둘이 의관을 바로잡았다.

어둡고 따뜻한 방에 들어섰다. 잘 갖추어진 침구와 가구가 원래 그 방이 독군의 방임을 알려주었다. 전공戰功을 수없이 세운 장수는 이전 모습이 어땠을지 그리기 어려운 모습으로 누워 있었다. 환자를 위해 빛을 거의 가려두었지만, 모자란 빛 속에서도 본 적 없는 혈색이어서 일의 심각함이 새삼 느껴졌다. 독군의 목 깊은 곳에서 낮게 끓는 소리가 났고, 종이처럼 변한 뺨에는 식은땀이 끈적하게 남아 있었다. 방에는 시중드는 하인이 둘, 침상에서 떨어져 문 쪽으로 자리를 지키고 앉은 이가 둘이었다. 침통한 표정을 보니 오른팔인 중봉, 왼팔인 두섭이 아닐까 싶었다. 어느 쪽이 어느 쪽인지는 미루어두고 김무헌을 더 살피기로 했다.

"잠시……"

누운 독군의 몸에 손을 대기 전에 돌아보고 허락을 구하자,

떨어져 앉아 있던 한 사람이 고개를 끄덕였다. 일단 문제의 손을 들어올리자, 아닌 게 아니라 글씨 비슷한 것이 있었다. 손바닥 한가운데가 아닐까 했는데, 엄지 뿌리 아래 튀어나온 부분이었다.

"이래서야, 구□ 변 말고는 알 수가 없겠는걸."

인곤이 불만족스럽게 중얼거렸다. 구의 윗부분 획들은 이미 뭉개진 다음이었다. 붉은 점들이 돋아나 있었고 말끔하게 글씨만 있는 게 아니라 주변으로 흩어지는 형태였다. 누군가 붉은 입김이라도 분 것처럼.

"어르신의 몸 다른 곳에 또 비슷한 이상은 없습니까?"

"없습니다."

마음 같아서는 제 눈으로 살피고 싶지만 중봉과 두섭에게 묻는 것으로 만족하는 수밖에 없었다. 인곤이 김무헌의 맥을 짚었다. 맥도 짚을 줄 아나? 자은은 장안에서 자은이 학문을 익히는 동안, 인곤이 어떤 경험을 하며 저 나름의 지식을 쌓았을지 궁금해졌다. 아마도 저 꾀바른 얼굴 너머 머릿속엔 깊은 부분과 얕은 부분이 이어져 있고, 정확한 부분과 그릇된 부분이 섞여 있을 것이었다. 어찌되었든 앉아 몸을 숙이고 맥을 짚고 있는 모습만큼은 웬만한 의원 못지않았다. 자은의 눈에 그럴듯하다면 지켜보고 있을 중봉과 두섭 눈에도 그럴 터였다.

인곤이 독군의 손을 이불 속으로 돌려두고는 한숨을 쉬었다.

자은과 인곤이 물러나자, 중봉과 두섭도 따라나섰다. 말없이 옆옆 방의 문을 열고 앉기에, 자은과 인곤도 따라 들어갔다.

머리는 벗어졌지만 수염이 무성하여 원기 넘쳐 보이는 쪽이 중봉, 긴 얼굴에 안대를 한 쪽이 두섭인 것을 인사를 마치고 알 수 있었다. 덩치는 중봉이 훨씬 좋았지만 키는 두섭이 한 뼘쯤 더 컸다. 두 사람은 골품을 따져 자은에게 상석을 권했다. 자은은 관습을 이용하기로 하고 당연하다는 듯 그 자리에 앉았다. 산전수전을 다 겪은 이들에게 기세가 밀려서는 안 될 일이었다.

"맥이 어떻게 읽히던가요?"

두섭이 굳은 목소리로 물었다.

"약하고 느려, 근심스러운 말씀밖에 드리지 못하겠습니다."

인곤이 진지한 얼굴로 대답했다.

"업화를 입은 사람을 또 구해본 적이 있으십니까? 다른 곳에서?"

자은과 인곤은 눈길을 나누었다. 산아가 뭐라고 해두었는지 몰라도 기대를 굳이 꺾을 이유는 없을 듯했다. 자은이 차마 입을 떼지 못하자, 둘 중 거짓말에 더 능숙한 인곤이 대신 얼버무렸다.

"큰물을 두 번 건너고 살아 돌아왔으니, 만나지 않은 사람이 없고 접하지 않은 일이 없지요. 넓은 세상을 누비고 온 만큼 금성의 일이라면 더 잘 파악하지 않겠습니까? 본 적 없이 기이해 보이는 일이라도 미혹을 걷어내고 나면 언제나 있었던 일인 경우가 많으니까요."

중봉이 마음 놓인다는 듯 고개를 끄덕였다.

"전쟁을 겪고, 이 나이가 되고 보니 덕이 있는 사람도 평온치 못한 죽음을 맞기도 한다는 걸 알게 되었습니다. 이승에는 중생이 이해할 만한 저울 같은 게 없지요. 삼도천을 건너면 그런 게 있는지 모르겠습니다만. 그렇다 해도 독군님은 이렇게 가시면 안 됩니다. 독군님이 우리를 이끌고 그 어려운 길을 걸어오셨는데 노환도 아니고 병환도 아니고 비겁하고 사악한 살煞에 돌아가시다니요…… 도무지 용납할 수가 없습니다. 옳은 일만 찾아오지 않는다는 건 알지만, 이렇게까지 비틀린 일은 일어나지 않아야 하는 거 아닙니까?"

수염에 땀이 송송 맺히도록 토로했다.

"일을 벌인 건 보통 포악한 자들이 아닐 겁니다. 산아 아가씨께 충격이 될 수 있으니, 뒤에 선 자들이 누구인지 어찌 이런 일을 벌였는지 저희에게 대신 알려주시는 게 나을지도 모르겠습니다."

두섭이 덧붙였다. 신중한 말인지 다른 의도가 있는 말인지 아직은 알 수 없었다.

"지율님은…… 다치신 후로 예전 같지 않고, 기찬님은 너무 어리니."

중봉이 한숨을 쉬었다. 자은은 산아가 아닌 누구에게도 상세한 내막을 밝힐 생각이 없었지만 일단 고개를 끄덕였다.

둘만 이야기할 시간이 간절했지만, 곧바로 저녁 시간이었다. 온 집안사람들이 모여 앉아 각자 상을 받았다. 가짓수는 많지 않아도 하나하나 정갈하고 정성이 깃든 음식이었다. 장식은 적지만 장중한 저택의 색을 닮았다고 자은은 생각했다. 인곤의 입맛은 아닌지 평소와 달리 깨작거리는 걸 곁눈질로 보았다.

산아 삼남매의 끄트머리가 긴 눈썹이 걱정으로 처져 있었다. 지율은 다친 등 때문에 팔을 높이 올리지는 못하는 것 같았지만 팔꿈치를 받침대에 고정시킨 채, 어렵지 않게 식사를 해냈다. 상이 보통보다 높은 편인 것은 지율을 위해서인 듯했다. 지율이 옷 안에 입은 금 갑옷이 부딪칠 때마다 작은 소리가 났지만 거슬리지 않고 영롱하여 먼 데서 연주하는 악기처럼 들렸다. 대단한 장인이 만든 물건임이 틀림없었다. 그런 장인이 불상은 왜 뭉뚝하니 만들었을까? 다시 의문이 스쳤다. 집안사람들이 말도 없고 식욕도 없는 것이 분명하여 자은도 수저를 조심스럽게 놀렸다. 산아는 느리게 먹는 둥 마는 둥 했고, 기찬은 한창인 나이라서인지 그나마 가장 빨리 식사를 마쳤다. 지율의 아내 옥화와 기찬의 아내 연란은 그 자리에서야 만날 수 있었는데, 자은과 인곤이 아무리 산아의 손님이라도 부인들 쪽은 숨겨두고 얼굴을 보여주지 않을지도 모른다고 각오했었기에 다행한 일이었다. 옥화와 연란 두 사람 다 가지런한 인상이었고 꾸밈이 비슷해서 자은은 이목구비의 오목조목함을 유의 깊게 외워야 했다. 동서지간이 자매지간처럼 보였고, 어쩌면 그것은 산아 때문인지도 몰랐다. 산아가 지닌 모란 같은 화려함은 다른 사람의 색까지 빨아들이곤 하니까. 자은은 만약 여인의 옷을 입고 그 자리에 앉았더라면, 물론 그런 일은 쉽게 일어나지 않았겠지만, 오히려 마음이 잔잔했을 수도 있겠다는 생각을 했다. 흐드러진 꽃 같은 사람의 그늘에서 누구의 눈길도 끌지 않으며 편하게 숨을 쉬었을 것이다. 눈길을 끌고 싶은 욕구 따위는 늘 없었다. 거기까지 이르니, 산아는 얼마나 매일이 쉽지 않을지 헤아리게 되었다. 한껏 차려입은 모습은 어떤 종류의 포기일지도 몰랐다. 볼 테면 보시오, 무늬 비단을 감상하듯 보시오, 하는 속마음이 비친 게 아닐까?

자은과 인곤은 나란한 방을 배정받았다. 두 방 가운데에 장지문이 있어 방을 나가지 않고 왕래할 수 있었다. 인곤이 자은의 몸단장을 도와줄 하인으로 오해를 받은 듯했다. 오해를 풀 기회는 충분히 있었지만 풀지 않았다. 둘만 의논하려면 그 편이 편했다. 모두가 잠들었을 무렵, 인곤과 자은은 밖을 살피고는 장지문을 열고 마주앉았다.

"자리를 봐드리고 옷을 갈아입혀드리는 게 제 일인데, 임무를 방기했습니다그려."

인곤이 실없는 소리를 했고 자은은 대꾸도 하지 않았다.

"이제부턴 입술만 움직이기로 하지."

주변을 살폈지만 또 몰랐다. 인곤이 끄덕이곤 목소리를 낮추었다.

"아무래도 그 낯빛은……"

"독이었네."

두 사람은 같은 결론에 이르러 있었다.

"자네, 아무리 독을 의심한다 해도 그렇게 저녁상에서 입맛없는 티를 내면 어떡하나?"

자은은 인곤을 향해 눈을 가늘게 떴다.

"피부에 닿는 것만으로도 사람을 쓰러뜨리는 독이 이 집안 어딘가에 있을지 모르는데, 뭘 넘길 수가 있어야지."

인곤은 이제 와 배가 고픈 듯 윗배를 문질렀다.

"우리를 독으로 어쩌지는 않을 거야. 독군 어른이 업화에 당했다고 믿고 나가기 위해선 엉뚱하게 밖에서 온 사람을 같은 방식으로 해치우지 않겠지. 업화는 그런 식으로 번지지 않고 번진다 해도 독군 어른께 가까운 사람순으로 보여야 할 테니까. 내일부터는 티내지 말고 왕성하게 먹게. 평소처럼."

"평소에…… 내가 많이 먹는다고 생각하고 있었나? 식객이 너무 먹는다고?"

"아니, 보기 좋게 먹는다고 여겼네."

자은은 인곤이 답잖게 눈치를 보는 게 우스워 달랬다.

"피부에 닿는 것으로 그만큼의 위력을 보일 독이라면, 먹였을 때 훨씬 빠르고 큰 효과를 일으킬 텐데 왜 쓸데없이 손바닥에 글씨를 썼을까?"

인곤이 턱을 괸 채 의문을 이야기했다.

"그러게 말일세. 만약 김무헌 어른이 일어나, 내 손바닥을 붓으로 간질간질한 놈이 저놈이다, 말하기라도 하면? 왜 그런 위험을 무릅쓰고?"

"독군 어른이 지금 누워 계신 것은 독을 쓴 자의 의도일까, 실패일까? 설령 실패였을지라도 그런 독을 가지고 있다면 왜 우리가 오기 전에 끝장을 내지 않았지? 매일 입에 흘려넣고 있는 미음에 쓱 타면 될 것을."

"쓰기 아주 힘든 독이 아닐까? 방식이 아주 복잡하다든지 자칫하면 쓰는 사람도 당하게 된다든지."

머리를 맞대었지만 답은 아직 알 수 없었다.

"일단 독의 종류를 알아낼 수 있다면 좋겠군."

"해독약이 있는 종류라면 바랄 게 없을 텐데……"

확실한 실마리를 잡을 때까지 독을 의심하고 있다는 것은 들키지 말기로 뜻을 모았다. 어디까지나 이 집안 사람들이 말하는 대로 업화인 것처럼 다루기로 했다.

아침에 인곤을 독에 대해 알아보라고 내보낸 후, 자은 역시 거슬리지 않게 집안을 기웃거려보기로 했다. 아무리 산아의 부탁으로 일을 살피기 위해 왔다 쳐도 상관없는 이가 들쑤시고 다니는 꼴은 보기 좋을 리 없었다. 그래서 자은은 일부러 사람들에게 말을 걸지 않고, 다리도 펼 겸 저택 자체를 구경하는 듯 한가한 태도를 취했다. 담장 높이는 팔 척이었다. 동서남북의 문은 남쪽을 제외하곤 세 군데 모두 쓰지 않는 듯 줄로 묶어 잠가두었고 최근에 연 흔적도 없었다. 김무헌이 누운 몸채와 다른 가족들과 손님들이 쓰는 다섯 채의 집채, 절벽 동굴에 붙여 벽 없이 지은 불당, 부엌채와 마구간이 따로였다. 집채들 사이에 회랑은 없었다. 사혈택 규모의 집은 거드는 손이 많아 드나드는 사람이 적지 않을 것이었고, 팔 척의 담장도 발판을 딛고 넘으려면 넘을 수 있는 높이였다.

같은 생각을 중봉도 한 듯했다. 오늘은 김무헌의 침상을 지키는 순서가 아닌지, 일찍부터 팔을 걷어붙이고 사람 셋을 부리며 담장의 넘기 좋은 부근마다 마름쇠를 뿌리고 있었다. 네 가닥으로 날카로이 갈라진 마름쇠는 질 좋은 철인 것이 한눈에도 보였다. 중봉은 자은이 다가오는 걸 보더니, 그래도 전날 본 사이라고 사람 좋은 웃음을 보였다.

"누구든 담을 넘었다간 피를 볼 것입니다."

"이렇게 크고도 날카로운 마름쇠는 본 적이 없네요. 저희 집에도 작은 것들이 있긴 있습니다만……"

"해자용이지요. 전쟁 때 물 아래에 숨기려 만든 물건인데 좀 남아 있었습니다."

말을 타고 해자를 건너려다 이런 물건을 밟았다면 말도 기수도 끝이 좋지 않았을 것이다.

"담을 넘은 자가 있었습니까?"

자은이 심상히 물었다.

"몇 년 된 일입니다만, 아무래도 금불이 네 개나 있는 집 아닙니까? 불상을 훔치려 했던 자들이 있었습니다."

"훔쳐가진 못했습니까?"

"어설픈 도둑들이어서 금방 들켰고 한 놈을 제가 직접 베었더니 그다음부터는 얼씬거리지도 않았지요. 워낙 인망이 있으시니까 도둑들도 피한 축이지요."

"그럼 마름쇠는 누가 독군님을 노릴까봐……?"

"아아."

중봉이 일꾼들을 손짓으로 물리며 한숨을 쉬었다.

"독군님이 누워서 업화와 싸우고 계시지 않습니까? 아침 문안을 드리러 갔다가 일어나지 못하시는 독군님을 보았을 때, 억장이 무너졌습니다. 해하려는 자가 조바심이 나 직접 해치우러 오는 것만큼은 막고 싶습니다."

자은은 고개를 끄덕였다. 중봉은 김무헌을 해친 자가 밖에 있다고 생각한다. 혹은 그렇게 생각한다는 것을 자은에게 보여주고자 한다. 무성한 수염과 벌어진 어깨가 역사力士의 전형으로 보이지만 역사에게 지략까지 주어지는 경우도 많다는 걸 알고 있었다.

"독군 어른도, 따르던 분들도 공을 많이 세우셨지요?"

먼저 마루에 앉으며 묻자, 중봉도 곁에 앉았다. 그러고는 전쟁 때 이야기를 시작했다. 호로하에서 왕봉하까지 어떻게 싸웠는지, 물에 빠뜨린 적군과 베어 죽인 적군의 수가 몇이었는지, 머리 밑이 타는 여름과 등이 얼어붙는 겨울을 어떻게 버텨냈는지, 아군과 적군의 이름을 날린 인재들을 실제로 보니 어땠는지…… 중봉의 호탕한 얼굴에 자긍심이 어렸다.

"참모인 독군으로 물러나셨지만, 사실 장군이 되셨어야 합니다. 위에선 명하려 했어요. 그걸 거부한 건 독군 어르신입니다. 가까운 친척 중에 이미 장군이 여럿이라 또 장군이 되고 싶진 않으시다고요."

"음, 그런 부분을 따지셨군요."

자은은 묘하다고 생각했다. 진골들끼리야 모두가 모두의 친척이나 다름없는데 그런 이유로 장군 자리를 거절했다는 것은 석연치 않았다.

"우리로서는 독군님의 이름이 드높아지길 바랐지만, 또 한편으로는 그 결정이 맞는 결정이라는 것도 알고 있었습니다."

중봉은 자은의 의아해하는 얼굴을 보고는 웃으며 말을 이어갔다.

"우리는 신라에서 제일 잘 싸우는 병사들은 아니었습니다. 검을 잘 쓰는 자도 없고, 궁술도 두드러지지 않고, 그렇다고 말을 잘 타느냐 하면 그것도 아니었습니다. 그런 병사들은 따로 있었지요. 그러나 작전을 그대로 해내는 병사들을 찾는다면, 그건 항상 우리였습니다. 선왕께서도 칭찬하신 적이 있습니다. 맡기면 맡긴 대로 움직이는 것이 신묘할 정도다, 높은 곳에서 내려다보면 종이에 그렸던 진의 형태 그대로다…… 병사 하나하나로는 보잘것없을지 몰라도 독군 어른 아래에서 우리는 뛰어났습니다. 가장 복잡한 작전, 장수부터 어린 병사까지 모두 이해해야 해낼 수 있는 작전이 우리에게 떨어졌습니다. 독군 어른이 만약 장군이 되어 우리를 두고 가셨더라면, 우리도 그 뛰어남을 곧바로 잃고 말았을 겁니다. 우리는 일흔 명 남짓이었지만 신라군에 꼭 필요한 존재였습니다. 우리가 있어 군 전체가 강의 신이 돕고 바람의 신이 돕는 것처럼 싸울 수 있었습니다."

"그것이 어찌 가능했습니까?"

자은의 물음에 중봉은 답을 찾으려 기억에 잠겼다.

"지킬 것을 주셨기 때문인 것 같습니다."

"지킬 것요?"

"집이 없는 자에게는 집을, 밭이 없는 자에게는 밭을, 이름이 없는 자에게는 이름을 주셨고, 가족이 노비가 되어버린 자는 그 주인에게서 되찾아주셨고…… 그 나눔이 아무 불만도 일으키지 않도록 세세한 균형을 살피며 주고 또 주셨습니다. 처음에는 식읍 출신으로 징발된 자들이 모여 있으니 싸우긴 싸우면서도 왜 싸우는지 모르는 이들이 태반이었으나 점점 변해갔습니다. 독군님은 매번 우리 싸움터가 어디에 있는지, 무엇을 얻기 위해 싸우는지, 전체에 비추어 어떤 역할을 맡았는지, 이기고 진다면 결과는 어떠할지 일러주시곤 했어요. 글자 하나 모르는 자가 이해할 수 있는 쉬운 말들로요."

자은은 독군이 독에 당하기 전에 만나보았더라면 좋았을 거라는 아쉬움이 들었다.

"때로 물자가 모자랄 때면 사비를 들여서라도 우리를 후하게 입히고 후하게 먹이셨습니다. 우스갯소리로 전쟁에 나오기 전보다 살기 낫다는 말까지 나왔고, 다른 부대들과 비교할 때면 의기양양했지요. 우리가 잘해내면 흡족해하시는 독군님의 얼굴에 더 잘해내고 싶었습니다. 독군님이 작전을 짜실 때 그 작전 안에는 늘 우리의 자리가 한가운데 있었습니다. 우리는 독군님을 실망시켜드린 적이 없고 독군님도 우리를 실망시키신 적이 없습니다. 매초성 전투를 앞두고는 이렇게까지 말씀하셨지요. '신라가 우리를 필요로 한다.'"

"신라가요?"

오만하게까지 들리는 말이어서 자은은 놀란 티를 감추었다.

"피 흘리는 신라가 우리를 필요로 한다."

다시 한번 중봉이 독군의 말을 반복했다.

"그다음 말은 무엇이었습니까?"

"너희가 맡긴 목숨을 내가 중히 쓰기로 했다. 내가 세운 작전이기에 내가 이끌기로 했다. 너희와 함께 나도 죽는다. 우리의 죽음은 전쟁을 끝낼 것이다. 우리가 묻힌 곳에서 다음 천년이 시작될 것이다…… 독군님은 한마디도 허투루 하지 않는 분이셨고 듣고 있던 우리도 어디까지고 독군님을 따라갈 준비가 되어 있었습니다."

중봉은 거의 그 순간을 그리워하는 듯했다. 멀리 시간을 거슬러갔던 의식이 현재로 돌아오자, 자은을 보고 흠칫 놀라는 것처럼 보였다. 전쟁에 다녀온 사람 특유의 '너는 아무것도 모르지' 하는 표정을 지었다. 그런 표정 정도는 참아줄 용의가 있었다.

자은은 독군과 독군의 병사들 사이, 매우 특수한 일체감이 있었다는 것을 알게 되었다. 마치 독군이 머리고, 병사들이 몸이었던 듯 대단한 일체감이 있었는데 몸은 죽고 머리는 살아 돌아온 셈이었다. 죽을 각오로 임했는데 살아 돌아온 것이 독군과 주변 이들에게 어떤 영향을 미쳤을까? 치욕을 느꼈을까? 괴로움을 느꼈을까? 그도 아니면 이질감을?

"죽음을 당연시해야 할 정도의 작전이었다면, 반대했던 사람은 없었습니까?"

자은이 묻자 중봉의 얼굴이 붉어졌다.

"사실 제가 반대했습니다. 위험한 작전이란 작전은 도맡아 해왔으니, 이번엔 다른 부대가 하면 어떻겠느냐고요. 부끄럽지만, 같이 전장에 있던 아들을 살리고 싶었습니다."

예상치 못한 대답에, 자은은 자기도 모르게 숨을 들이켰다.

"매초성 전투에서 저도 아들을 잃고, 두섭은 둘을 잃었습니다. 정해진 죽음으로 같이 걸어가자고 자식에게 말하는 아비들도 많던 시절이었지만…… 저는 몸 둘레만 크고 그릇이 작았습니다."

"네 분은 어떻게 살아 돌아오셨습니까?"

내내 묻고 싶었던 것을 물었다. 독군과 독군의 아들 지율, 중봉과 두섭이 어떻게 살아 돌아왔는지를.

"두섭의 작은아들 혜요가 지율님을 무척 따랐습니다. 그 아이가 씨름에서 이기는 바람에 우리가 살아 돌아오게 되었습니다.”

“씨름이요……?”

“전투 전날 마지막 연회가 베풀어졌습니다. 먹고 마신 것들이 몸 밖으로 나오기 전에 죽는 것이 아니냐, 그런 농담을 하며 웃던 얼굴들이 잊히지가 않습니다. 불가에서 눈의 흰자위들이 번쩍거렸지요. 그 바짝 곤두선 병사들을 위해 씨름 대회를 열었습니다. 독군님께서 우승한 자에게 상을 하나 주겠다 했는데 그 녀석이…… 혜요가 이를 악물고 이기더니, 상으로 지율님의 옷과 갑옷을 달라고 했습니다.”

“아.”

죽을 게 뻔한 미끼 전투에서, 주인의 옷과 갑옷을 달라고 했다. 미끼 중의 미끼가 되겠다는 선언이었다. 어려서 듣던 옛이야기의 신하나 다름없었다.

“사방이 어찌나 조용해지던지요. 기이하게 들떠 떠들던 이들이 입을 다물었습니다. 지율님은 자리를 박차고 일어나 화를 냈습니다. 왜 그깟 걸 달라 하느냐, 진짜 상이 될 만한 것을 고르라, 나는 싫다…… 따르는 사람이 그렇게 화를 내면 물러날 법도 한데 혜요는 한 치도 물러나지 않더이다. 어린것이 약조를 어기지 말라고 똑바로 외치는 바람에, 독군님께서 결국 지율님의 뜻을 굽히셨지요. 지율님이 제일 좋은 비단옷과 늘 입던 갑옷을 혜요에게 주시면서 울었습니다.”

그 순간이 눈앞에 그려지는 듯, 중봉은 고개를 내둘렀다. 자은은 지율의 우는 모습을 상상하기 어려웠다. 지금의 회한에 찬 그 남자는 쉽게 울 것 같지 않았다.

“그땐 지율님도 한참 어리셨으니까요.”

“매초성에서, 혜요가 그 옷과 갑옷을 입었습니까?”

“예에, 그 고집스러운 아이가 지율님의 옷과 갑옷을 입고…… 아수라장 속에서 퇴로를 뚫었습니다. 독군 어른이 정신을 잃고 계신 걸 저와 두섭이 구해 오다가, 크게 다친 지율님도 발견해 제 말에 태웠습니다. 솔직히 어떻게 빠져나왔는지 기억이 잘 나지 않습니다. 머리가 아니라 몸으로 행한 일이라…… 아군 진영에 다다랐을 때 두섭이 머리부터 발끝까지 피로 젖어 있어 귀신이나 도깨비도 저런 꼴은 아니겠다고 뜨악해했는데 저도 마찬가지였겠지요. 곧 후방으로 보내졌지만 두섭은 눈 하나를 뽑아내야 했고 지율님은 고비를 여러 번 넘기셔야 했습니다. 그러는 와중 전쟁이 끝났지요.”

끝나리라 알고 있었지만 진정으로 소강에 접어들자, 그것 또한 겪은 적 없는 나날들이었을 것이다. 얼마간은 얼떨떨하고 얼마간은 허망했을지도 모른다.

“금성에 돌아와, 지율님이 죽음에서 한 발짝 벗어났다고 안도하고 나서야 독군 어른이…… 괴로워하고 계시단 걸 깨달았습니다. 독군 어른과 지율님은 아마 저희를 원망하고 계시겠죠. 굳이 구하지 않았다면 정해진 대로 명예로웠을 거라고요. 뒤늦게 저도 그 점을 보게 되었지만 당시에는 추호도 생각지 못했습니다……"

"직접적으로 괴로운 심정을 토로하신 적이 있습니까?"

"아뇨. 그러면 저희가 괴로울까 오히려 숨기시려는 편이었지만 그런 속내가 어디 숨긴다고 숨겨지나요."

"만약에, 그때로 돌아가실 수 있다면 달리 행하실 겁니까?"

잔인한 의도로 물은 것은 아니었다. 자은은 그저 중봉이 지금 어떤 마음에 이르렀는지 알아야 할 뿐이었다.

"아니요."

중봉은 평온하게 답했다.

"혜요는…… 아들처럼 여겼던 아이입니다. 가끔 두섭과 그런 이야기를 합니다. 다른 아이들은 어떻게 죽었는지 알고 싶다고. 혜요처럼 용맹했을 거라고. 우리가 마지막을 본 건 그 아이뿐이었지만요. 그런 아이가 뚫어준 퇴로를, 헛되이 하고 싶지 않았습니다. 순간 결정한 일이었지만, 꿈속에서라도 다시 그때가 닥친다면 똑같은 선택을 할 겁니다. 어떻게 뚫어준 길인데, 택하지 않을 수 있겠습니까?"

중봉의 눈에 눈물이 고였지만 절대 흐르게 두진 않았다.

"부상자나 포로라도, 살아남은 사람은……?"

자은이 헛된 희망으로 물었다.

"미끼 작전에 당했다는 걸 알자마자, 적군은 하나도 살려두지 않는 쪽을 택했습니다. 그 전투로 전쟁의 끝이 당겨졌으니, 적디적은 희생이었지요. 그러나 그 목숨 하나하나를, 독군 어른은 전쟁이 끝난 뒤로도 헤아리고 계십니다. 그런 어른입니다."

중봉은 변해버린 독군을 여전히 따르고 있는 듯했다. 만약 중봉과의 대화에 거짓이 섞여 있다면 장수가 아니라 배우를 해야 했을 것이라고 자은은 판단했다.

인곤이 돌아온 것은 해가 넘어가기 전이었다. 신나게 금성을 누볐는지 평소보다 상기된 얼굴이었다. 배도 실컷 채운 듯했다.

"그래서, 티나지 않게 잘 묻고 다녔나?"

인곤의 넉살이라면 잘해냈을 테지만 자은은 확인했다.

"위태로운 일이 벌어지고 있다는 건 절대 들키지 않았네. 약을 취급하는 이들은 대개 아는 것을 비교하고 대어보는 데엔 시간을 아끼지 않으니, 운을 띄우듯 신기하고 잡스러운 풀과 뿌리에 대해 늘어놓자 다들 수월히 넘어오던걸. 한 시간쯤 앉아 떠들다 장안에 있을 때 듣기로 피부에 바르는 것만으로 암살이 가능한 독이 있다고 했는데, 그건 허풍일 것이다, 그런 독이 있을 리 없다, 던져보았더니……"

"그 독을 찾았는가?"

"후보가 여럿이고, 그중 무엇이라 해도 서라벌에서 해독제를 구할 수는 없을 듯해."

혹시나 하는 기대가 무너져 자은이 작게 한숨을 쉬었다.

"역시 그렇군. 그 여럿에 대해 말해보게."

"독딱정벌레, 독두꺼비, 독버섯 중 그런 성질을 가진 것들이 있다고 하네. 그런데 버섯을 제외하곤 삼한의 것이 아니라 속특粟特인을 통해 먼 나라에서 구해야 한다더군. 구할 수 있다 쳐도 독딱정벌레나 독두꺼비의 경우 살아 있거나 막 죽였을 때 사람을 쓰러뜨릴 만한 위력을 보이지, 말려서 가져왔으면 효과가 크게 떨어질 거라던데."

"땅과 물의 성질이 다른 그 먼 곳에서 데려온 딱정벌레나 두꺼비가 오래 살 것 같지는 않군. 그런 걸 대단히 잘 다루는 누군가가 있지 않은 이상."

"응, 있을 수 있는 이야기지만 가능성은 매우 낮을 거야."

"버섯을 썼다고 보는 게 안전할까?"

"이 집이 산을 끼고 있긴 한데…… 이 집 사람 누구에게 그런 지식이 있을 것 같나?"

자은은 지금껏 만난 집안사람들의 얼굴을 하나하나 떠올려보았다.

"전쟁에 나갔던 사람들은 아군에게서, 또 적군에게서 새로운 것을 배워 왔을 거야. 독군 어른이 전쟁중에 사비를 털어 아랫사람들을 먹이고 입혔다 하니, 여기 남아 있던 사람들이 곤궁하여 버섯을 따러 다녔을 수도 있고."

"뭐야, 그럼 뺄 사람이 없잖은가?"

"독버섯에 대해 잘못 알아서 독군 어른이 쓰러지기만 하고 돌아가시지 않은 걸까?"

"얻어 온 게 한 가지 더 있네."

그렇게 말하며 인곤이 작은 약첩 하나를 꺼내 내려놓았다.

"이게 무언가?"

"해독제는 구하지 못했지만, 혼미한 자를 딱 한 번 깨울 수 있는 약을 지어왔네."

"뭐라? 그런 게 있어?"

자은이 약첩을 들어 자기도 모르게 냄새를 맡으려 하자 인곤이 손으로 막았다. 하기야 좋은 약일 리는 없었다.

"약으로 부르기는 하네만 독에 더 가까울지도 모르겠네. 그러나 혹 필요할 수도 있을 듯하여. 우리가 독군을 살리진 못해도 누가 죽였는지는 밝혀야 하지 않겠나?"

"어떻게 둘러대고 이런 걸 지어 왔나?"

"한 군데에서 알아낸 것을 두 군데에서 재료를 구해 지었으니 이상하게 생각한 사람은 없을 걸세. 자네, 이제 나를 좀더 믿어줘도 되지 않나?"

"수완도 좋군. 자넬 못 믿어서가 아니라 밖의 눈과 귀를 피하는 게 중하고 또 중한 사태니 말일세. 한 번 깨울 수 있는 약첩이라…… 산아님께는 어떻게 전하면 좋을지 수가 떠오르지 않는군."

"듣고 기뻐하실 소식은 아니지. 하나 더 늦기 전에 전하는 게 좋지 않겠는가?"

자은은 인곤의 말에 끙 소리를 내고 말았다. 밤늦게, 산아를 찾아가 어려운 상의를 해야 할 터였다.

그날 저녁 자리도 조용하기만 했다. 자은은 그릇과 수저가 닿아 달그락거리는 소리를 듣다가 무엇이 그 자리에 없는지 깨달았다.

"아이들은 평소에도 따로 식사합니까? 저희 때문이라면 시끌벅적한 식사도 좋습니다."

산아야 아이들을 두고 왔다고 쳐도, 젊은 부부가 두 쌍이나 있는데 아이 몇은 있을 줄 알았다. 손님이 왔다고, 할아버지가 자리에 누웠다고 어디 구석진 방에 숨죽이고 있는 것이라면 안쓰러운 일일 터였다. 그러고 보니 낮에 저택을 둘러볼 때 아이들 소리를 들었나? 낮잠을 자는 중이었나? 무척 얌전한 아이들인 것일까? 이제는 꽤 큰 자은의 동생들도 부산스러워 소리만 들어도 집 어디에 있는지 눈에 그린 듯했는데 이상했다.

"저희 부부에겐 아이가 없고……"

지율이 입을 열었다. 자은은 집안사람들의 서로 마주치기 싫어 흩어지는 시선들을 감지하고 실수를 했음을 깨달았다.

"기찬에게 둘이 있습니다만 아버지 손바닥의 글씨를 발견하기 전까지는 역질인 줄 알고 사돈댁에 맡겨두었습니다."

사돈댁이라 함은 기찬의 아내, 연란의 친정일 것이었다.

"그런데 또 업화라 하니 아이들이 더더욱 피해 있는 게 나을 듯하여……"

기찬이 지율에 이어 대답했다. 불편한 침묵이 방을 채웠고 자은은 후회스러웠다. 지율이 앉고 서는 데 부축이 필요하긴 하지만 걸어다닐 수 있으니 당연 아이가 있을 거라 여겼던 것이 사려 깊지 못했다.

"식사가 끝나면 아궁이와 우물을 좀 보여주실 수 있으십니까?"

인곤이 제때 자은의 거북함을 덜어주었다.

"아궁이와 우물을, 보셔야 합니까? 누가 삿된 짓을 저질렀다 해도 아궁이와 우물을 통했다면 독군님뿐 아니라 다른 가족들도 화를 입지 않았겠습니까?"

두섭이 수저를 멈추고 물었다. 중봉보다 날카로운 성미가 아닐지 짐작되었다. 피에 젖은 채 독군을 퇴로로 이끈 둘 중 한 사람다웠다.

"물론 그렇습니다만, 불과 물이 그 집안의 기운을 정하지 않겠습니까? 기운이 흐려졌다면 징후가 보이지 않을까 하여 여쭙니다."

인곤이 태연히 주장했다. 바다에서 미끄러운 것을 주웠구나, 자은은 새삼 생각했다.

"아, 그러면 제가 안내해드리겠습니다."

기찬이 끄덕였으나 자은이 얼른 손을 내저었다.

"부인들이 보여주시면 더 좋을 것 같습니다. 불과 물을 주관하는 분들이요."

여자들의 말을 들을 때가 되었다. 여자들이 자은을 힐끔 보았다. 산아가 자은을 보며 자신도 합류하는 게 좋을지 눈빛으로 물었지만 자은이 살짝 고개를 흔들었다.

"우물은 집안에 없습니다. 하나 있으면 좋았을 테지만요."

옥화와 연란이 저택 밖, 여러 집이 함께 쓰는 우물로 자은과 인곤을 안내했다. 넷만 나간 것은 아니고 하인 여럿이 불을 들고 발밑을 밝혀주었는데, 안주인들과 손님들 사이에 서는 품새가 외간남자들을 경계하는 티가 났다. 자연스러운 듯 자연스럽지 않은 배치였고 자은은 속으로 웃었다. 자신도, 인곤도 경계할 만한 대상은 아닐 텐데…… 변장이 먹힌 것 같아 안심되었다.

"물맛이 변했다거나, 물색이 탁해졌다거나 하는 일은 없었습니까?"

옥화가 고개를 저었다.

"혹 주변의 다른 집에 독군 어른과 같은 일을 겪은 분은요?"

"저희 집에서 쉬쉬하는 것처럼 다른 집도 마찬가지일 수 있어서……"

우물가에 흉한 소문이 돌지는 않은 모양이었다.

사헐택으로 짧은 길을 돌아와, 물독을 살폈다. 여러 개의 물독을 번갈아 쓰며 말리고 또 물을 떠오고 하는 식이었고, 물병 역시 그때그때 씻어둔 것을 정해두지 않고 쓰는 것을 확인했다. 큰 기대는 없었지만 당연한 것을 제외하기 위해, 독살자의 머릿속을 짐작하기 위해 확인해야 했다. 김무헌을 위한 그릇이나 수저가 따로 있지도 않았다. 있을 법도 한데 없어서 오히려 놀랐다.

"보통은 더 좋은 수저를 따로 두고 쓰지 않나요?"

"예에, 잘 두드려 만든 수저 선물이 몇 번 들어온 적 있으나, 쓰시지 않고 두었다 다시 선물해버리시더군요."

연란이 오래 써 보기 좋게 닳아가는 수저들을 만지작거리며 말했다. 인곤은 아무 상관도 없는 아궁이를 심각하게 이리저리 들여다보았다. 재로 쓴 글씨라도 찾아내려는 것처럼. 인곤이 시간을 끌어주고 있다는 걸 눈치채고 자은이 대화를 이끌어나갔다.

“어른께서 특별히 좋아하는 음식은 없으셨습니까?”

독을 의심하고 있다는 걸 들키고 싶지는 않아 얼른 덧붙였다.

“몸에 화기火氣가 쌓일 만한 음식을 연달아 드셨다던가요.”

연란이 옥화를 돌아보았다.

“저도 돕긴 합니다만, 음식을 마련하며 가짓수를 정할 때는 형님이…… 아무래도 둘째가 얼마 전까지 젖먹이였기에.”

부끄러운 기색으로 손윗동서에게 대답을 미루었다. 옥화는 곰곰 열흘 전을 떠올려보는 듯했다.

“화기가 강한 음식을 드시지는 않았습니다. 밥, 나물, 생선, 국 정도였고 원체 생것이나 절인 것보다 부드럽게 익힌 것을 좋아하셔서…… 희고 슴슴한 것들을 드셨으니 그건 아닐 겁니다. 다른 식구들과 달리 드시지 않았어요.”

“누가 귀한 것을 손에 넣었다며 어른께 바치지는 않았습니까? 잘생긴 잉어라든지, 커다란 꿩이 잡혔다든지요.”

자은의 집에서도 특별한 음식이 생기면 어른들의 상에 먼저 올라가곤 했었다. 오라버니들은 몰라도 자은에게까지 맛볼 일이 생기지는 않았다.

“아아, 그런 것을 아버님 상에 올려도 드는 척만 하시고 몸이 성치 않은 제 지아비나 한창 자라나는 나이인 조카들에게 주시곤 했어요. 늘 그런 식이다보니 귀한 것이 들어와도 한가운데 두고 먹지 아버님께 따로 올리지는 않게 되었습니다."

그릇이나 수저를 따로 쓰지 않고 상에 올려도 다른 사람에게 간다면, 김무헌만 노려 음식에 독을 타기란 어려웠을 터였다.

"음식 솜씨가 아주 좋으시던데요. 섬세한 맛에 매번 놀라고 있습니다."

자은이 계속 하고 싶었던 칭찬을 전하자 옥화가 고개를 저었다.

"이 집안에서 제가 소용이 있는 곳은 여기뿐이니, 아무 일도 아닙니다."

옥화의 말에 연란이 슬쩍 고개를 돌렸다. 뼈가 있는 말이었다. 자은의 짐작처럼 지율이 전쟁에서 돌아오고 나서 교합이 어려운 몸 상태가 된 것이라면, 옥화는 혼인을 파하고 돌아가도 될 텐데 어째서 남아 있는 것일지 궁금해졌다. 금성 사람은 여러 번 혼인한다는 인곤의 편견에 힘을 실어주고 싶지 않았지만, 얼마든지 다른 사람을 만나 새로 시작할 수 있는 나이여서 의아해졌다.

"이건 묻기 좀 어려운 물음입니다만…… 부리는 사람들 중에 매초성에서 누군가 가까운 이를 잃은 이는 없습니까?"

인곤이 목소리를 죽여 두 여인에게 물었다. 두 여인은 짧게 서로를 마주보고 한 사람처럼 한숨을 쉬었다.

"없는 이가 없을 겁니다. 아버님부터 마당 쓰는 아이까지, 금성 한가운데 사람부터 식읍 끄트머리 사람까지, 이 집안과 연결된 모두가 함께 전쟁에 나갔으니까요. 그러나 아버님만큼 그들의 목숨값을 후하게 치른 장수는 또 없을 겁니다. 자식을 잃은 부모에게, 지아비를 잃은 처에게 먹고살 방도를 구해주는 정도를 넘어, 평생 걱정 없을 만큼 돌봐주셨거든요. 한 번 땅이나 식량을 나눠주신 게 아니라, 매년 누가 아프진 않은지 부족한 건 없는지 살뜰히 들여다보셨어요. 가끔 그것이 과하지 않은지 가신들이 걱정할 정도였고, 제가 이 집의 살림을 빠듯하게 꾸려야 할 때도 있었습니다. 전쟁중의 일로 원망을 받는다고 한다면 목숨값을 치르지 않은 다른 장수들에게 귀신이 들러붙었지, 아버님을 먼저 찾아올 리 없습니다."

일리가 있는 옥화의 말에 자은과 인곤은 고개를 끄덕였다. 부엌을 나서서 거리가 멀어지자 인곤이 말했다.

"만약 저 부인들 중 하나가 독군 어른의 음식에 독을 타려고 했다면, 할 수 있었을 성싶은가?"

"불가능하지는 않았을 거야. 마지막에 직접 상을 내가기 전, 작은 병을 소매 속에 숨겼다 뿌리거나 한다면 못할 일도 아니지."

"그렇다면 독살을 시도한 자는 부엌을 서성거리거나 상 근처에 있으면 눈에 띄는 인물 아니겠나?"

"음식에 직접 손을 대기 어려운 자라 먹이는 독이 아니라 스미는 독을 썼다? 따지자면 그렇겠지만 도통 의도가 읽히지 않는 종류의 독살이라……"

독살의 의도라, 인곤이 자은의 말을 곱씹었다. 스미는 독을 붓을 이용해 손바닥에 썼다. 그런데 그 독은 천천히 작용하고 있다. 글자만 없었더라면 아무도 의아하게 여기지 않고 흔한 병으로 생각했을 것이었다. 대체 어떤 전언을 위해 그런 방식을 쓴단 말인가? 독살인 게 들켜도 상관없다면 격한 독을 썼을 것이고, 독살인 것을 숨기려 했다면 굳이 글씨를 남길 까닭이 없었다. 이 어긋남을 어떻게 이해해야 할까?

산아와의 회동은 금당에서 이루어졌다. 벽 없이 뚫려 있어 깊은 밤 모여 앉아도 오해를 살 일이 없을 거라는 계산에서였다. 산아는 시종들을 금당의 대화가 들리지 않을 만큼 멀리 물렸다. 그럼에도 시종들은 등을 돌리지 않고 산아를 보고 있었다. 산아의 표정이 점점 어두워지는 것에 걱정을 하고 있을지도 몰랐다.

"그런 일은 할 수 없습니다."

산아가 터져나오려는 목소리를 애써 작게 누르며 말했다.

"부모가 자식의 태어남을 결정할 수는 있어도, 어찌 자식이 부모의 떠남을 결정하겠습니까?"

자은도 강권할 생각은 없었다.

"이 약을, 이 방법을 꼭 써야 한다고 드리는 말씀은 아닙니다. 때가 늦기 전에 미리 말씀드려 산아님이 제대로 숙려하실 시간을 드리고 싶었습니다. 일이 닥쳐 갑자기 말씀드리는 것이 최악일 테니까요. 산아님이 저희를 여기 부르신 것은 마음의 위안을 위한 것이 아니고, 독군 어른께 일어난 일을 해결하기 위해서였습니다. 불행히도 독군 어른의 죽음은 이미 결정되어 있으니, 죽음의 옷자락을 들추고 그 아래 무엇이 있는지 확인할지 말지를 한번 숙고해보시지요. 더 하라 하시면 더 하고 멈추라 하시면 멈추겠습니다."

그렇게 말하면서도 산아가 정말 멈추라 하면 어쩌나, 자은은 속으로 조마조마했다.

"저 혼자서 결정할 수는 없습니다. 오라비와 동생에게도……"

그 말에는 강하게 고개를 저었다.

"독군 어른을 한 번 깨울 수 있는 첩약이 있단 말이 일찍 새어나가면, 독군 어른을 해치려고 했던 자는 다시 시도할 것이고 이번에는 느린 독보다 훨씬 강하고 빠른 수단을 쓸 것이 분명합니다. 산아님만 아셔야 합니다."

당신의 형제들도 믿을 수 없다는 말을 최대한 돌려 했다. 산아의 눈이 흔들렸다. 지율은 오래 전쟁터로 떠나 있었다. 기찬은 산아와 나이 차이가 있고 혼인한 이후로 자주 보지 못했을 것이다. 진정으로 형제들에 대해 잘 알고 있느냐 물으면 산아가 확답할 성싶지 않았다.

"약을 써야 한다면 언제……?"

산아가 힘겹게 물어왔다.

"사흘 안에는 써야 할 것 같습니다. 어르신이 더 약해지기 전에요."

산아가 두 손에 얼굴을 묻었다. 우는 것 같지는 않았다. 괴로워할 뿐. 산아의 하인들이 놀라 다가오고 싶어하는 기색이 멀리서도 분명했다. 그런 괴로움을 안기고 싶었던 것은 아니었기에 자은도 인곤도 마음이 좋지 않았다.

"독군 어른이라면 어느 쪽을 원하셨을까요?"

인곤이 산아의 괴로움을 덜어주기 위해서인 듯 물었다.

"아버지가 일어난 일을 흐리게 흘려보낼 수 있는 분이었더라면, 지금 이 집안이 얼마나 평온했을까요?"

산아가 콧등의 윗부분을 눌렀다. 그 부분이 찡하게 아픈 듯했다. 어떤 괴로움은 그렇게 몸으로 오고 만다는 것을 마주앉은 이들도 느꼈다.

"산아님께는 어떤 분이셨습니까? 전장에서의 독군님에 대해서는 들었습니다만."

딸에게는 어떤 아버지였을까, 어떤 아버지였기에 산아를 자은에게 손 내밀게 하기까지 움직였을까.

"엄하고 자애로우셨습니다."

엄하면 엄한 것이고 자애로우면 자애로운 것일 텐데, 그 둘이 함께였다니 곧바로 이해가 되진 않았다.

"금성에 계시지 않을 때에도, 인편을 통해 제가 어찌 지내는지 무얼 익히고 있는지 자라는 내내 물으셨습니다. 어머니가 돌아가시고 나서는 덕이 있는 부인들을 수소문해 여러 가지를 배우게 해주셨지요. 한순간도 제멋대로 풀어놓고 어리광부릴 수 있게 두지 않으셨지만, 제가 아버지의 딸이라는 것을 잊으신 적이 없습니다. 딸은 잊기 아주 쉬운 존재인데도요. 혼인할 때까지 그저 잊힌 채 집안에만 갇혀 있는 진골 여자들이 얼마나 많습니까? 아버지는 사정이 여의치 않을 때도 저에게 저만을 돌볼 사람들을 주셨고, 담장 밖을 걷고 계절이 바뀌는 것을 볼 수 있게 해주셨고, 아버지가 높이 여기시는 집을 방문해보게 해주셨습니다. 덕분에 공과도 만나지 않았습니까?"

약간 더 구체적인 이야기를 해주면 화답하기 좋을 텐데, 하고 자은은 어설프게 고개를 끄덕였다. 원래의 자은과 어디서 어떻게 만났는지 얼마나 만났는지 둘만의 기억은 무엇인지 궁금했고 알지 못하면 언젠가 실수를 하게 될 것이었다.

"전쟁터에서 돌아오시면 저를 앉히시고 느긋이 이야기를 나눴지요. 저 다음은 또 기찬이였고요. 다가올 날을 위해 준비

시키는 데는 한껏 마음을 쓰셨으나, 또 사방에서 들어왔던 청혼은 오래 거절하고 물려주셨던 게 제게는 자애로움으로 느껴졌습니다. 한창 어리고 싱그러울 때 가장 좋은 혼처에 딸을 치워버리는 것이 대개의 아버지들일 텐데, 저를 길게 곁에 두고 싶어하셨고 그래서 저도 공을……"

산아가 잠깐 말을 멈추었다. 산아와 자은 사이에 곤혹스러운 시간이 흘렀다.

"공을 조금은 기다릴 수 있었지요."

부드럽게 웃는 산아에게 자은도 시선을 피하는 것으로 숨고를 틈을 주었다.

"어려운 시절 여러 도움을 준 집안에 결국 가게 되었고요."

그뿐만은 아니길 바라면서 듣고 있었다. 구름 사이 보름달 같은 산아를 아끼지 않을 이는 없겠지만, 산아 쪽에서도 그저 시킨 대로 향한 것만은 아니길.

"이미 벌어진 일에 눈을 가리는 것도 효는 아니겠지만 시간을 더 주십사 청해요."

"어찌할 수 없는 때가 되면 다시 말씀드리겠습니다. 일단은 구해온 약이지만 쓰지 않을 수 있다면 제일 좋겠지요."

바깥손님 두 사람은 산아가 일어나길 기다렸다가 방으로 돌아왔다.

다음날 닥친 것은 죽음이 아니라, 팔 척의 스님이었다. 아침에 대문 쪽이 소란스러워 나가보았더니 회색빛 눈썹 아래 부리부리한 눈의 스님이 마당에 선 채 호통을 치고 있었다. 키보다도 더 긴 석장으로 바닥을 구르고 있었는데, 그럴 때마다 석장에 달린 열두 개의 고리가 절그렁거리는 소리를 냈다.

"그게 무슨 말인가? 독군님을 뵐 수 없다니? 내가 기별을 주고받은 지 얼마 되지도 않았는데? 그사이 몸이 상하셨다고? 그리 꼿꼿하다가 갑자기 고꾸라지는 사람이 어디 있다는 게야? 말을 지어내지 말아!"

자은과 인곤이 나가 서자, 낯선 얼굴을 의심하며 살피는 기색이 만연했다. 중봉과 두섭이 앞서고 기찬이 뒤이어 맞으러 나오고서야 스님은 드디어 말이 통하는 상대를 만났다는 듯 걸음을 옮겼다.

"자네들, 이게 다 무슨 소린가?"

"아이고, 약야 스님!"

중봉이 울컥하며 스님 앞에 고개를 숙였다. 두섭도 얼른 스님의 짐을 받아들었다.

"지율은 어디 있나?"

약야라고 불린 스님이 곧바로 지율을 찾기에 아, 이 사람, 호국승이었겠구나 하고 짐작이 되었다. 함께 싸웠던 사이라, 요즈음 집안의 바깥일을 도맡아 보고 있는 기찬이 아니라 지율을 찾은 게 아닐까 했다. 승려들이 전쟁 시기에 승복을 벗고 이름을 바꾼 채 참전하는 경우는 드물지 않았다. 저런 체구에 보통이 아닌 성미까지, 가만히 있기는 어려웠을 터였다. 자은의 짐작은 틀리지 않아, 약야는 사천왕사에서 나온 스님이라고 중봉을 통해 짧은 소개를 받았다.

약야는 김무헌과 그 앞을 지키고 앉은 지율에게 다다른 후, 무거운 석장을 내려놓았다.

"스님, 어찌 알고 오셨습니까?"

지율이 약야를 올려다보고 물었다.

"모르고 왔네. 왜 말하지 않았나?"

"너무 급작스러워, 미처 도움을 청할 생각을 하지 못했습니다."

"흥, 집안에서 해결하려고 쉬쉬했겠지."

스님은 속내를 그다지 가려 드러내는 편이 아닌 듯했고, 누가 부탁하지도 않았는데 김무헌의 머리맡에 앉아 박력 있는 독경을 시작했다. 하도 소리가 세고 커서, 의식이 있는 사람이라면 자리에 도저히 누워 있을 수 없을 독경이었다. 환자를 위한 독경인지 마물을 쫓기 위한 독경인지 판단이 어려웠다.

"조심스럽게 파헤쳐보려 했던 건 이제 소용없겠군. 저 스님이 이 조용한 집을 어떻게 흔들어댈지 상상도 되지 않아."

인곤이 투덜거렸다.

"우리가 흔드는 것보다 나을 수도 있어."

"우리부터 쫓겨나는 게 아니고?"

"쫓아낸다고 쫓겨날 거였으면 여기 오지도 않았을 거야."

"예이 예이."

누운 이를 위해 방을 옮긴다든지 하는 것은 머릿속에 전혀 없는 모양으로, 약야 스님은 온 가족을 불러모아 쩌렁쩌렁 자신이 찾아오게 된 경위를 설명했다.

"보름쯤 전에, 독군께서 이 집을 사천왕사의 말사末寺로 만들고 싶다고 의논해오셨네. 더 자세한 약조는 만나서 나누기로 했는데, 찾아오시기로 한 때에 오지 않으셔서 기다려보다가 내 직접 온 거네."

두런거림과 술렁거림이 일었다.

"이 집을 말사로……"

옥화는 약야가 집을 바랑에 넣어 가기라도 할 것처럼 바닥에 손을 짚었다.

"집을 시주하시기로 하셨단 말씀입니까?"

지율이 물었다.

"그래…… 우리 절에서도 덥석 받으려던 것은 아니야. 다시 생각해보시라고 만류하는 것도 뵙고 하려 했을 뿐. 워낙 뜻이 굳은 분이라 들어주셨을지는 알 수 없지만. 언젠가 시주하지 않으실까 눈치를 채고 있었다고는 솔직히 말해야겠군. 독군 어른이 금불을 대충 빚게 한 연유를 아는가?"

약야가 말했고, 자은도 궁금했던 차여서 몸을 기울였다.

"비록 선왕께 받은 금으로 빚었으나, 잠시 지닌 것으로 여기셨기 때문이네. 불상을 빚을 때 무른 형태로 해두고 나중에 이 집이 절이 되었을 때 제대로 모실 계획이었던 거야. 그때가 절에서 결정하도록. 독군 어른은 다음 계절에 출가할 뜻도 밝히셨다네."

김무헌 어른이 오래전부터 집과 금을 시주하려 했고, 출가까지 마음에 품고 있었다? 그랬다면 의아할 정도로 장식이 배제된 집과 형태가 둔한 불상들을 이해할 수 있었다. 자은은 김무헌의 의사를 미리 알고 있던 가족이 있었을지, 얼른 둘러앉은 이들의 표정을 살폈다. 모두 충격에 빠져 있는 얼굴이라 표정만으로 분간하기는 어려웠다. 보름 전에 시주의 약조를 사천왕사의 스님과 나누었고, 열흘 남짓 전에 독에 당했다면…… 그 며칠 사이 약조에 대해 알게 된 가족 중 누군가가?

"집을 거론하셨다면 이 집을 유지할 식읍도……?"

인곤이 자은과 같은 생각을 했는지 슬그머니 물었다.

"그런 문제도 더 이야기하기로 했건만."

약야가 경계 없이 대답하며 한탄했다.

"저희로서는 처음 듣는 이야기라, 지금 이 자리에서 무어라 말씀드리긴……"

지율이 약야에게 몸을 굽히며 말했다.

"아니, 내가 그 약조를 지키라고 찾아온 건 아니네. 그런 건 아무래도 좋아. 사천왕사는 큰 절이고 굳이 말사를 더 늘릴 필요도 없네. 그저 독군님의 원願이었던 걸 알고 있으란 얘기였고, 이젠 그보다도 이 사태가 문제구먼. 어떤 배은망덕한 것이 나라를 위해 싸우고 돌아온 독군님을 해하려 했단 말인가! 필시 뼛속까지 사악한 것이렷다? 내가 그동안 쌓은 법력으로 그 요사스러운 것을 잡아내고 말 테다! 문두루비법을 쓰는 게 어떠한가?"

"문두루비법요?"

기찬이 당황한 듯 되물었다.

"오방을 따져 기둥을 세우고 사기를 쫓는 것이지. 독군님이 조금만 기다려주신다면 내 가까운 곳의 명승들을 모아 와서 법사를 열 수 있어. 나 혼자서는 할 수 없지만 그건 분명 효과가 있을 거야."

아무도 약야에게 곧바로 거절하지 못하고 난감한 듯 서로를 쳐다보았다. 기껏 독군이 옳지 않은 일을 당했다는 것을 숨겨왔는데 그렇게 명승들을 잔뜩 데리고 왔다가는 말이 크게 퍼질 것이었다.

"법사처럼 시끌벅적한 일은 오히려 독군님께 좋지 않을 겁니다."

보다못해 자은이 나섰다.

"무어? 어딜 객이 나서나? 객이 나설 자리가 아니네!"

약야가 고함을 지르다시피 했다. 자은은 아랑곳하지 않고 약야를 마주보았다. 약야 같은 이는 오히려 다루기 쉬웠다. 숨기는 게 없는 이이기에.

"누가 이자를 불렀나? 이자는 대체 뭔데 여기 와 있나?"

자은의 손을 홱 낚아챘을 때는 놀랐지만 티를 내지 않았다.

"이 손, 이 검을 잡아보지 못한 손! 이런 자가 무슨 도움이 된다고? 누구냐, 이자를 이 집에 부른 것은?"

자은이 대답하려고 할 때 산아가 앞으로 나오듯 일어섰다.

"제가 불렀습니다."

"네가?"

약야는 산아에 대해서는 잊고 있었던 듯 벙한 표정을 했다. 자은은 아버지가 자신을 잊지 않은 점이 자애로웠다는 산아의 말을 다시금 이해했다.

"뭐, 그럼, 이제 물리거라. 내가 왔으니 물려도 된다. 돌아가게들!"

"아뇨, 계실 겁니다. 스님이 아니라 자은님이 아버지가 입으신…… 업화를 없애실 겁니다. 그리 결정했고 그리 행하고 있었으니 그리 아옵소서."

누이가 약야에게 단호하게 맞서자 위아래의 형제들이 놀라 산아를 바라보았다. 산아가 다음을 부탁한다는 듯 자은에게 고개를 돌렸다.

"스님께는 따로 처소로 찾아뵙고 업화를 해소하기 위해 제가 어떤 일들을 하고 있었는지 말씀 올리도록 하겠습니다."

자은의 그 말에는 약야도 누그러졌다.

"저 스님을 무슨 수로 믿고 어디까지 말할 셈인가?"

급히 마련된 약야의 처소는 자은과 인곤이 머무는 방에서 멀리 떨어진 곳이었다. 산아의 배려임이 틀림없었고 덕분에 인곤도 진솔하게 물을 수 있었다.

"약야 스님은 전쟁 때 한둘을 죽이지 않았을 거야. 저런 사람이 누굴 죽이려 했다면 훨씬 흉포하고 시끄러운 수단을 골랐을 걸세. 게다가 이 일에 연관되어 있다면 굳이 와 독군 어른의 시주 일을 밝힐 리 없지. 이 집안의 누구보다도 믿을 수 있고 아무래도 도움을 받아야 할 것이야. 무엇을 도와달라 부탁드리게 될지는 아직 모르지만."

"뭐, 사람에 대해서라면 자네가 나보다 잘 알겠지. 그 밖의 것이라면 다 내가 낫지만."

잘난척쟁이 백제인 같으니라고. 자은은 찌푸렸을 뿐 대꾸하지 않았다.

인곤을 약야의 방 밖에 세워두고 엿듣는 이가 없도록 했다.

산아와 함께 약야를 마주한 자은은 사혈택에 와 그간 알게 된 것들을 간략하게 설명했다. 아마도 닿으면 스미는 독버섯의 즙으로 누군가 독군의 손바닥에 글씨를 썼다는 것. 딱 한 번 독군을 깨울 수 있는 약을 구해왔다는 것…… 다시 듣는 산아는 창백해졌지만 약야는 붉어졌다.

"당장 온 문을 걸어잠그고, 집안의 모두를 한곳에 모아라! 숨겨둔 독을 찾을 것이다!"

"연유는 뭐라 하실 겁니까?"

앗, 하고 약야가 당황해했다.

"독살자에게 우리가 알고 있다 알리는 것은 현명하지 못하지요."

"그러면?"

"방마다의 사악한 기운을 정화한다 하시죠."

약야가 산아를 힐끔 보며 투덜거렸다.

"이런 자가 전쟁 때 있었더라면 독군님이 예뻐하셨겠군. 그렇게 함세."

곧바로 기찬을 불러 모두 방을 비우고 안마당에 모이게 했다. 한 사람도 빠짐없이. 바깥이 어수선해졌다. 약야가 가지고 온 침향을 준비하는 걸 기다리기 위해 자은도 방을 나와 인곤과 함께 섰다.

"그래봐야 소용없을 텐데. 이미 태우거나 묻었겠지. 적어도 우리가 온 후에는."

인곤이 자은에게 속삭였다.

"또 모르지. 한 번은 뒤집어보고 싶었으니 스님의 이름을 빌리는 게 용이할 거야."

약야는 자은과 인곤을 데리고 다니며 향을 피우고 독경을 하는 척, 방마다 뒤졌다. 아무 궤짝이나 일단 던지고 보는 스님을, 그렇게 하면 샅샅이 뒤지기 더 어렵다고 말렸다. 한 집의 방들이 다 닮아 있을 것 같지만 문을 열 때마다 방의 주인이 뚜렷이 보이는 특이한 경험이었다. 지율의 방에는 잡고 몸을 일으킬 수 있는 가구들이 많았고 약재를 간단히 데울 수 있는 도기들과 화로가 있었다. 화로는 한동안 사용하지 않았는지 재가 깨끗이 비워져 있었다. 지율의 방과 옥화의 방 사이에는 금갑 거치대가 있는 폭은 좁지만 안으로 깊은 방이 있었다. 부부가 방을 함께 쓰지 않지만, 옥화가 지율이 금갑을 입을 때 도와주는 듯했다. 그 공간은 창이 작아 어둑했다. 옥화의 방에는 작은 책상이 있었고 살림살이와 음식을 하는 법에 대해 적어둔 목간이 많았다. 옥화가 직접 적은 듯 한문과 이두가 섞여 있어 잘 모르는 사람이 읽긴 쉽지 않았다.

"아, 이거 버섯에 대한 내용인 것 같은데."

인곤이 하나를 발견했지만 읽어보니 독버섯과는 관련이 없고 버섯탕에 대한 것이었다.

산아는 이 집에 짧게 다니러 온 것이고, 자은과 인곤을 불러 온 장본인이니 방을 뒤지지 않아도 된다 말했지만 약야 스님이 고집을 부려 뒤져보았다. 있을 법한 물건들을 제외하고 나니 초반엔 독군이 업화에 당했다고 여겼기 때문인지 시중에서 구할 수 있는 부적이 몇 개 나왔다.

기찬과 연란은 아이들을 연란의 부모에게 맡기기 전에 한 방에서 지냈는지, 큰 방에 짐이 많았다. 사혈택에서 가장 화목하고 소란스러운 쪽이었으리라 짐작되었다. 이불이 여러 채에 옷가지도 섞여 있고 아이들이 가지고 놀던 잡동사니도 그대로 남아 있었다. 옥화에 비해 덤벙덤벙한 면이 있는 연란이 쌓아둔 바느질거리의 땀이 엉망이라, 인곤의 손이 움찔거렸다. 제대로 고쳐두고 싶은 모양이었지만 그럴 시간은 없었다.

중봉과 두섭의 방은 적당히 떨어져 있었지만 독군을 보좌하기 위해서인지 서로의 들고 남을 알 수 있을 정도로는 비스듬히 마주보고 놓여 있었다. 중봉의 방과 그 옆방에는 여전히 중봉이 자주 손질하는 듯한 무기류가 많았다. 전쟁 때 얻은 것으로 보이는 중해 보이는 물건들 쪽은 별로 가치를 두지 않았는지 엉켜 방치된 채였다. 두섭의 방은 그에 반해 무기를 전혀 찾아볼 수 없었다. 무기뿐 아니라 다른 소지품들도…… 어떤 특색도 없이 단출한 방을 먼저 보고서는 그가 누구인지 무슨 일들을 겪었는지 전혀 알아내지 못할 것이었다. 두섭이 다음날 이 집을 걸어나가 사라진다 해도 이상하지 않을 것 같았고 두섭의 안위에 대해 염려하게 되었다. 중봉과 두섭 두 사람이 잃은 것, 두 사람이 품고 있을 후회들, 다시 회복될 수 있었던 쪽과 그럴 수 없었던 쪽에 대해 저도 모르게 비교하게 되었다.

서고에는 의외로 책이 많았다. 무인 집안이라 적지 않을까 했는데 어디 내놔도 자랑할 만한 서고였다. 책들은 잘 관리되어 있었다.

"이 책들 중에 독에 대한 것이 있다면……"

자은의 말에 약야가 눈을 번쩍 떴다.

"찾아낼 수 있겠는가?"

"제가 외고 있는 책들을 제외하면 그리 어려울 것도 없을 것 같습니다. 저에겐 눈과 손이 한 쌍 더 있기도 하고요."

자은이 인곤을 가리키자, 인곤이 고개를 끄덕이며 약야를 보았다. 인곤은 공을 하나 더 세웠는데, 서고에서 나오다가 수상할 정도로 동그래 보이는 돌을 하나 발견한 것이었다. 나뭇가지로 열심히 파자 예상보다 깊이 박혀 있었고 뒤집으니 작은 절구였다.

"아무것도 아닐 수 있지만, 버섯을 빻은 절구일 수도 있겠군."

"멀리 가져다 버리는 게 좋았을 텐데."

"들고 나가기엔 너무 눈에 띄는 물건이지요."

공이는 나무였을 테니 벌써 태우고 없을 것이었다. 인곤이 절구를 안아들었다. 원래 이 집의 물건인지 확인해야 했다.

집에 머물며 일하는 사람들의 방도 뒤졌다. 원래 집의 물품이었는데 은근슬쩍 방으로 옮겨진 것들이 있었지만 일일이 따져물을 생각은 없었다. 애매하고 흐린 영역은 그대로 애매하게 남겨두고 남아 있을지 모를 위험에 대해서만 탐색했다. 부엌채와 창고들, 마구간에 대해서도 마찬가지였다. 창고 구석에서 말린 버섯들을 찾았지만 오래된 것이었고 이미 거의 부스러진 상태였다. 인곤이 굳이 입에 넣고 씹었다.

"평범한 버섯이네. 먼지맛밖에 나지 않아."

사혈택의 수색을 마치고, 모여 있는 사람들에게로 돌아갔다. 절구에 대해서는 옥화에게 금방 확인받을 수 있었다.

"원래 있던 물건이 맞네요. 그런 작은 절구는 그다지 필요하지 않아서, 없어진지도 몰랐어요. 큰 돌확이 두 개나 있다보니."

옥화가 손을 내밀어 돌려받으려 하기에, 사악하게 뒤집혀 있었으니 쓰지 않는 쪽이 좋겠다고 말했다. 독이 남아 있거나 씻기지 않을 가능성 때문이 아니라, 끔찍한 데에 쓰인 물건이 아무 일도 없었던 듯 제자리로 돌아가는 것은 옳지 않게 느껴졌으므로.

밤새 인곤과 책들을 살폈다. 독군의 숨이 언제까지 붙어 있을지 모르는 때, 잠은 미뤄두어도 좋았다.

책의 처음, 중간, 끝을 펼쳐 이상한 부분이 없나 살폈다. 가운데 몰래 끼워넣은 종이가 없는지도 넘겨보았다. 아이들을 가르치기 위한 책들, 경전들, 사혈택과 식읍의 재산을 관리하기 위한 기록들, 중요한 서신을 묶어둔 것들이 대부분이었다. 별다른 것을 건질 수 없겠구나, 기대 없이 펼친 책이 자은의 졸린 머리를 깨운 것은 막바지에 이르러서였다.

표지가 어디로인가 사라진 낡은 책 안쪽은 서체가 들쑥날쑥했다. 여러 세대에 걸쳐 빌린 약서나 본초서를 베낀 듯, 얼핏 보기에도 『신농본초경神農本草經』이나 『명의별록名醫別錄』 『신수본초新修本草』 등의 일부를 확인할 수 있었다. 자은은 그 책들을 훑듯이 한 번 읽은 적 있으나 자세히 기억하고 있진 못했다.

"인곤, 이 책 좀 보게나."

책을 넘겨주었다.

"오, 약에 대한 책에 독에 대한 것이 적혀 있을 수 있었겠군. 게다가……"

인곤이 안쪽으로 날카로이 잘려나간 부분을 펼쳐 보여주었다.

"그냥 찢긴 부분일 수도 있지만, 의심을 받을까 없애버린 장이 아닐까 싶어."

자은도 손가락을 넣어 찢기고 남은 부분을 만져보았다. 인곤이 아니었더라면 놓칠 뻔했다.

"그런데 이건 바다 건너의 오래된 책을 베낀 것이고 신라의 산야에는 똑같은 것이 나고 자라지 않을 텐데……"

"독군 어른이 누워 계신 것이 그리 설명될 수도 있겠어. 책에서 본 대로 버섯이든 무엇이든 구했으나 같지 않고 살짝 달랐던 게지."

책에는 그림이 없었다. 전부 글이었다. 거기다 약초의 이름에는 평소 쓰이지 않는 글자들이 드물지 않게 쓰였고, 그것들을 어떻게 사용하는지에 대한 부분도 복잡하기 이를 데 없었다. 글월을 대충 익힌 자가 이해할 수 있는 내용이 아니었다. 이 집안에 서고에 드나드는 게 이상하지 않으며, 돌절구를 훔쳤다 쓰고 난 후 서고 앞에 묻을 수 있고, 글을 해석하는 데 뛰어난 이는 누구일까?

산아와 약야 두 사람에게 다 도움을 청하기로 했다.

"저도 글을 읽고 쓸 줄 압니다."

산아가 자은을 똑바로 보며 말했다.

"엄하셨던 건지 자애로우셨던 건지 짚어 말하기 어렵지만 아버지가 일찍부터 글을 가르쳐주셨습니다. 자라는 내내 서고를 드나들었어요. 쓰는 것은 오라비나 동생만큼은 아닐 수 있지만 읽는 것은 그리 떨어지지도 않을 겁니다."

"하지만 산아님은 독군 어른이 쓰러지시고 난 후 사혈택에 돌아오신 거니까 다른 분들에 대해 말씀해주시지요."

자은이 산아에게 부드럽게 부탁했다.

"어쩐지 저 자신에 대해 말하고 시작해야 할 것 같았어요. 숨기는 게 있다 여기실까 해서요."

"네, 뜻을 이해했습니다."

산아가 집안 사정을 잘 아는 하인을 불러, 최근 서고를 누가 썼는지 물었다. 하인은 큰 의심 없이 지율은 전쟁에서 돌아온 이후로 거의 쓰지 않았고, 기찬이 집안의 일을 돌보게 된 다음부터 자주 썼으며, 독군과 그 가신들인 중봉과 두섭도 독군이 정정하실 때 긴 시간을 서고에서 보내곤 했고, 부인들과 그 밖의 사람들도 서신을 쓸 일이 있을 때 직접 쓰거나 두섭의 도움을 받곤 했다고 고했다.

"그러니까 중봉님과 두섭님 중에는 두섭님이 읽고 쓰는 데 낫다……?"

"중봉님은 언변은 좋으신데 붓을 쥐시면 글씨가 넓적하게 뭉개져 아무도 중봉님께 뭘 대신 써달라 하지 않습니다. 두섭님은 명필이시죠."

하인이 대답했다. 그리고 서고를 청소하는 이들이 몇 있다고 했다.

"서책이 귀하긴 하지만 서고를 잠가두진 않으셨다는 거죠?"

"잠이 짧은 날이면 자유로이 드나들 수 있도록 밤이고 낮이고 열어두었고, 믿을 만한 사람들로 집안을 꾸리고 있다는 자신이 있던지라……"

자은의 물음에 산아가 말끝을 흐렸다. 사람을 물리면서 약야 스님을 모시고 와달라 부탁했다. 되도록 조용히. 그 스님이 조용히 움직일 수 있는 사람인지 의심스러우면서도.

약야는 성미에는 맞지 않았겠지만 상황이 상황인 만큼 발소리를 작게 내며 세 사람에게 와주었다.

"스님의 도움이 필요합니다."

약야는 선뜻 대답하지 않았다.

"도와줄 수는 있네만, 내가 몰래 들어와 독군의 손바닥에 글씨를 썼으면 어찌하려고 나를 믿는가?"

흥분을 가라앉히고 나니 드디어 생각이 거기까지 가닿은 모양이었다.

"음, 스님은…… 몰래 움직이기 적합한 분이 아니십니다."

자은은 웃지 않으려 애쓰며 말했다.

"무어라! 내가 전쟁터에 있을 때는 날아다녔어! 아군은 나를 날랜 도깨비로 불렀어!"

"어, 그럼 적군은요?"

인곤이 눈치 없이 물었다. 약야는 끙, 하는 소리를 내고는 대답하지 않았다. 자은은 아마 멧돼지가 아니었을지 짐작했다.

"독군님을 떠올리면 마음이 타들어가니, 내 뭐라도 하지. 말해보게나."

돌절구가 서고 앞에 묻혀 있고 본초서를 베낀 묶음에서 찢겨나간 부분이 있는 이상, 독살자가 서고에서 관련된 내용을 읽고 간악한 짓을 준비하지 않았을까 하는 추측을 바탕으로 자은은 다음의 행동을 제안했다.

"그러니 이 집안에 그림도 없이 낯선 글자로 가득한 본초서를 읽고 일을 도모할 만한 인물들을 추려야 합니다. 저희가 꾀를 하나 냈으니, 스님께서 힘을 실어주십시오."

"어떤 꾀?"

인곤의 생각이었기에 인곤이 설명하기 시작했다.

"독군 어른을 일으키기 위해, 집안 모두의 기원문이 필요하다고 하십시오. 글을 쓰지 못하는 사람들의 것도요. 그래서 우리가 쓴 기원문을 각자 베끼게 하는 겁니다. 그런데 그 기원문에는 모양이 비슷하여 사람들이 잘못 쓰곤 하는 글자들이 섞여 있습니다."

"예를 들면?"

"천天과 부夫, 우右와 석石, 미未와 말末, 토土와 사士, 오午와 우牛, 이已와 기己. 일단은 기원문에 쓰여도 이상하지 않은 글자들로 골라봤습니다만.”

“획이 더 많은 글자들은 빼고?”

“모두에게 쓰게 할 테니 간단한 글자들인 것이 적당하고, 빨리 옮기라고 부추기기도 맞춤하고, 상대를 방심하게 하기도 좋지요.”

“그래서 그것을?”

“원문에 일부러 애매하게 써두는 것입니다. 이 글자로도 보이고 저 글자로도 보이게요. 문맥을 아는 자는 맞는 쪽을 고르겠지요. 그저 따라 그리는 게 아니라 마음속에서 읽으며 옮길 테니까요.”

“그렇게 글을 잘 다루는 이를 추려낸다?”

“그중에 독살자가 있을 겁니다. 추려낸 이들이 독군님이 쓰러지신 날 어떻게 독군님과 가까이 있었는지를 살펴야 합니다.”

“대단한 일도 아니군.”

약야가 승낙하자, 인곤이 재주 좋게 이렇게도 읽히고 저렇게도 읽히도록 획의 길이들을 조정하여 기원문을 써냈다. 몇 번 틀리지도 않았다. 하여간 기이한 재주란 전부 모아둔 식객이었다. 언뜻 보기에는 독군이 회복하기만을 바라는 내용으로 문장도 자연스러웠다. 위험한 자가 될 뻔한 것을 데리고 와 잘 쓰고 있는 건 아닐까, 혼자 생각하는 자은이었다.

약야의 독촉이랄지 호령이랄지로 사혈택에 살고 드나드는 모두의 기원문을 얻어낸 것은 그다음날이었다. 떨떠름해하는 자도 있고 당혹스러워하는 자도 있고 대부분은 붓을 쥐어본 적도 없어 억지로 따라 그린 형국이었다.

"결과가 마음에 들지 않아."

약야의 반응도 그럴 만한 것이 인곤이 파둔 함정으로 걸러진 것은 지율, 옥화, 기찬, 두섭이었다. 따로 재주를 숨긴 누군가를 찾아내지도 못했고 글을 읽을 수 있는 이 중에 연란과 중봉을 제외한 것뿐이었다.

"그 넷 중 하나가……"

"한 명이 꾸민 것인지 여럿이 공모한 것인지는 아직 알 수 없습니다."

자은은 독살자를 자극한 것이 전쟁 때 있었던 일인지, 가진 모든 것을 시주하고 불가에 귀의하겠다는 김무헌의 뜻인지 알 수 없어 답답했다. 약야가 세 사람의 얼굴을 쓱 훑었다.

"이제는 미룰 수 없겠군. 내가 독군님을 깨우마."

산아가 얼어붙었다.

"스님……"

"일이 필연적으로 이리 되려고 내가 온 것 같다. 네 짐을 대신 들기 위해. 독군 어른의 혼을 좋은 곳으로 보내드리기 위해."

아무도 아무 대답을 하지 못했다.

"그런 뒤에 감히 독군 어른께 독을 쓴 놈을 잡아, 응당 받아야 할 대가를 치르게 하자."

자은은 세상 일을 약야처럼 단순히 볼 수 있으면 마음속이 얼마나 거칠 것이 없을지 다소 부러워지고 말았다.

인곤이 약첩을 꺼내왔다. 산아가 필요한 도구들을 들고 왔고 딱 한 번 쓸 수 있는 그 약을 달이기 시작했다.

모두에게 받은 기원문을 태워 그 재로 특별한 의식을 한다고 자은, 인곤, 약야 스님만 독군의 방에 들었다. 독살자가 섞여 있을 가족들과 가신들을 가까운 다른 방에 기다리게 했다. 산아만 따로 있는 것도 이상할 것 같아 그들과 함께 있는 쪽을 택했다. 산아는 보지 않는 척 자세히 관찰하고 있을 것이었다. 그 속내가 어떨지 지금은 헤아리지 않기로 했다.

어둡게 했던 독군의 방을, 등잔을 잔뜩 가져와 밝히게 했다. 마치 가는 이의 마지막 모습을 최대한 잘 보기 위한 것처럼. 약야가 부담스러울 정도로 인곤 뒤에 바짝 고개를 들이대고 있었지만, 인곤은 떨지 않고 김무헌의 입가에 약을 흘려넣었다. 소용이 없는 게 아닌가, 자은의 속이 탈 때쯤 김무헌이 눈을 떴다. 번쩍 뜨진 못하고 가늘게 떴고, 자은이 눈꺼풀을 젖은 수건으로 닦아주자 눈동자가 움직였다.

"독군님, 정신이 드십니까?"

의식은 있는데 자은이 낯선 자라 대답을 하지 않는 듯했다. 약야가 인곤을 물러나게 하고 가까이 다가갔다.

"접니다, 약야입니다."

"……약야."

목소리가 한참 나오지 않다가, 갈라져 나왔다. 독군의 얼굴에 혼란이 가득했다. 통증도 강할 것이었다. 약야가 얼른 김무헌의 손바닥을 들어 눈앞에 보여주었다.

"손바닥에 글씨를 쓴 자가 누구입니까?"

김무헌은 여전히 흐린 눈이었다. 글씨도 붉은 점들로 흩어지고 있어 도움이 되지 않았다. 독이 눈을 반쯤 멀게 했으면 어쩌나? 흔히 그럴 수 있었다. 독군에게 시간을 주고 싶었지만 남은 숨을 낭비할 여유가 없었다.

"붓을 들고, 어른께 접근한 자가 있었습니까?"

독군은 찌푸려 자은을 바라보았다. 누군지 모를 자가 무슨 말인지 모를 말을 하고 있으니 그럴 만했다. 그걸 일일이 설명할 새는 없었다.

"떠올리셔야 합니다."

"아무도…… 글씨는…… 이게 무슨……?"

손바닥의 글씨가 보이긴 하는 듯했다.

"붓을 들고 다가온 자가 없었습니까?"

김무헌이 고개를 저었다. 붓이 아니다? 하지만 그 섬세한 획들은……

"도장을 찍은 자는요?"

다시 고개를 저었다. 낭패였다. 어쩌면 쓰러지기 전 마지막 날을 제대로 기억하지 못하는지도 몰랐다. 그것 역시 드물지 않은 일이었다.

"집과, 식읍과, 금불을 모두 시주하겠다고 약야 스님이 아닌 다른 사람에게 말씀하신 적이 있습니까?"

자은이 또 조급하게 물었으나, 무헌이 고개를 저었다.

"그러면 기억하시는 마지막 낮에, 누구를 만나고 무엇을 하셨습니까? 찾아온 사람이 있었습니까? 잠깐이라도 밖에 나가신 적은요? 밤에 혹시 전에 없던 기척을 느끼시진 않았습니까?"

무헌의 눈에 서글픈 빛이 스쳐갔다. 자은의 질문들을 통해 상황을 파악한 것이 틀림없었다. 깨우는 약의 효과가 분명했다.

"그저…… 기도를 했던 날이었네……"

약야가 자은의 어깨를 꽉 잡았다. 무언가 더 물어야 하지 않느냐는 재촉이었다. 독군의 시간이 헛되지 않도록.

"마지막으로 기억하시는 것은 무엇입니까?"

"……막 시작된 빗소리."

자은이 인곤을 쳐다보았다. 자은은 그날의 비를 기억하지 못했다. 그즈음 비가 온 것은 알고 있지만 딱 그날이었나? 인곤이 얼른 셈해보더니 고개를 끄덕였다.

"독군님을 이리 만든 자를 잡고 싶습니다. 뭐라도 더 말해 주실 수 없습니까?"

약야의 목소리가 컸다. 자은이 약야에게 목소리를 낮추라 주의를 주었다.

"잡지 말게……"

그렇게 말하고 독군이 눈을 감으려 해서, 흔들어 깨워야 했다. 인곤이 뛰어가 집안사람들을 불러왔다.

"아버지……!"

"독군 어른, 이렇게 가실 순 없습니다!"

지율이 먼저 독군 곁에 무릎을 꿇고 앉았다. 아버지의 손을 잡고 손등에 이마를 가져다댔다. 붉은 글씨가 남아 있는 손이었다. 산아가 그 맞은편으로 가 다른 손을 잡았다. 찬 손이 안타까운지 손을 비벼 온기를 주려고 했다.

"제가 장자의 역할을 하지 못하여, 이런 일이 일어났습니다."

지율의 목소리가 떨려 나왔다.

"……나의 악업 탓이다."

그 말에는 중봉이 답했다.

"독군님, 독군님을 따랐던 것에 한 점 후회가 없습니다. 일어난 모든 일들이 일어나야 해서 일어났다고 믿습니다. 다시 태어나 이제 전쟁 없는 시대를 사셔야지요. 꼭 서라벌에 태어나 우리를 찾아오십시오."

독군이 고개를 저은 것처럼 보였다.

"아버지, 가지 마세요."

산아가 독군과 눈을 맞추었다.

"너를…… 더 많이 볼 수 있었다면 좋았을 거다……"

어느 부모 자식 사이에나 하는 말이었지만, 산아는 울음을 터뜨렸다. 그 모습을 보던 지율이 자리에서 일어나 기찬에게 아버지 곁을 양보했다. 작은아들은 울먹이며 무릎 꿇었다. 지율만큼 독군과 가깝지는 않았는지 아버지의 손을 잡지는 않았다.

"네 형만큼은…… 절대……"

독군이 기찬에게 짧은 당부의 말을 했다. 기찬도 울었다. 독군의 눈이 자꾸 감기어, 약야가 이불 위로 독군의 무릎께를 그러쥐어 깨워야 했다.

"나를…… 내가 핏물로 만들었던, 그 강에 산골해다오…… 저지른 죄악을 조금이나마 갚을 수 있게……"

"끝까지 그러셔야겠습니까?"

두섭의 힐난에 모두 깜짝 놀랐다.

"적을 베고 아군을 잃었습니다. 전쟁이 원래 그런 것 아닙니까? 저는 그 작전에 찬성했고 중봉은 반대했었지요. 그런데 중봉의 마음은 안온하고 저의 마음은 지옥인 연유가 무엇입니까? 독군께서 괴로워하셨으니 저도 괴로움을 함께 진 게 아닙니까?"

두섭은 울지 않았다. 안대를 하지 않은 눈이 강렬한 감정을 담고 있었지만 전혀 젖어들지 않았다.

"나를 괴롭혔던 것은……"

무헌의 말에 두섭도 중봉도 숨을 들이켰다. 지율은 고개를 떨어뜨렸다.

"우리가 벤 적군이…… 항상 적군은 아니었다는 것이네……"

자은과 인곤이 그 말에 서로를 바라보았다. 전쟁 시기에 삼한에 없었던 그들도 그 복잡함을 어렴풋이나마 이해할 수 있었다. 몇 년 전까지 함께 싸웠던 이들과 갑자기 창끝을 맞대고, 이이제이를 위해 직접 망하게 한 나라의 남은 군사를 은근히 지원하기도 했다. 더러운 전쟁이었다. 혼전 중의 혼전이었고, 엄하고 도리를 아는 사람일수록 안쪽이 무너져내릴 수밖에 없는 나날이었을 것이다. 엎치락뒤치락 없이 명분이 틀림없는 싸움을, 하나의 적과 했더라면, 싸웠던 이들도 지금보다는 평안에 이를 수 있지 않았을까?

"지옥에서, 지옥으로……"

끔찍하게도 그것이 김무헌의 마지막 말이었다. 몸을 떨며 피를 뿜더니, 고개가 뒤로 떨어졌다. 치마폭으로 아버지의 머리를 받아든 산아가 자은을 바라보았다. 눈물이 흐르고 있었지만 얼굴은 결연했다.

"입관 전에, 말씀 올리도록 하겠습니다."

자은이 말했고, 약야가 독경을 시작했다. 무헌이 살아 있을 때보다 느리고 부드러운 독경이었다.

염을 하는 동안, 자은과 인곤 둘만 있을 수 있었다.

"마지막으로 인사를 할 수 있게 해드렸을 뿐, 새로 얻은 게 하나도 없군."

인곤이 눈을 문질렀다.

"아니, 독군께서 우리에게 한 가지를 알려주셨네."

"뭐? 언제?"

"내리기 시작한 빗소리를 들으셨다고 했지. 그리고 자네도 기억하겠지만 그 밤 내내 적지 않은 비가 내려 땅이 젖었네."

"그래, 가뭄 걱정은 덜었지…… 아!"

인곤도 알아챈 듯했다.

"이 집에는 회랑이 없으니, 만약 누군가 독군님께서 잠드신 새 해하였다면, 그자의 발자국이 남았을 거야."

"그걸 누구에게 확인하면 좋단 말인가?"

"아침 문안을 갔다가, 독군의 위태로움을 발견한 것은 중봉이었네."

자은과 인곤은 중봉을 찾아가 불러내었다.

"그 아침에 발자국요?"

중봉은 잠시 기억을 더듬는 듯했다.

"십중팔구 없었을 겁니다. 기다리던 비가 와 마당이 정말 깨끗하다고 생각하며 걸어갔거든요. 먼저 걸어갔다 걸어나온 발자국이 있었다면 그렇게 깨끗하다고 여기지 않았을 테니까요."

"한번 더 생각해보셔도 됩니다."

"아뇨, 맞을 겁니다. 왜냐하면 처음으로 아침 문안을 드리면 뿌듯하거든요. 극히 뿌듯하게 독군님께 제가 왔다고 고했다가……"

중봉의 표정이 어두워졌다. 들라는 대답 대신 돌아온 것은 신음이나 평소 같지 않은 기척이었을 것이다.

"발자국에 대해 물으심은, 무슨 뜻입니까?"

잘 대답해준 중봉에게 바로 답해줄 수 없어 안타까웠다.

"기다려주시면 전부를 말씀드리겠습니다."

중봉이 더 묻지 않고 두 사람을 보내주었다.

"독군 어른은 우리가 살펴봐야 할 것이 밤이 아니란 걸 알려주신 셈이군."

자은이 나란히 걷는 인곤에게 말했다.

"하루종일 금당에서 기도를 하셨다 했지. 그러면 누가 함께 기도했는지 알아내야겠군."

인곤은 바로 다음 계획을 세웠다. 중봉만큼 독살자일 가능성이 낮은 연란을 찾아가 물었다. 연란은 그때만 해도 아이들을 돌보느라 정신이 없었는지 그날을 떠올리는 데 확신이 없었다.

"이른 새벽엔 저의 지아비가 함께 모시고 앉았을걸요? 일어나 나가는 소리를 들었던 기억이 나요. 그리고 아침을 차렸다가, 오전엔 다들 볼일이 많아 바쁘니까 아버님 혼자 앉으셨을 거예요. 점심 전에 아주버님이 잠시 같이 계셨을 텐데, 아시다시피 아주버님은 길게 앉아 있기 힘들어하셔서. 점심 이후엔 가신들이 모셨던 기억이 있는데, 이날이 그날 같고 그날이 저날 같아 맞을지…… 저녁을 물리고는 형님네와 저희가 다 같이 금당에 있다가 애들이 시끄러워서 저희가 먼저 돌아왔습니다."

연란은 고개를 갸웃거리며 말해주었지만, 여러 사람에게 다시 확인하니 크게 틀린 곳이 없었다. 모두가 무헌을 만났다. 누구에게나 기회가 있었다.

"염주!"

인곤이 독을 묻힐 도구로 염주를 떠올렸으나, 막상 무헌의 염주를 찾아오니 염주의 글씨는 양각이 아닌 음각이라 무헌의 손바닥에 파고들 수 없는 형태고 글씨 크기도 달랐다.

"역시 태워버리거나 없애버린 걸까? 글씨를 돋을새김한 그 물건은."

"그런데 그 정도로 정교한 글씨를 새기는 건, 장인이 아닌 다음에야 보통 사람은 할 수 없지 않나?"

"장인이 만든 물건이 있었다가 없어졌다면, 누구 하나는 기억하고 있을 텐데. 아주 작은 물건일까? 혹은 집안의 것이 아닌 한 사람 소유거나."

"눈에 띄는 행동을 한 이가 없었다고 하셨으니, 김무헌 어른이 매일같이 쓰셨던 무엇을 이용했을 거야. 아무도 만지지 않는데 어른만 자주 만지는 물건을. 그게 대체 뭘까?"

자은과 인곤은 한 사람처럼 머릿속의 생각을 나누었다. 독군의 방을 재차 보여달라 부탁해서 작은 틈새까지 찾아보았다. 점점 초조해져갔다. 입관 전에 해결하겠다고 한 약조를 지키고 싶었다. 독군을 죽인 자가 독군의 장례에 끝까지 있어서는 인륜에 어긋나는 일이 되어버릴 것이었다. 독군은 죽은 부인의 반지를 몇 보관하고 있었다. 인곤이 그것들 하나하나를 자세히 들여다보았다.

"신라 사람들이 남녀 가리지 않고 양손에 여러 개의 반지를 끼는 것을 좋아해 처음엔 놀랐었지."

"그래?"

"자네는 왜 끼지 않나?"

"유학 시절 다 팔아먹고 나서 새로 장만하는 것을 잊었네."

"이 반지들엔 글씨가 없지만, 끼고 있는 반지를 이용해 독을 묻힌 게 아닐까? 은근슬쩍 만지거나 잡는 척하면서."

인곤의 말에 자은은 반지로 독을 묻히는 동작을 상상해보았다.

"독군 어른의 몸에 닿게 하기는 쉬웠겠지만, 자기 자신이 독에 닿는 걸 어찌 막을 수 있었겠나? 그리고 반지는 폭이 너무 좁지. 조금 더 큰 물건이었을 거야."

자은이 고개를 젓자 인곤도 곧바로 수긍했다.

"괜히 한번 말해보았네. 그래도 한 가지 수수께끼는 풀렸군. 처음부터 이상했어. 글씨의 위치가. 손바닥에 글씨를 쓰려면 정중앙의 오목한 곳에 쓰기 마련이네. 그런데 독군 어른의 엄지 아래, 힘을 주는 볼록한 곳에 글씨가 있었지. 꽉 쥐거나 누르거나 미는 물건인 걸까?"

"독이 색이 없다 해도 독물이 묻었을 때 티가 나지 않으려면 아주 옅은 물건도 아니겠지. 좁지 않고 옅지 않고 글씨가 새겨진 무엇. 아아아, 그게 대체 무어란 말인가."

자은이 답을 찾지 못하고 앓자, 인곤이 못된 표정을 했다.

"약야 스님의 도움을 받아 추린 이가 지율님, 옥화님, 두섭님, 기찬님이라면 그들을 한번 더 휘저어보면 어떻겠나?"

"어찌 휘저으려고?"

"이번엔 산아님을 통해."

"아버지의 약조대로 집과 모든 걸 시주해야 한다고 호소하라고요? 저는 그렇게 여기지 않는데…… 아버지가 지나치셨어요."

산아는 당황해했다.

"진정으로 그리 여기실 필요는 없습니다. 다만 말을 던져 가족들이 어찌 나오는지 보자는 거지요."

"듣고서 그래, 그러자고 할 수도 있잖아요. 그럼 돌이킬 수 없어지는 게 아닐까요? 약야 스님 앞에서 그러기가……"

"그만큼 큰 결정에 곧바로 모두의 뜻이 모일 리 없고, 약야 스님도 냉큼 집과 금불을 가져가실 분으로는 보이지 않더군요."

자은의 말에 산아도 고개를 끄덕였다. 약야는 받기로 했던 것을 받으러 온 것이 아니다. 독군의 안위를 우려해서 온 것일 뿐. 이 일이 끝나는 것을 지켜볼 바깥의 눈, 적당한 선에서 물러날 것이었다. 산아는 원하는 것을 얻기 위해 거짓말을 하는 게 맞을지, 망설이는 듯 생각에 잠겼다. 소매 끝으로 나온 손가락이 산아의 어지러운 마음을 표현하는 듯 볼에 닿았다 턱으로 미끄러졌다.

"지금 슬픔보다도 저를 울게 하는 것은, 형제들에게 곤두서고 마는 의심의 마음입니다. 그 마음을 거둘 수 있다면 뭐라도 해야겠지요. 네, 할게요. 저는 자은 공을 믿어요."

그 믿음에 답하지 못할 것이라면, 신라 땅에 돌아와서는 안 되었다고 자은은 속으로 생각했다. 산아의 눈가는 붉어진 채였지만 눈자위는 희고 맑았다. 산아를 두고 바다를 건너려 했던 원래의 자은에게 새삼 감탄하게 되었다. 뜻이 그렇게까지 굳었구나. 어쩌면 산아를 위해 건너려 했을지도 모른다. 돌아와 무엇이라도 되어서 산아를 얻으려고.

"그럼 부탁드리겠습니다."

인곤이 넙죽 엎드렸다.

망설인 것치고 산아는 맡겨진 역을 제대로 해냈다. 온 집안 사람들이 모여 고개를 숙이고 있던 방 한가운데에 앉아 한 바퀴 둘러보며 시선을 끌어모았다. 꼿꼿이 앉은 채, 아버지를 위해 아버지의 약조를 따라야 하지 않겠느냐 말했다. 거짓말을 많이 해보지 않은 사람의 미숙함이 드러나지 않도록 짧게 말했지만, 단단한 태도 때문인지 진심으로 보였다. 사정을 알고 보는 자은과 인곤도 놀랄 정도였다.

"흉하고 불길한 방식으로 돌아가신 이상, 더더욱 이 집을 사천왕사의 말사로 바쳐 아버지의 명복을 빌어야 하지 않겠습니까? 저는 벌써 꿈자리가 사납습니다. 온갖 악귀들이 그림자 속에서 아버지의 혼을 노리고 있는 것만 같아요. 갈퀴 발로 아버지를 저 아래로 끌어가려고 도사리는 것들이 아른아른합니다."

산아는 호소 끝에 울먹였다. 울고 싶은 속내만큼은 진실일 것이었다. 좌중이 조용한 가운데 연란이 입을 열었다.

"어떤 뜻인 줄은 알겠는데, 그럼 우린 어디에 가서 어떻게 사나요? 다 같이 머리를 깎나요? 어린 자식들까지 끌고요?"

기찬이 말리듯 연란의 팔을 잡자, 연란이 그 손을 밀어냈다.

"두려운 날들이 이어지고 있지만, 이 집에 사는 사람들이 결정할 문제니 혼인한 딸은 나서지 마시지요."

산아가 자은과 인곤을 슬쩍 돌아보았다. 이제 어떡하느냐는 물음이 담긴 표정이었다. 자은은 그 시선을 흘리듯 넘겼다. 연란으로 끝나지 않을 것이었다. 움직여, 말해, 드러내, 끓어오르는 것들을 터뜨려버려…… 침착히 그다음을 기다렸다.

"치우침이 있었습니다."

두섭이 입을 열었다.

"독군님은…… 금성으로 돌아온 후 예전의 그분이 아니셨습니다."

"두섭!"

중봉이 이름을 부르며 두섭의 말을 끊자, 두섭이 중봉을 바라보았다.

"우린 매초성에서 독군님을 구했다고 여겼지. 혜요가 길을 내고…… 내가 눈을 잃고…… 자네도 피 흘렸고…… 다른 모든 이들이 죽었어도, 그래도 독군님과 지율님을 구해 돌아왔다고. 그러니 되었다고. 부하된 자로서 모자람이 없었다고."

"무슨 말을 하려는 건가?"

"구하지 못했어. 우리가 구해 온 것은, 껍데기였어. 몸만 남은 사자死者였어. 우리는 끔찍한 짓을 했어. 독군님을 위한다면서, 독군님의 마지막 지시를 행하지 않았어. 독군님은 대체 어떻게 매일 우릴 견디셨을까? 자네의 멍청한 면상과 내 시든 면상을. 주인을 저버리고 주인의 이름에 똥칠을 한 수족을."

두섭의 말이 끝나자마자, 중봉이 두섭을 향해 주먹을 내질렀다. 두섭은 피하지도 않았다. 그대로 맞아 뒤로 벌렁 쓰러졌다. 쓰러져서도 계속 말했다.

"독군님과 우리는 하나였는데, 우리가 독군님을 구함으로써 더이상 하나가 아니게 되었어. 그곳에서 함께 스러졌더라면 육도 어디에서도 풀리지 않았을 결속을, 우리 둘이 마구잡이로 풀어헤친 거야. 독군님은 뭐가 되었나? 그저 따르던 이들을 희생시킨 흔해 빠진 장수가 되었지. 죽은 자들은 뭐가 되었나? 함께 가자는 말에 속은 머저리들이 되었지. 자네와 내가 모두의 뜻을 더럽힌 바람에, 독군님께 억지로 안겨진 생은 오로지 치욕이었어."

"길이 있었는데, 어떻게 길을 택하지 않나? 거기 길이 있었는데! 자네 아들, 혜요가……"

중봉이 울부짖었다.

"그 아인, 전쟁 내내 지율님만을 보았지. 그랬지 않습니까, 지율님?"

두섭이 지율을 향해 여전히 누운 채로 고개를 꺾었고 지율은 대답 대신 작은 신음을 흘렸다. 혜요의 이름이 다친 몸에 고통을 상기시킨 것처럼. 두섭은 웃으며 천장을 향해 계속 말했다.

"차라리 독군님이 정말로 흔해빠진 장수여서 지나간 날을 한번 돌아보지 않으셨더라면, 죄다 잊고 융성하는 신라를 만끽하며 손주들 재롱이나 즐기셨더라면, 죽은 몸들이 천년왕국의 초석이 되었다고 발판삼으셨다면……"

"그럼 두섭 자넨, 그것대로 원망했을 거야!"

중봉의 곧음은 두섭을 포기하지 않았다.

"그래도 지금처럼은 아니었을 거야. 가끔 금당에서 독군님 곁에 앉아 있을 때면, 어느 순간 혼자 있는 것처럼 느껴졌어. 시야에 독군님이 계시지 않으면 바로 기척이 사라져버렸지. 가슴이 덜컥하여 독군님이 거기 계신지 확인해야 했어. 고개를 돌리면 계시긴 했지. 눈길이 얽혀야 마땅한데 얽히지 않는 완전히 비어버린 독군님도 독군님이라면……"

"자네가 독군님을 해하였나? 자네였나?"

중봉이 두섭을 올라타 멱살을 잡고 흔들었다. 그대로 두면 목을 졸라버릴 기세였다.

"머릿속으로 그려보기는 했지. 그 녹아내린 듯 흉한 금불들 앞에서 독군님을 찌르고 나도 찌르면 독군님이 외려 기뻐하시는 것은 아닐까…… 하지만 나도 잃은 과거에 잠겨버리는 쪽을 택했네. 앞서 이끌던 사람이 뒤를 돌아보고 멈춰 서면, 뒤따르던 사람은 어떻게 해야 하나? 방향을 바꿔 꼬리가 될 수밖에 없지."

자은은 인곤에게 눈짓으로 물었다. 두섭이 언제부턴가 내내 무헌에게 가지고 있었을 반감이 독으로 손을 뻗게 했을까? 인곤이 흥미롭다는 얼굴을 했다. 중봉이 다 지겹다는 듯 두섭을 바닥에 던졌다. 두섭은 느리게 몸을 일으켰지만 흐트러진 옷과 머리를 정리할 의사는 없어 보였다. 이 남자도 무언가를 놓아버렸다, 자은은 판단했다. 기찬이 두섭에게 다가가 옷의 뒷부분을 매만져주었다. 몇몇이 안도하기 시작했을 때였다.

"딸린 입이 많아, 이 집을 통째로 바치지는 못하겠지만…… 제가 불가에 귀의하겠습니다. 그리하여 아버지의 언약을 일부나마 지키겠습니다."

함께 싸웠던 나이 많은 가신들이 엎치락뒤치락하는 모습을 담담히 보고 있던 지율이, 결심한 듯 약야 앞에 무릎을 꿇었다.

"형님!"

기찬이 당황해했다.

"뭐라고요?"

옥화는 자리에서 벌떡 일어났다. 부인에게도 상의하지 않고 방금 내린 결정인 듯했다.

"내가 여기 있어봤자 네게 짐만 되겠지."

지율이 기찬에게 말하고, 미안하다는 듯 옥화에게 고개를 돌렸다.

"당신은 여전히 막 꺾은 꽃처럼 생생하고 어여쁘니, 나보다 나은 이를 다시 만나오."

그 말은 참되게 들렸지만, 옥화는 입술을 꽉 문 채 방을 나가버렸다.

"오라버니, 아버지가 돌아가신 지 얼마 되지 않았으니 지금 정할 일은 아닌 것 같습니다."

예상치 못했던 지율의 말에 당황한 산아가 그를 만류했다. 이어 옥화가 나간 문 밖을 바라보았다. 여기서 지율을 말려야 할지 옥화를 따라나서야 할지 고민하는 모습이었다. 연란이 산아에게 곧 자기가 가보겠다고 작게 이야기했다. 잠시 숨쉴 틈을 주고 가겠다고. 자신이 초래한 혼란에 초연한 채, 지율은 흉금을 털어놓았다.

"산아야, 네가 보기에는 급히 정한 것처럼 보일지 모르나 아니란다. 입 밖에 꺼낸 적은 없지만 항상 염두에 두고 있었다. 아버지가 더 불심이 깊으시니 나서지 않았을 뿐, 나도 언제나 남은 생을 매초성에 두고 온 이들을 기리는 데 써야겠다고 마음먹고……"

그때 두두두두, 하고 마루를 뛰어오는 소리가 났다. 이어 지율 등뒤의 장지문이 박살나더니 장검을 든 옥화가 그대로 지율을 내리쳤다. 누가 나서 말릴 새도 없었다. 저대로 당하는구나 싶었는데, 지율이 몸을 일으켜 얼른 피했다. 검 끝이 바닥을 험하게 쳤다.

"엇, 엇?"

여기저기서 의아해하는 목소리들이 들렸다. 지율이 혼자 일어서서 날래게 피한 것이다. 다친 곳이 없는 사람처럼.

"아이고……"

인곤이 크게 탄식하며 자은을 돌아보고는, 자은이 전혀 놀라지 않은 듯하자 속삭여 물었다.

"자넨 알고 있었나?"

"독군님이 돌아가시던 자리에서, 지율님이 기찬님께 자리를 양보하는 것을 보고 말았네. 누구의 부축도 없이 일어서서 그땐 놀랐지. 경황이 없던 때 지율님이 실수한 것을 다른 사람들은 보지 못한 줄 알았네만 내가 보았을 때 옥화님도 보았나 보군."

자은이 작게 대답했다.

"그런 순간에 잘도 보았군."

모두 뜨악한 채였는데, 옥화가 울부짖었다.

"움직일 수 있을 줄 알았어!"

칼자루를 고쳐 잡는 자세가, 독군의 맏며느리다웠다.

"부축을 해줄 때 예전처럼 몸이 실리지 않기에, 깊은 밤에 방을 건너가면 잠결에 크게 뒤척이기에, 나은 줄을 내 알고 있었어!"

"아아, 형님, 일단 칼을 내려놓으세요."

연란이 옥화에게 다가가려 했지만 옥화가 매섭게 거부했다. 뿌리친 것도 밀친 것도 아니고 눈빛뿐이었지만 연란은 기세가 눌려 바로 물러섰다. 어떻게 좀 해보라고 다른 사람들에게 호소하듯 이 사람 저 사람을 쳐다보았지만 아무도 선뜻 나서지 못했다.

"네놈은, 나를 안을 수 있으면서 안지 않았어! 네놈은, 내내 다른 뜻을 품고 있었어! 네놈을 기다리고, 네놈을 구완하고, 네놈 곁을 떠난 적이 없는 나를 한 번도 마땅히 대해준 적 없었어!"

옥화의 말들은 지율만이 들었어야 했던 말들이었다. 그 자리의 나머지는 듣지 말아야 할 것들을 들어버린 바람에 주춤거리며 물러서는 자세들을 했다. 기회만 주어진다면 일어서서 그 방을 나가고 싶은 것처럼 보였다. 그중 자은과 인곤이야말로 으뜸으로 불편한 사람들이었다. 누군지도 모를 바깥 사람들 앞에서 이토록 내밀한 이야기가 나오고 말다니…… 자은은 죄책감이 들어 헛기침을 했다. 옥화는 이제 아무것도 염려하지 않았고 지율을 내려다보며 아아하하, 하고 높게 웃기까지 했다.

"이런 날이 오기를 기다리고 있었지? 나를 떠나보낼 명분을 기다린 거야. 그리도 냉큼? 생생하고 어여쁘다? 생생하고 어여쁘다고 한 다음, 다른 낭군을 만나라 하는 게 말이 될 성싶으냐? 이 돌아버린 놈의 집구석, 내가 없으면 굴러가기나 할 줄 알고? 내가 대문을 나서자마자 주춧돌부터 부서질 것이다, 이 덕을 모르는 자야!"

옥화가 몇 번이고 칼을 다시 내리쳤고, 지율은 얼굴에 마루 조각이 튀어도 그대로 고개를 숙인 채였다. 화가 난 옥화가 지율의 옷을 베었을 때는 다들 움찔했지만, 옷 안쪽 금갑은 칼을 잘 튕겨냈다. 심지어 뎅, 하고 듣기 좋은 소리가 났다.

"잘 만든 물건일세."

인곤이 작게, 적절하지 않은 감탄을 했다. 찢긴 비단옷이 한 번 붕 떠올랐다가 떨어지자, 금갑의 전체적인 형태가 드러났다.

"등 부분에 글씨가 있군."

자은이 말하자 인곤이 고개를 쑥 빼고 눈을 가늘게 떴다.

사람들을 물리고 지율과 마주앉은 자은은 그동안 그렇게 찾으려고 애썼던 글자를 가까이 내려다보았다. 지율이 금갑을 벗어 누이가 부른 두 사람에게 보여주었던 것이다. 등 부분에 분명하게 글자가 있었다.

"열 계啓였군요."

"이토록 늘 보는 글자였다니……"

인곤은 허탈한 모양이었다. 그것은 대단한 살의가 담긴 말이 아니라, 단순한 설명의 글자였다. 판과 판이 겹친 부분의 홈 곁에 그 부분을 손바닥으로 누르면 잘 분리된다고 전하고 싶었던 장인의 배려 섞인 표시였다.

"아니, 왜 더 흔히 쓰는 개開를 쓰시지 않고."

"덕분에 온갖 흉한 글자들을 떠올리고 말았나보군."

세 사람은 한동안 말이 없었다. 지율은 금갑 없이도 앉은 것이 편안해 보였다. 그동안 다친 모습을 유지하고 있었던 그의 심정을 헤아리기 어려웠다.

"언제 나으셨습니까?"

자은이 물어도 고개를 들지 않았다. 자은은 지율의 숙인 이마와 눈가에 떠오른 수치심을 확인하고 의아해졌다. 수치심을 쉬이 숨기지 못하는 지율이 그 중대한 비밀을 어떻게 숨기고 있었던 것일까?

"작년쯤, 등뼈 아래쪽이 가끔 찌릿찌릿하더니, 그 느낌이 위로 점점 올라왔고…… 어느새 조금씩 움직임이 쉬워지고 힘도 붙게 되었습니다. 예전만큼은 아니어도."

"나으셨다는 것, 또 누가 알고 있었습니까?"

"아무도 몰랐습니다. 아내는 눈치채고 있었던 듯하지만요. 도저히 말할 수 없었습니다. 다친 저를 돌보시는 것으로 아버지가…… 그나마 모든 걸 저버리시려는 욕망을 누그러뜨리고 계시다고 느꼈기에, 낫고 나서도 말하지 않았습니다. 나았다고 말씀드리면, 물론 겉으로는 기뻐하셨겠지만 속으로는 더 스스로를 괴롭히셨을 겁니다."

비틀린 이야기였다. 전쟁에서 다친 몸이 기대하지 않고 있을 때 천천히 나았는데, 그 사실을 전할 수 없었던 부자 사이라니. 서로에 대한 아낌이 없던 것도 아니었고 서로를 얽매려던 것도 아니었을 텐데 매초성에서 살아나온 후로 비틀려버리고 말았다.

"옥화님이 금갑을 입혀주시던 게 아닙니까? 두 분의 방을 보고는 그렇게 여겼습니다."

"처음에는 늘 아내가 아침저녁으로 금갑을 입히고 벗겨주었습니다만 사이가 멀어진 후로는……"

옥화는 지율을 연모했고 지율은 그 마음을 돌려주지 못했을 것이다. 전쟁 때문이었는지, 사혈택을 그림자 속에 두었던 독군 때문이었는지, 자기 옷을 입고 대신 죽은 혜요 때문이었는지 짚어 말하기는 어려우리라.

"애초에 급히 한 혼인이었습니다. 전장으로 떠나는 젊은이들 때문에 그런 혼인이 흔할 때였지요. 죽을지도 모를 길을 떠나기 전에 혼인이나 시켜주자는 풍조가 있어 많이들 그렇게 혼인하였지만 제안이 왔을 때 저도, 아버지도 망설였습니다. 서라벌에 누군가가 있어 몸 사리고 싶지 않았고, 또 제가 죽어 누군가를 뒤에 남기고 싶지도 않았습니다. 이쪽에서 차일피일 회피하자 자연히 없었던 이야기가 되려고 할 즈음에…… 본인이 직접 이 집 문을 두드리더군요."

"옥화님이 직접요? 아무도 대동하지 않고요?"

인곤은 지율의 이야기에 빠지고 말았다. 격한 이야기를 좋아해서는.

"한낮에 종 하나만 데리고 찾아왔습니다. 저를 불러내 똑바로 보며 전쟁이 아니었더라도 나와 맺어지고 싶었노라고, 왜 미적거리며 일을 성사시키지 않는 것이냐고 따져 물었지요."

지율이 그때의 옥화를 떠올리는 듯 희미하게 미소 지었다. 그랬던 옥화가 칼을 들어 지율을 내리쳤다. 정말 다치게 하려고 했다기보다는 지율의 거짓말을 깨부수기 위해서. 그 거짓말은 독군을 위한 거짓말이었다. 깊이 사랑하는 지율이 자진하여 포박당한 채로 있는 것이 끔찍해서 그 아버지를 죽여버렸나? 깊다못해 독한 사랑은 그런 일을 가능하게도 하지 않는가?

“입고 벗는 것을 도와주지 않으셨다 해도, 금갑을 걸어두는 방이 두 분 방 사이에 있으니 옥화님은 언제든 금갑에 손을 대실 수 있었을 것 아닙니까?”

자은이 물었다.

“아버지와 제가 전쟁터를 떠도는 동안, 집안을 지킨 사람입니다. 산아는 이 집을 떠났고, 기찬이는 어렸지요. 제가 엉망진창으로 돌아왔을 때는 내내 돌보아주었습니다. 몸을 추슬렀던 동안은 기억조차 희미합니다. 응당 아내를 바라보았어야 했으나, 마음이 다른 곳을 떠돌았습니다. 그이를 외롭게 두었습니다. 그렇다 해도…… 아까처럼 정면으로 내지를 사람이지, 요사한 방식은 쓰지 않았을 것입니다.”

사랑하지는 않아도 아끼기는 하는 듯, 지율이 옥화를 두둔했다. 옥화와 사이가 멀어지고 나서부터, 옥화가 지율의 몸에 손을 대는 것이 어색해지고 말았다. 혹은 지율이 옥화가 원하는 것을 줄 수 없어 괴로운 나머지 옥화에게 금갑을 맡기지 않게 되었다. 그래서 자애로운 아버지, 독군이 그 역할을 대신 맡았다. 독군은 거의 매일 금갑을 만졌을 것이다. 그걸 아는 누군가가 힘주어 열고 닫는 부분에 독을 발랐다. 글씨가 희미하게 손바닥에 남은 것은 처음 써보는 독을 몰라 벌어진 일이었을 것이다. 알았다면 요철 부분을 피해 발랐을까?

"이제 그 요사함을 가리지 않고 말하기로 하지요. 독이란 걸 지율님도 아시지 않습니까? 처음부터 금갑의 등에 그 글자가 있다는 것도 알고 계셨던 거지요? 왜 다른 분들에게 말씀하시지 않았습니까?"

"아뇨, 며칠 전에야 깨달았습니다. 뒷면은 볼 일이 드물었고, 항상 입고 있으니 오히려 잊고 있었습니다."

지율은 누가 보아도 우기고 있었다.

"금갑에 독을 바른 자가 지율님의 몸이 나은 것을 알고 있었다면, 몸에 금갑을 들어올리고 다룰 힘이 돌아왔다는 걸 알았다면, 지율님이 독군님 대신 독에 당해도 상관없다 여긴 것입니다. 그런데도 그자를 보호하시는 겁니까?"

자은의 말은 지율의 눈을 흔들리게 했다. 그러나 그뿐이었다. 자은의 말이 타당하다는 것을 부정하지 않으면서도 뜻을 바꾸지 않았다.

지율에게 아주 가까운 사람.

혹은 지율이 빚을 졌다 여기는 사람.

무엇보다 지율의 금갑을 만져도 이상하지 않을 사람. 지율은 독군이 금갑을 다루었노라고 했지만 매번 독군이 했을 리는 없다. 집안의 어른이 그렇게까지는…… 그렇다고 그 일을 아무에게나 시킬까? 돌아가며 이 사람, 저 사람이 맡을까? 전쟁에 다녀온 장자의 벗은 몸, 흉터가 큰 몸을 번번이 다른 사람이? 지율의 말을 믿고 옥화를 제할 수 있다면 형제인 기찬과 함께 싸운 중봉, 두섭은 그 역할을 맡는 것이 자연스러운 이들이다.

독버섯에 대한 흔치 않고 난해한 글을 읽고 이해한 사람. 중봉이 여기서 제해진다. 그 필요한 재료를 구하기 위해 바깥출입이 쉬운 사람. 기찬과 두섭 모두 가능하다. 사혈택을 대신 이끌고 있는 어린 동생, 은인이자 혜요의 아버지. 지율은 어떤 마음으로 죄를 덮고 있는 것인가?

사천왕사와 독군 사이의 약조를 미리 알 수 있었던 사람일까? 그 급박함이 독살자를 움직였다면? 어떻게 미리 알았나? 독군을 절에 수행했나? 사천왕사 안의 누군가가 몰래 전했나? 아니면 독군이 의논하고자 따로 이야기해주었을 수도, 엿들은 누군가가 고했을 수도 있다. 엿들은 자가 고했다면 의지를 잃은 가신보다는 기찬 쪽이, 집과 재산에 깊이 관여하는 기찬 쪽이 더……

밖에서 시끄러운 소리가 났다. 말울음이 들렸다.

"시간을 끄셨군요."

자은의 말에 지율이 흘끗 창문 밖을 보았다. 옥화와의 혼인까지 되돌아가는 것을 이상히 여겼어야 했다.

"뭐?"

인곤이 놀라 자세를 바꾸었다. 자은은 인곤에게 설명해줄 시간이 없었다. 그대로 자리를 박차고 일어나 나갔다.

"기찬님이다."

생각을 정리하고 나니, 다른 이일 수가 없었다. 이 집안에 뒤를 돌아보지 않는 사람은 기찬뿐이었다. 집과 식읍을 가장 잃고 싶지 않을 이도. 나이가 어려서, 전쟁에 나가지 않았다 해서 끝없이 없는 사람 취급당했던 막내아들.

그가 말에 올라타 대문으로 향하고 있었다. 자은과 인곤이 지율과 독대를 시작할 때, 들켰다는 것을 깨닫고서.

"늦었어!"

아무도 기찬을 막을 생각을 못하고 있었다. 사람들이 말을 피해 양옆으로 물러섰다. 좁은 곳에서도 주인의 지시에 힘차게 움직이는 좋은 말이었다. 중봉과 두섭의 얼굴에는 뒤늦은 이해의 기미가 떠오르고 있었으나, 망연하여 기찬을 멈추기는 어려워 보였다. 산아는 울고 있었다. 급박한 순간에도 그 눈물이 보였다. 이것은 산아가 자은을 통해 알아내길 원했던 결과가 아닐 것이다.

대문을 지나기 위해 기찬이 몸을 더 말에 바짝 붙였다. 가는구나, 잡을 수 없겠구나, 포기했을 때 약야가 문짝 뒤에서 뛰어올랐다.

"네 이놈!"

석장을 휘둘러 기찬을 말에서 떨어뜨렸다. 약야도 놀란 말에 챌 뻔했으나 날래게 피했다. 보았느냐, 나의 날램을, 하는 양 자은과 인곤 쪽을 향해 텩짓했다.

"막아주셔서 감사합니다, 스님."

중봉과 두섭이 얼른 대문을 굳게 닫았다. 약야가 뛰어와 숨이 차 있는 자은과 인곤에게 한번 더 물었다.

"틀림이 없나?"

스님이 틀리길 바라며 묻는 걸 알면서도 자은이 고개를 끄덕였다. 바닥에 떨어져 신음하던 기찬이 몸을 튕기듯 일으켜 다시 도망치려 하는 걸 인곤이 붙들고 늘어졌다. 힘이 달리는 듯 보여 얼른 자은도 가세했다. 흥분해 위험해진 말을 진정시킨 것은, 더이상 금갑을 입지 않은 지율이었다.

지율의 포기한 얼굴을 보며, 기찬을 꿇어앉혔다.

"왜 그랬습니까?"

이제 와 알아도 소용없지만 물었다.

"이 집에서 며칠을 지내보고도 그걸 물으면, 당신은 누이가 평가하는 것만큼 똑똑하지 않나보군."

젊고 총기 넘치는 독살자의 얼굴은, 탄로가 나고도 크게 달라 보이지 않았다. 그런 일을 저지를 수 있는 사람은 그악스러운 본색을 드러낼 줄 알았건만 그대로였다.

"아버지가…… 너에게 잘못하셨지."

지율이 동생의 묶인 팔을 안타까이 내려다보며 말했다.

“저희가 듣지 못한 일이 있었습니까?”

“상대등께서, 기찬에게 좋은 자리를 하나 주려 하셨지만 아버지가 거절하셨지요. 집을 돌보고 저를 돌보고 죽은 자들을 공양하며 사는 게 맞는다면서…… 그때 네 편을 들지 못해 미안하다. 그때 네 편을 들었더라면. 누구 한 사람이라도 아버지를 설득했더라면.”

기찬은 지율의 말에 고개를 흔들었다.

“집을 지키라 하셔놓고, 집을 버려버리시면…… 나는 무엇이었습니까? 집과 함께 버려지는 나는 아버지께, 저 북쪽에서 죽어 돌아오지 못한 이들보다도 못한 존재였습니다. 그렇다면 아버지를 그들에게 보내드리는 게 맞지요. 가서 저 너머에서 계속 그들의 장수로 지내시는 게 맞지요. 살아 있는 사람들을 지긋지긋한 어둠으로 그만 물들이시도록, 아버지 쪽이 사라지시는 게 맞았습니다. 그 독은 한 번에 들었어야 했는데, 글씨 따위 남기지 않았어야 했는데!”

약야가 석장을 들어 거듭 기찬을 때렸다. 기찬의 입에서 이빨이 몇 개 튀어나왔다. 인곤이 같이 맞을 뻔해 얼른 피했다.

“아니 스님, 그 석장은 걸을 때마다 땅을 두드려 미물들도 밟지 않기 위해 드시는 것 아닙니까?”

불타오르듯 화가 난 스님은 그 말에 대꾸조차 하지 않았다.

"칼!"

중봉에게 요구했다. 중봉이 허리춤에 찬 칼을 어째야 하나, 고민하며 두섭을 볼 때 연란이 울며 나섰다.

"당신 무슨 말을 하고 있는 거야? 나 하나도 모르겠어. 다들 잘못 아신 겁니다. 아주 잘못 아신 거예요. 안 돼요, 제발, 이러지 마세요, 안 돼요……"

연란은 기찬에게 갔다가 다시 중봉 곁으로 향했다. 중봉이 칼을 건네지 못하게 칼집을 잡고 매달렸다. 중봉의 얼굴이 한층 일그러졌다. 아무도 연란을 어쩌지 못하고 있는데, 산아가 아까보다 더 주룩주룩 울면서 중봉의 칼집에 매달린 연란의 손을 잡고 떼어냈다. 연란이 거부하며 몸부림치자 옥화가 산아를 도왔다.

칼이 약야에게 건네졌다.

"말리라 하시면, 말리겠습니다."

자은이 산아에게 말했다. 산아가 고개를 저었다.

"달리 끝날 길이 보이지 않습니다."

"그렇지만……"

"걱정하시는 것만큼 저는 약하지 않습니다."

그 말에는 어쩔 수 없었다. 약야는 좌중을 둘러보며 외쳤다.

"독군 어르신은 병환으로 돌아가셨고, 이 집 작은아들은 몸을 다친 첫째를 대신해 무덤가를 지키다 호환으로 죽었다. 시신이랄 것도 남지 않은 참혹한 죽음이라 장례는 급히 치렀다. 바깥에 다른 말이 돌면, 새어나가게 한 자도 지금 너희가 볼 것과 같은 일을 당할 것이야!"

사혈택 사람들은 핏기를 잃은 채 약야를 바라보았다. 약야가 중봉과 두섭에게 지시의 몸짓을 했다. 두 장수는 지난날에 비슷한 일을 해본 듯 기찬의 몸을 꽉 눌러 몸부림을 막았다. 약야는 칼로 기찬의 양눈을 긋고, 혀를 자르고, 두 다리의 힘줄을 끊었다. 중봉이 기찬의 입을 막아 비명은 멀리 가지 못했고 어느 순간 기찬도 졸도했다. 흙에 피가 흩뿌려졌다. 약야에게 요령이 있는지 그리 많은 피는 아니었다.

"이 집에서 사천왕사에 오늘 시주한 건, 이 다친 노비 하나뿐이다."

아무도 답하지 못했다. 약야가 직접 상처를 지졌고, 의식을 찾지 못한 기찬을 말에 짐처럼 실었다. 잠시도 더 머물지 않을 모양이었다. 연란은 넋을 놓은 채 주저앉아 그 모습을 보았다. 아들이 아비를 죽였다는 것이 알려지면 사혈택 사람들 모두의 죽음 정도는 가장 약한 처벌이리라. 훨씬 잔혹한 일들이 얼마든지 벌어질 수 있었다. 상대등 집안에 들어간 산아까지도 화를 피하기 어려울지 몰랐다. 왕은 본보기를 만드는 데 힘을 아끼지 않는다고 들었다. 약야가 스스로 불타오르며, 불길이 번지는 것을 막은 셈이었다. 죽은 독군을 위해서였을 것이다.

"절에 한번 오게."

약야가 떠나며 자은에게 인사했다. 자은은 고개를 숙였다. 자은과 인곤은 남아 도울 일을 찾았지만 찾지 못했고, 산아의 치마폭에 엎드려 정신을 잃은 연란을 뒤로한 채 사혈택을 나섰다.

"죄스럽군."

한참을 걷다가 인곤이 말했다.

"자네가 왜?"

"내가 저 집에 가보자고 했으니까. 내키지 않아하는 자넬 부추겼지."

"기억도 나지 않아."

"며칠이었을 뿐인데 몇 년을 늙어버렸다는 옛날이야기의 주인공 같아졌어. 듣지 말아야 할 것들을 듣고 보지 말아야 할 것들을 봐버려서 겉의 나이와 속의 나이가 달라져버렸달까? 껍질과 안 사이가 벌어지며 찢어질까 두렵네."

인곤이 무슨 말을 하는지 알 듯도 했다.

"정말로 업화였으면 좋았을 뻔했군."

자은이 한숨처럼 내뱉었다. 한숨에 한숨이 더해졌다.

산아가 찾아온 것은 독군의 장례가 끝나고도 한참 후였다. 말은 새지 않았다. 피바람을 부를 말들이 저택 안쪽에 그대로 고여 있는 것에, 자은은 안심했다. 동굴 안쪽의 금불들은 독군의 명복을 빌어줄 테고, 훗날 소문이 떠돈다 해도 소문은 힘이 없으리라. 그런 소문 한둘쯤 두르지 않은 집은 드물었다.

산아는 도은을 찾아온 것으로 되어 있어, 도은도 나란히 자은과 앉았다. 인곤도 얼른 불려왔다.

"더 일찍 인사드리러 왔어야 했는데, 늦었습니다."

자은은 산아의 얼굴이 상하지 않았는지 살폈다. 가까웠던 이와 가까웠던 이에 대한, 상대는 짐작하지 못할 친밀감이 자은에게 있었다.

"아닙니다. 밀린 일들이 많아 계절이 어떻게 지나는지도 몰랐습니다."

편하게 해주려는 말인 것을 알아채고, 산아가 잔잔한 표정을 지었다.

"사람들이 떠나는 날들이 이어져서 짬을 내기 어려웠답니다."

누가 떠났는지, 인곤이 자은 대신 물었다.

"일단 두섭 아저씨가 떠나셨어요. 장례가 끝나자마자요. 어쩐지 후련해 보이셔서 아무도 잡지 않았습니다. 그러자 자신만 남을 수 없다며 중봉 아저씨도 고향으로 돌아가셨고, 자리에 누웠던 연란도 본가로 돌아갔습니다. 아이들은 그 댁에서 키워주시기로 했습니다. 사혈택은 아이들이 자랄 만한 곳이 아니지요. 언젠가는 그리 될지도 모르지만 한동안은 아닐 거예요."

"연란님이 평온함을 찾으시면 좋겠네요."

자은은 만나보지 못한 아이들에게도 같은 것을 바랐다.

"심지어 불상들마저 떠났습니다. 가장 작은 것 하나만 남기고, 사천왕사로 보냈지요. 불에 녹여 길하지 못한 것들을 떨어내고 큰 불상 하나를 만들기로 했습니다."

그 큰 집에 이제 지율과 옥화만 남은 셈이었다.

"옥화님은……"

옥화가 남은 것이 의외였다. 가장 떠나고 싶을 줄 알았는데.

"언니는 떠나지 않을 거예요. 저까지 미안한 마음이지만요."

칼을 휘두르고 거짓 갑옷으로 그것을 맞은 두 사람이 단출하게 남았다. 이제부터는 어떻게 될 것인가? 마음은 보답받을 것인가? 결국 한 사람만 남겨질 것인가? 어느 쪽이 되든 옥화가 행복했으면 했다. 의지가 있고, 성질머리가 있고, 미련한 구석도 있는 다시 만날 일 없을 그 여자가.

"후회는 없으십니까? 저희를 부르지 않았더라면, 하고요."

밝히지 않는 것이 나았을 수 있었다. 업화를 불가해하고 불가역적인 것으로 두고, 묻고 지나갔다면.

"잃은 것을 잃은지도 모르고 살아가는 것은…… 괴롭지요.

무엇을 잃었는지 아는 쪽이 낫습니다."

그 말을 하며 산아가 자은을 똑바로 보았기에, 자은은 가슴이 아팠다. 당신은 아직도 모르고 있다고, 말해줄 수가 없어서.

"애써주신 것에 대한 은혜는, 꼭 갚겠습니다."

산아가 어찌나 결연하게 말하던지, 자은은 굳이 그러지 않아도 된다는 말을 해둘 틈을 놓쳐버렸다. 무거운 걸음으로 찾아와, 한결 가벼워진 걸음으로 떠난 것만큼은 다행이었다.

"나 저 언니가 좋아. 또 보고 싶어."

그때까지 이야기를 듣고만 있던 도은이 말했다.

"나도 마찬가지지만, 자주 만나서는 안 될 사이지."

자은은 아쉬움을 표했다.

"자네의 비밀을 털어놓는 날, 산아님은 연인의 죽음을 뒤늦게 겪어야 하겠군. 그건 할 짓이 못 되겠어."

"그러니 이대로 멀어지는 것이 좋을 거야."

"알겠네. 다음에 은혜를 갚는다며 산아님이 오시면, 자네는 나오지 마. 나만 나갈 테니."

평소 같으면 인곤에게 쏘아붙였겠지만, 그저 식은 차를 마시는 것으로 대신했다. 답답했던 것들이 내려가도록.

그 밤, 인곤과 길을 걸었다. 사방이 온통 번성하고 있어 빛과 차오르는 것들로 가득한 밤이었다. 그 무엇도 사그라들거나 끝나지 않을 것 같았다. 길 밖 흐린 어둠에 묻힌 것들은 머지않아 잊히고 말 것이었다.

"한 명쯤은 기억하고 있어도 좋을 뻔했어."

인곤이 혼잣말처럼 말했다.

"무엇을?"

"이 융성한 날들을 위해 누가 죽어야 했는지. 어떤 싸움을 했는지. 한 명쯤은 계속 곱씹고 있어도, 사로잡혀 있어도 좋지 않았겠는가? 천년왕국을 고대하며, 그것이 무엇 위에 세워지는지 이 흥청망청한 거리는 다 잊은 것 같군."

"천년이라…… 이다음 천년이라."

자은은 사람들이 잊고 잊고 또 잊는다 해도 이 활기와 온기로 가득한 거리 위로 어둠이 드리워지지 않기를 기원했다. 누구에게 기원하는지도 정하지 않은 채.

보름의 노래

칠월 중순이 되자, 서라벌 육부 여자들의 걸음이 빨라졌다. 여름의 흥겨움 중 하나인 길쌈 대회가 시작된 것이다. 자은이 아직 어린 미은일 적, 베 짜는 어른들을 먼발치에서 선망하며 바라본 기억은 있었으나 이제 와서는 그 기억조차 다른 사람의 것만 같았다. 어른들 사이에 끼어 앉고 싶었던 그때의 바람은 영영 이뤄질 리 없게 되었지만 얼떨떨할 뿐 대단한 상실감을 느끼는 것은 아니었다. 신이 난 것은 도은 쪽이었다.

"북을 잡고 싶어."

도은이 또렷하게 말했다.

"북을?"

"베틀의 북 말이야."

알고 보니 북을 잡는 일은 아주 소수에게 주어지는 영예인 듯했다. 두 명의 왕녀가 육부 여자들을 두 편으로 갈라 어느 쪽이 더 결이 좋고 긴 베를 짜내는지 겨룬다. 그런데 베를 짜는 일은 가장 마지막 단계로, 그전에 마 껍질을 벗기고 삶고 가늘게 째고 비벼 잇고 다시 삶고 말리고 타래로 말고 하는 고된 과정이 앞선다. 앞의 일들만 하다가 베틀엔 앉아보지도 못하는 것이 보통이었다.

"하지만 나는 정말 잘하는데."

허황된 자랑이 아니라, 산학에 밝은 도은은 확실히 베를 잘 짰다. 베뿐만 아니라 다른 천들도 보통 솜씨가 아니게 짜냈다. 시장에서 교환을 할 때 천들이 선호되고 유용해서, 호은은 도은에게 이것저것 다 맡긴 주제에 천 짜는 시간만큼은 확보해 준다고 했다. 그런 도은이 여럿이 모인 가운데 북을 잡을 수 있다면, 한동안 씩씩한 모습을 볼 수 있지 않을까 자은은 기대되었다. 길쌈 대회를 이끄는 것은 진골 여자들이지만, 베틀에 앉는 것까지 다 골품을 따져 할까? 이기고 싶으면 잘하는 손에 맡기겠거니, 바라줄 수밖에 없었다.

사혈택 일 이후로 다시는 설치지 않겠다고 말했던 인곤이 심심해하는 것이 눈에 띄어, 길쌈 대회 기간 동안 도은의 호위로 다니라고 사람을 한둘 더 붙여준 것은 자은이었다. 하루는 도은을 데려다주고 온 인곤이 의외의 것을 물었다.

"자네 동생, 슬슬 혼기가 지나고 있는 것이 아닌가?"

자은은 듣자마자, 팩 화를 냈다.

"그걸 왜 자네가 챙기나? 나도 챙기지 않는 것을!"

"아무도 챙기지 않으니 하는 말일세."

인곤은 자은이 날을 세울 때도 점점 더 신경쓰지 않는 듯했다. 그것 또한 못마땅했다. 못마땅해하거나 말거나 인곤은 덧붙였다.

"자네 형님은 항상 좀 별난 결정을 내리는 분 아닌가? 다들 익숙해져서 그대로 따르는 듯하지만, 다른 가주라면 여동생의 배필을 한참 전부터 알아보지 않았을까? 자네야 자네 형님의 별난 결정을 돌이킬 수 없으니 그럭저럭 받아들였다손 치고, 도은님도 그런가? 도은님에게 원하는 게 무엇인지 물은 사람이 있나?"

"잘 지내는 듯 보여 물을 필요가 없었겠지."

자은은 작게 꿍얼거렸다. 물었어야 했는데 무심했던가?

"안주인이 없는 집을 덜컥 맡겨버린 다음, 모르는 체하고 있는 건 아니고?"

"아아."

그럴싸한 지적이었다. 첫째와 둘째는 전사했을 때 아내가 없었다. 혼사를 서두른 적 없는 호은이 몇 년 사이 두 번이나 파혼했다는 것은 돌아오고서 띄엄띄엄 전해들었다. 인곤의 말처럼 안주인이 없는 집인 것이 맞았다. 호은이 자은의 삶을 제 뜻대로 몰고 간 것처럼, 도은도 이용하고 있나? 자은이 도은의 안위를 좀더 살펴줘야 하나? 자은은 길쌈 대회가 끝나고 도은이 차분해지면 데리고 이야기를 해봐야겠다고 마음먹었다.

"호은님의 그 파혼 말인데, 자넨 이유를 알고 있나?"

"아니, 내가 없을 때 일이니까."

자은의 대답에 인곤이 빙글빙글 웃었다. 이 자식, 저는 알고 있으면서 물었구나.

"내가 들은 것이 있는데, 자네와 나눌까?"

식객이 지나치게 잘 적응한 나머지 거듭된 파혼의 내막을 자은보다도 먼저, 상세히 들은 듯싶었다. 대놓고 물을 수 없었던 부분이라 솔깃했지만, 알아낸 것을 가르쳐주겠다며 득의양양한 얼굴이 얄미웠다.

"아니, 궁금하지 않은데."

한번 관심 없는 척하자 인곤이 당황해했다.

"자네 집안 일인데, 자네가 알아야 하지 않을까?"

"뭐 좋은 일이라고. 사정이 있었겠지."

"아니 아니, 그렇게 넘길 예삿일이 아니네. 알아두지 않으면 자네가 어디 가서 실수할 수도 있어. 내 자네를 위해 말해주는 거야."

결국 말할 거면서. 자은이 시큰둥하게 인곤을 보자, 인곤은 말해보라는 뜻으로 받아들였는지 신나게 털어놓았다.

"첫 파혼은 여자 쪽이 갑자기 애를 배서…… 그쪽 집안에서는 숨기려 했으나 그런 일은 잘 숨겨지지 않지. 이 집까지 전해지고 말았는데, 호은님이 찾아가서는 아이와 함께 그대로 오라고 말했다는 거야."

"그런 일이 없는 것도 아니고, 왜 잘못된 거야?"

"관대한 제안인 듯 말했으나 말을 잘못 더하셨지."

듣는 순간 예감이 좋지 않았다.

"그 아이를 낳고, 또 호은님의 아이를 낳아 두 아이가 어디에 뛰어나고 어디에 그렇지 못한지 비교하면 몹시 재밌는 일이 될 거라 신이 난 채 말씀하셨다더군."

자은은 깊은 한숨을 쉬었다.

"그랬더니 그 집에서는?"

"여자 쪽이 그런 이상한 말을 신나게 하는 남자와 혼인하기 싫다고 며칠을 울어 일을 물렸다고 하네."

"이해할 만하군. 아이 아버지와 혼인했고?"

"그게 이미 혼인한 남자의 아이였다나봐. 그 남자의 부인이 병에 걸려 죽자, 얼마 전에야……"

"하, 그런 상황에서도 설호은은 싫었던 것이군. 다음 혼사는 또 왜 망친 건데?"

"두번째 파혼이야말로 구설수를 크게 만들었네. 혼약 이야기가 나오자마자, 호은님이 그쪽 아가씨에게 서간을 보냈다는 군."

"서간? 의외로 간드러진 짓을 했나보아. 혹시 또 그 서간이 무례했다던가?"

"자네 형님이…… 수수께끼를 보내 맞히면 연을 맺자 했다네."

"뭐라고? 아, 이 되어먹지 못한 자가!"

자은은 얼굴이 화끈해졌다. 무례도 그런 무례일 줄은 몰랐다. 시험을 보는 것도 아니고 저가 뭐라고 남의 집 딸에게 수수께끼 따위를 보낸단 말인가. 얼굴을 훔치며 절레절레하는 자은을 보며 인곤이 웃었다. 그러고 보니 상문사에서도 호은의 동생이라 처음 말했을 때 젊은 축 몇이 코웃음을 쳤더랬다. 코가 막혀서 나온 소리인 줄 알았더니 뒤늦게 맥락을 파악하게 되었다.

"들길 잘했지? 모르고 있으면 큰일날 이야기라니까."

"……그 수수께끼 내용은 뭐였다고 하던가?"

일단 수수께끼 내용을 궁금해한다는 점에서 자은은 자신도 호은을 닮은 게 아닌지 부끄러웠다.

"보자, 이런 수수께끼였다지. '이어야 자를 수 있으며 잘라서 잇게 하는 것은?'"

자은은 잠시 생각에 빠졌다. 인곤의 빙글빙글한 웃음이 점

차 커져갔는데 자은이 맞히지 못하길 바라는 게 분명했다. 그 바람을 꺾고 싶었다.

"심지가위?"

두 날 가운데를 이어야 가위로서 쓸 수 있고, 등잔의 심지를 잘라 불을 계속 타게 한다. 다른 답이려나, 인곤을 보니 아쉽다는 듯 무릎을 쳤다.

"쳇, 역시 동기간이라고 한 번에 맞히는군."

"뭘 이따위 것을 물어 사람을 시험한단 말인가? 알면 어떻고 모르면 또 어떻다고? 분명 눈에 띄는 아무 물건이나 보고 지어 보냈을 테지. 경솔하기 그지없어!"

맞히고도 개운치 못했다.

"역시 별나지? 얼굴은 보자고도 하지 않고. 현명한 아내를 얻고 싶었던 걸까? 그리하여 내막들이 알려지고 서라벌 여자들 사이에 악명이 높아졌다네. 혼담이라고는 다시 오지 않았다는군. 아마 지금도 여자들이 베를 짜며 호은님 욕을 하고 있을지 몰라."

"나야 상관없지만, 도은이 불편하면 어찌하나. 미움받는 남자의 누이라고."

호은에게 휘말렸던 것은 어린 나이였다. 이제라도 정신을 차리고 더는 끌려가지 말아야겠다고 자은은 결심했다. 그러는 김에 도은과 그 아래의 동생들도 돌보겠노라고.

그런데 열닷새 후, 도은은 불편보다 심각한 상황에 놓이고 말았다.

도은이 울면서 돌아온 것은 이경이 끝나갈 무렵이었다.

"아무리 여름이라지만, 이런 시간에 다니면 어떡하느냐? 대체 무슨 일이 있었어?"

자은이 놀라 맨발로 디딤돌에 내려섰다. 도은은 우느라 얼른 대답하지 못했다. 뒤에 선 인곤도 평소의 느긋한 얼굴이 아니라 사소한 일이 아닌 것을 알 수 있었다. 무엇이 잘못되었을까? 베틀이 본격적으로 돌아가기 시작했던 즈음, 도은은 품었던 뜻대로 북을 잡게 되었다. 도은의 편에서는 솜씨가 뛰어난 여덟 사람이 북을 잡기로 했고, 순번을 정해 낮은 물론 밤 늦게까지 쉬지 않고 베를 짜는 중이었다.

"누가 바구니에 참외와 포도를 가져다주어서, 그걸 먹으며 잠깐 쉬라고 해서……"

도은이 우느라 설명을 멈추었고 자은과 인곤은 재촉하고 싶은 것을 참고 기다렸다.

"그런데 그걸 먹고 손이 끈적해져 씻고 돌아왔더니……"

"그랬더니?"

"베틀이 엉망으로 부서져 있었어. 내 차례에 이런 일이 일어나다니, 이를 어째!"

"누가 베틀이 있는 방으로 들어가는지는 못 보았고?"

"쉬느라 마루 쪽으로 다들 옮겨 앉아 있었어."

"소리는? 소리도 나지 않았어?"

"웃고 이야기하느라……"

인곤이 도은을 달래게 두고, 자은은 그동안 도은을 통해 조각조각 들었던 내용들을 떠올렸다. 베틀은 소판 부인 댁에 있었다. 예전에는 궁궐 뜰에 베틀을 두었다지만 한 달 내내 뜰에 두면 천막이 있다 해도 더위를 피하기 힘들고, 비가 오는 날에 베가 젖거나 상하는 등 곤란한 일들이 많았다. 공정한 겨루기에 대한 책임을 대회를 이끄는 왕녀들이 지기로 하고, 똑같이 만든 베틀을 왕녀들이 마련한 장소에 두는 쪽으로 슬슬 바뀐 것은 자연스러운 일이었다. 도은이 속한 편을 이끄는 소판 부인은 선왕의 조카로, 구려 왕이었다 보덕 왕이기도 했던 안승의 처다. 왕실이 시키는 혼인을 하고 서라벌을 떠나 보덕국에 살았었다. 보덕국은 구려 유민을 위로하기 위해 선왕이 작게 모여 살게 허락한 땅이었는데, 그대로 계속 나라 안의 다른 나라로 두기는 어려웠다. 결국 십 년이 채 되지 않아 지금의 왕이 안승을 서라벌로 올라오게 하였는데, 그때 위신을 세워주기 위해 대단한 저택을 하사했고 돌아온 소판 부인은 그곳에 거주하고 있다. 안승이 구려의 후예에서 신라의 왕족으로 편입된 셈인데 그 일로 금마저의 보덕국인들이 분노해 봉기했었다. 신라의 배신이자 안승의 배신이라 느꼈던 듯싶다. 그 봉기를 역시 구려인들로 이루어진 황금서당이 진압했지만 전사자가 적지 않았던 게 얼마 되지 않은 일이니, 아무리 지위가 높다 한들 소판 부인은 늘 가시방석 위일 수밖에 없어, 길쌈 대회의 한 편을 이끌면서도 있는 듯 없는 듯 진중한 모습이라고 도은이 말한 적 있었다. 베틀이 망가진 것은 소판 부인에게 좋지 않았다. 매우 좋지 않았다.

그에 반해 상대편의 왕녀는 비록 한층 더 방계이지만, 왕의 즉위 원년에 개편된 금전錦典을 이끌고 있는 도철 부인이었다. 금전은 비단을 다루는 만큼, 나라의 직물 관련 관서에서 가장 크고 주목받는 곳이었다. 귀족들의 공방이 없는 것은 아니지만, 가장 뛰어난 물건은 왕실 주도하에 내성에서 만들어졌다. 도철 부인이 재주가 뛰어난 모母 수십과 그 아래 직인 수백을 통솔하여 짜낸 천들은 당나라에 바쳐지고 공을 세운 이들의 하사품이 되는 등 쓰임이 많았다. 애초에 공예에 몸을 깊이 담은 도철 부인이 길쌈 대회의 한 편을 맡은 것이 공평한지, 솜씨 좋은 이들을 뽑아 금전으로 데려가려는 속셈은 아닌지 말들이 돌았다. 도철 부인은 성격이 쾌활하고 화통해, 대회 내내 베틀에 손가락 하나 대지 않을 텐데 무엇이 문제냐며 수군거리는 이들의 입을 다물게 했다. 성격이 극과 극으로 다른 두 왕녀를 두고 흥미 반, 우려 반으로 지켜보는 이들이 많은 상황이었다.

"소판 부인은 베틀이 부서진 걸 아셔?"

자은이 입을 열었다.

"응, 내가 울어버리자 일단 집에 가 있으라고 하셔서……"

도은을 안아 달래주었다. 인곤이 그 곁에 서서 소리 없이 입술로 말했다. 호은님의 일 때문에 괴롭힘을 당한 거야. 이런 일이 있을 수 있다는 걸 알았지만 심하군. 자은은 정말 그랬을까 생각해보았다. 설호은이 밉다고 설도은에게 이렇게까지 할까? 길쌈 대회같이 크고 중한 일을 그르치게 하면서?

"눈 붙여라. 내일 해가 뜨면, 나와 같이 소판 댁에 찾아뵙자. 일이 완전히 어그러지기 전에 어떻게든 해보자."

자은의 제안에 도은이 잠깐 놀랐다가, 고개를 끄덕였다. 믿어주는 마음이 고마웠다. 명석한 여동생이 꿈꾸어왔던 북을 잡았는데 괴롭힘이든 모함이든 받게 내버려둘 수는 없었다.

소판 부인은 굳은 얼굴로 자은과 도은, 인곤을 맞았다. 체구가 작은 편인데 안색도 푸르러 이번 일로 근심이 깊은 것인지 원래도 다르지 않은지 걱정되는 모습이었다. 도은이 자은을 소개하자 경계하는 기색이 강했다.

"오라비라고? 상문사에 있고? 내 집엔 이미 사람이 많은데 그대의 도움까지 필요할지 모르겠어."

소판 댁에 사람이 많다는 것은 거짓이 아니었다. 사혈택과는 다른 의미로 기묘한 집이었다. 모서리마다 어두운 곳 없이 밝혀두고, 가인家人들이 방마다 꽉 차 있어 겉으로는 흥성해 보였으나 그 모든 것이 습격을 대비하려는 방책이라는 점에서 서슬 퍼런 느낌이었다. 길쌈 대회의 베틀이 부서졌으니, 시끄러운 난리가 나는 게 당연할 텐데 들보의 쥐까지 죽어버린 듯 조용한 것도 예사는 아니었다.

"부인, 제 오라비는 불미스러운 상황에서 가장 빛을 발하는 인재입니다. 바로 얼마 전에도 이름을 밝힐 수 없는 다른 부인께 아주 큰 버팀목이 되어드렸습니다. 오라비가 아니었다면 사람이 여럿 죽어나갔을 일이었는데 부인께서 그 일에 대해 전혀 들은 것이 없지 않으신가요? 오라비만큼 은밀히, 뒤탈 없이 해결할 사람은 또 없을 겁니다."

울며 잠들었다가, 조금 나은 마음으로 깨어난 도은은 소판 부인을 설득하려 애썼다. 자은은 동생이 자신을 소개하는 말이 살짝 미묘하다고 생각했지만 넘기기로 했다.

"우선은 베틀이 있는 방을 그대로 잠가두기만 했는데…… 계속 그대로 둘 수는 없겠지. 머리가 아프구나."

소판 부인이 힘없이 이어 중얼거렸다.

"유리왕 때부터 이어내려온 길한 대회가 이리 부정을 타다니. 내 집이 망조가 들어, 육백 년이 넘게 물려받은 중사를 그

르쳤어. 왕과 왕비께서 맡기신 터라 도저히 거절할 수 없었거늘, 한사코 불가하다 해야 했나 후회가 깊네. 어찌 고개를 들고 다녀야 한단 말인가? 내가 죽었으면, 이 집이 불탔으면 하는 자가 한둘이 아닌데, 이번에야말로 목을 내놓아야 할 모양이야. 가라 하시는 곳으로 가고, 하라 하시는 일을 했는데 내가 부족하고 부덕하여 다 망쳐버린 게 아닌가 싶구나."

더운 날씨에도 손이 찬지, 양손을 번갈아 주무르며 부인이 수심에 잠겨갔다. 부인의 넋두리에 답할 말을 찾지 못해 다들 곤혹스러운 눈치였다. 자은이 나설 수밖에 없었다.

"수렁에 빠졌다 생각될 때야말로 차분히 손 닿는 곳을 짚어봐야 하지 않겠습니까? 뜻밖의 단단한 것이 잡힐 수도 있고요. 제게 그 역할을 맡겨주시지요. 제 동생의 차례에 베틀이 부서졌으니, 부인의 명예에 비할 바는 아니어도 작은 명예나마 지키고 싶습니다."

자은이 말하는 모양을 쳐다보고 있던 부인이 망설이는 듯했다.

"그대가 무엇을 할 수 있단 말인가?"

자은은 인곤을 팔기로 했다. 얼른 뒤에 서 있던 인곤을 감싸 앞으로 밀었다.

"제가 백제 장인을 데리고 왔습니다. 베틀 같은 건 백 조각으로 부서졌다 해도 그대로 맞출 수 있습니다."

소판 부인이 몸을 앞으로 숙였다. 백제가 망하고도 백제의 장인이라는 말은 여전히 통했다.

"그래? 할 수 있겠어?"

인곤이 힐끔 자은을 보더니 만면에 미소를 띠었다. 예전보다 살이 오른 턱선을 아침빛에 확인할 수 있었다.

"예, 부인. 저는 지금까지 있었던 물건은 그대로 만들 수 있고, 기회만 주시면 없었던 물건도 만들 수 있습니다. 손도 매우 재빠릅니다."

"내가 더 잃을 게 뭐가 있겠는가……"

설득된 것인지 포기한 것인지 알기 어려운 말과 함께, 소판 부인은 세 사람을 베틀이 있는 방으로 안내했다. 잠가둔 문을 사람이 둘 지키고 서 있었다. 부인의 지시로 문을 열자 부서진 베틀이 처참했다. 거듭 보아도 충격적인지 도은이 숨 들이켜는 소리를 냈다. 인곤은 무릎을 굽히고 앉아 여섯 동강이 난 베틀을 이리저리 살폈다. 자은은 그 일을 인곤에게 맡겨두고 베틀에서 눈길을 거두어 창으로 향했다.

"벽이 대단히 두껍고 창이 작은 방이군요."

베틀을 부수는 소리가 밖으로 크게 들리지 않은 것이 이해가 갔다. 창을 내다보자, 맞은편이 부엌채라 일하는 여자들이 보였다. 몸통이 작은 사람이라면 창문을 통과할 수도 있을 것 같았지만 높이가 만만치 않고 부엌채 쪽으로 지나는 이가 많을 듯해 그리로 들어왔을 성싶지 않았다.

"더위를 피하기 좋아 고른 방이었는데……"

부인이 대답했다. 이 모든 일이 지나고 나면 부인이 이 방을 영영 쓰지 않을지도 모르겠다는 생각이 들었다. 자은은 부서진 조각을 맞춰보고 있는 인곤의 발을 슬쩍 밟았다. 얼른 부인을 안심시켜드리도록.

"부인, 조각을 맞추지는 못하겠지만 이대로 본떠 깎을 수는 있겠습니다. 부서지지 않은 부분도 꽤 있어서 그리 오래 걸리지도 않을 겁니다."

"정말인가?"

"예, 제게 며칠만 주시지요."

"대회에 시비가 없으려면, 부서진 것과 꼭 같아야 하네."

"그럼요. 아무도 문제삼지 못하게 똑같이 만들어내겠습니다."

인곤이 일어서며 자은에게 고개를 돌렸다.

"내가 더 필요한가?"

"응? 아아, 가보게, 가보게."

바로 목재를 구하러 가고 싶은 뜻을 간파하고 보내주었다. 인곤은 뛰쳐나가듯 자리를 떴다. 심심하지만 않으면 의욕이 넘치는 편이었다. 자은이 이번엔 도은에게 물었다.

"천을 구할 수 있겠니? 내 눈에는 그럴 수 있을 것 같은데."

"어?"

도은의 눈물 글썽이던 눈이 그 물음에 커졌다.

"아아…… 실을 이을 수 있을 것 같아!"

"나도 좀 보자꾸나."

도은의 말에 소판 부인도 가셨던 혈색이 조금 돌아왔다. 지금까지 짰던 천만 구할 수 있어도 다행한 일이었다. 두 여자는 얼른 바닥에 앉아 자세히 살피기 시작했다.

"공을 들이면 거의 티도 나지 않을 거예요. 어쩔 수 없이 늦어지기야 하겠지만요."

"어쩌면 이 일을 비밀로 해둘 수도 있겠구나. 사람을 보내 새벽에 여기 있던 이들의 입을 막아야겠다."

유약한 성격의 소판 부인이지만 그 정도 입막음을 해낼 위세는 있었다. 아무도 소판 부인의 뜻을 거스르지는 못할 것이었다.

"베틀을 아는 자가 베틀을 부쉈습니다."

자은은 결론 내렸다.

"천을 수습할 수 있게 실을 길게 남겨두고, 베틀만 부쉈지요. 그마저도 고칠 수 있게 부쉈어요. 일을 돌이킬 수 없게 하려면 천을 세로로, 최대한 들쭉날쭉하게 찢었을 것입니다. 가운데를 쭉 그은 다음 잡아당기면 끝이었을 거예요. 왜 할 수 있는데 하지 않았을까요? 이 주춤거림을 어찌 헤아려야 할까요?"

자은의 말에 도은도 소판 부인도 어리둥절한 얼굴을 했다.

"어찌 보면 사려 깊다고까지 할 수 있을, 부드러운 파괴였습니다. 목적은 아마도 하나. 이편의 속도를 늦추는 것. 그뿐이었을 겁니다. 원한 같은 것은 전혀 느껴지지가 않습니다. 한 오라기도요."

입 밖에 꺼내어 말하진 않았지만 베틀을 부순 이는 소판 부인의 성품과 놓인 상황도 고려했을 터였다. 이 정도 일은 하루하루 한 걸음 한 걸음이 조심스러울 수밖에 없는 소판 부인이 얌전히 덮을 것이다, 길쌈 대회 전체가 흔들릴 리는 없다, 위험하지만 그럴듯한 계산을 하고 저지른 게 아닐지 의심되었다.

"그러니 우리가 살펴봐야 할 것은 이편의 여자들이 아니라, 저편의 여자들입니다."

두 여자가 자은을 보았다가 다시 서로를 보았다.

"어떻게 여기까지 들어왔을까?"

"왜 이런 짓을 했을까?"

"그것은 이제 알아내겠습니다."

소판 댁을 나서는데, 여전히 바구니에 남아 있는 포도들이 천천히 무르고 있었다. 자은이 도은에게 그것을 챙겨두게 했다.

사람을 보내 은밀히 산아를 불러내었다. 이래서야 밀회 같지 않은가, 편치 않아 일부러 도은과 더 어린 동생 경은과 서은까지 데리고 나갔다. 그 둘은 자은을 한없이 어렵게 여기는데도 동석시켰다. 흔한 계곡 놀이를 가장한 셈이었다. 물가의 큰 돌 위에 둘러앉아 담소를 나누다가, 목소리를 낮추고 산아에게 사정을 털어놓았다. 이번엔 산아 앞에 자은이 엎드렸다.

"저편의 안쪽을 알아야겠습니다. 도와주십시오."

산아가 수국처럼 환하게 웃었다. 아름다움에 대해 자주 말하는 것은 경망스러운 짓이나, 산아에 대해서는 말을 아끼기 어려웠다.

"이리 빨리 제게 은혜를 갚을 기회를 주셔서 기쁠 뿐입니다. 며칠의 시간을 주시면 알아오도록 하겠습니다. 그런데 이런 식으로 다시 만나기는 어려울 거예요."

"아, 아무리 트인 곳에서 뵈어도 곤란하시군요."

자은은 미안해졌다.

"아니, 자은 공 때문이 아니라 도은 낭과 제가 다른 편에 속하니까 지켜보는 눈들이 매서울 거예요. 길쌈 대회는 모두 예민해지는 시기니까요. 육부 여자들 중에 이 경쟁에 진심이 아닌 이는 드물지요. 베틀을 부술 정도일 줄은 몰랐지만요…… 그러니 알아낼 것을 알아낸 후에, 댁에 믿을 수 있는 사람을 보내도록 하겠습니다."

"감사드립니다."

부서진 베틀 정도야 산아가 겪은 일에 비하면 자잘한 일일 것이었다.

"도철 부인은 어떤 분인가요?"

도은이 궁금한지 산아에게 물었다. 산아는 곧바로 대답하지 않았다. 한 사람에 대해 짧게 말해야 할 때 급히 말하지 않는 것이 산아다웠다.

"목소리를 다르게 쓰는 분이에요."

그게 무슨 뜻일지, 듣고 있던 이들이 산아의 다음 말을 기다렸다.

"수많은 직공들을 매일매일 이끌고 계시잖아요. 그래서 목소리 쓰는 방식이 보통 사람들과는 달라요. 목이 아니라 온몸으로 목소리를 내시는데, 그걸 또 아주 편안하게 전혀 힘 들이지 않고 하세요. 대단히 크게 말하지 않아도, 부인의 목소리는 흩어지지 않고 뻗어나가는 거예요. 어떻게 하시는 건지는 모르겠으나, 울림이 있으면서도 명확해서 아무도 도철 부인의 지시를 놓치지 않아요. 게다가 듣기 좋은, 즐거운 목소리고요. 도철 부인이 걸어오면 모두의 손이 빨라지죠. 그리고 칭찬을 하실 땐 비어 있는 칭찬을 하지 않으세요. 공을 정확히 짚어 칭찬해주시고, 상도 후하셔요."

거기까지 듣고 있던 자은은 궁금한 것이 생겼다.

"그럼 혼을 내실 때는요?"

"아, 혼을 내실 때도 즉시 하시죠. 그런데 마음 다치게 혼내시는 건 아네요. 한두 번 잘못한 것을 길게 기억하시는 것 같지도 않아요. 바쁜 여자들이 대체로 그렇잖아요. 기억할 것만 기억하죠."

만나지 못한 도철 부인이 그려지는 듯했다.

"어마, 그런 부인이 이끄는 편이라면 굳이 그릇된 수를 쓰지 않아도 이길 수 있을 텐데 왜 그랬을까요?"

기가 죽은 듯한 도은이 중얼거렸다. 산아가 위로하듯 도은의 손을 잡아주었다.

"산아님은 어떤 역할을 맡으셨습니까?"

이것은 사건과는 관계없는 질문이었다. 산아가 웃었다.

"저는 손이 느려서……"

소매 밖으로 길고 가는 손가락들이 나왔다.

"음식이나 날라 보내고, 부채 부쳐줄 사람들이나 데려갔습니다. 그렇지만 모인 곳에 빈번히 드나들었으니 어색하지는 않을 거예요."

그것이 걱정되어 물은 건 아니지만 자은은 고개를 끄덕였다.

"덥고 무료하여 마음이 자꾸 지난날로 미끄러져만 갔는데, 할일이 생겨 좋네요."

산아가 그렇게 말해주어, 자은은 부탁하는 마음이 다소간 가벼워졌다.

그날 밤, 인곤이 자은의 방문을 두드리더니 흙가루를 풀풀 날리며 쐐기 모양 진흙 덩어리를 몇 개 내려놓았다.

"바닥을 쓴 지 얼마 되지 않았는데…… 이게 뭔가?"

"베틀을 부순 도끼의 모양일세."

"아아, 고치는 김에 부서진 부분에서 떠낸 것인가. 그리 큰 도끼는 아니었나보군."

자은은 작은 도끼라면 허리에 끈으로 묶어 하의 속에 숨겨 들어왔을 수 있겠다고 생각했다. 손에 들고 들어오지는 않았을 것이다.

"작고 잘 벼려진 물건이었을 거야."

인곤이 도끼날이 얼마나 세워져 있었을지 보여주며 말했다. 최대한 소리를 내지 않고 베틀을 부수려 했다면 날을 두드려 왔을 것이다.

"그렇지만 서라벌 집집마다 찾아가 최근에 도끼날을 손보았느냐고 물을 수도 없지 않은가?"

자은은 인곤이 알아낸 것에 비해 지나치게 의기양양하다고 여겼다. 그러자 인곤이 뒤에 숨겨놨던 무언가를 자은의 책상에 내려놓았다. 손톱보다도 작은 조각이었다. 손으로 집어들려고 하자 인곤이 조심하라고 주의를 주었다.

"부서진 날인가?"

"응, 깊이 박혀 있었어. 도끼란 것은 귀한 물건으로, 이 정도 이가 나갔다고 해서 버리지 않을 거야. 날이 나갔는지도 모를 수 있고."

"도끼를 찾으면……"

"베틀을 부순 자를 찾을 수 있겠지."

도철 부인은 칭찬을 정확히 해서 직공들의 사기를 높여준다고 했다. 자은은 흉내를 내어볼까 했다.

"자네를 만나지 못했더라면 큰일날 뻔했군. 자네의 눈이 내가 보지 못하는 것을 보고, 자네의 손이 내가 빚지 못하는 것을 빚을 수 있어 든든하게 여기고 있네. 서라벌이든 어디든 자네가 완전히 뿌리내릴 수 있는 곳을 찾을 때까지 편히 곁에 있어주면 좋겠어."

그런데 인곤은 자은의 칭찬을 반기지 않고 뜨악해했다.

"으…… 어울리지 않아. 전혀 어울리지 않아. 나는 설자은이 데면데면해서 마음에 드는 것이네. 잘 보관한 멥쌀처럼 습기가 없는 게 좋아. 제발 다시는 그러지 말게."

소름 돋는다는 듯 어깨를 떨며 인곤이 나가버렸다. 자은은 괜한 짓을 했구나 싶어 후회스러웠다.

자은의 칭찬 때문은 아니겠지만, 인곤은 베틀을 훌륭히 고쳐냈다. 그 베틀을 써본 도은이 어쩐지 전보다도 매끄럽게 움직이며, 나무 색까지 흡사하게 만들어 자신마저 부서진 적 없었던 것으로 착각할 정도라고 평했다. 도은과 사정을 아는 몇몇이 실을 잘 이어, 대단한 직공이 와도 짚어낼 수 없게 다듬어 건 것 역시 들키지 않았다. 소판 부인의 입막음은 효과적이었고, 일을 갈무리하는 시간을 벌기 위해 미리 뽑아둔 실이 흡족치 않아 재차 뽑는 것이라 나머지들을 설득해 다른 방에서 일하게 만들었다. 아예 손을 놀게 했다면 부자연스러웠을 것이다. 베틀은 다시 움직이기 시작했다. 나쁜 일은 하나도 일어나지 않았던 것처럼 규칙적으로. 그럼에도 기세가 떨어진 것은 어쩔 수 없어서 사정을 알지만 입막음을 당한 여자들은 자꾸 일손을 멈추고 멍하니 생각에 빠진다고 도은이 걱정했다.

"질 것이 분명해서 그런 것만은 아닐 거야. 일 년 내내 기다려온 즐거움인데 누가 더러운 물을 끼얹은 모양새잖아. 부정한 마음을 품고 짠 저쪽의 베가 강물처럼 아름답게 나온다면, 베 짜기 자체를 싫어하게 될 것만 같고 말이야."

그것만큼은 백제의 장인도 고칠 수 없는 부분이었다.

베틀에 앉지 않는 산아가 저편의 돌아가는 정황을 파악하는 것은 역시 쉽지 않았는지, 기별은 예상했던 것보다 며칠 늦게 왔다. 산아의 전달자가 밤늦게 찾아왔을 때, 자은은 저녁나절 더워서 가벼이 했던 옷차림을 얼른 제대로 하고 안으로 맞았다.

"이것을 전해달라 하셨습니다."

건네온 것을 펼치니 꽤 큼직한 종이였다. 열 명의 이름과 매일의 날짜들, 바로 무엇인지 파악하기 어려운 수들이 쓰여 있었다. 새 종이에 같은 농도의 먹으로 쓰인 걸로 보아, 산아가 알아낸 것을 정리해 쓴 것으로 보였다.

"쓰신 것이 뭐라 하시던가?"

"베 짜는 여자들이 각자 매일 짠 길이를 도철 부인이 자로 재 기록한 것이라 합니다."

"한 사람, 한 사람이 짠 양을 따로 기록한 것이구나."

산아의 하인이 고개를 끄덕였다.

"도철 부인이 많이 짠 이에게 상을 약속하셨다 하던가? 어떤 상을?"

"나라의 대회이니 사사로이 상을 줄 수는 없지만, 가장 뛰어난 자를 금전의 모로 뽑겠다고 했습니다. 원래 있던 모 한 사람이 나이가 들어 자리가 났다고요."

자은은 '모'라는 호칭이 들을수록 미묘하지 않은가 싶었다. 금전의 모가 된 여자들은 자기 집에서 내성까지 일하러 가기도 하지만, 내성 안에 내내 머무는 이도 많다고 들었다. 베 짜기가 워낙 몰두해야 하는 일이다보니 홀몸인 경우도 흔한데 그들 모두를 묶어 모라고 부르다니 누구의 어미란 말인지 알 수 없었다. 영예로운 일이지만 제약도 많은 일이었다. 수군거리는 이들은 왕실의 공예가가 되는 것이 궁노宮奴가 되는 것과 무엇이 다른지 모르겠다고 말할 정도였다. 그러니 금전의 모로 뽑히고 싶은 이와 뽑히고 싶지 않은 이가 있을 것이었고 그 의사는 짜낸 베의 길이로 드러나지 않았을까?

"산아님께 깊은 사의 전해주시게. 덕분에 갈피를 잡을 수 있을 것 같다고."

"뭐, 따로 제 편에 맡기실 건 없으십니까?"

하인이 곧바로 자리를 뜨지 않고 머뭇거리며 물었다. 보답의 물품을 보내는 것이 아무래도 예의려나, 자은은 보낼지 말지 망설였던 향낭을 잘 묶어 내밀었다. 하인이 슬쩍 살피며 그것을 받았다.

"서찰도 전해드릴 수 있습니다."

"서찰?"

보답품만 덜렁 보내는 것보다 인사를 써보내면 나을 듯도 싶었다. 자은은 붓을 들어 감사 인사에 더해 계절 인사와 앞으로 복된 일만 만나라는 축복까지 적었다. 다 쓴 후 다시 한번 차분히 읽었다. 충분히 마음을 표하면서도 다른 누가 본다 한들 이상하지 않을 내용이었다. 잘 말리고 잘 접어 건넸다. 그제야 산아의 사람은 할일을 마쳤다는 표정이었다.

"그럼 가보겠습니다."

"살펴 가게."

자은은 혼자 남아, 등잔의 기름을 낭비하지 않고 잠자리에 들려다가 그만 산아가 베껴 쓴 종이를 계속 들여다보고 말았다. 작은 데 몰래 써서 크게 옮겼는지, 한 줄 한 줄 외워 옮겼는지 어느 쪽이든 수고로웠을 것이다. 바빴을 산아의 눈, 산아의 입술, 산아의 손가락이 편히 쉬고 있기를.

"열 명인가."

이편에 여덟인 북잡이가, 저편에는 열이었다. 그보다 많은 사람에게 맡기면 순번을 짜는 것도 머리 아프고 집중도는 떨어지는 게 아닐까 짐작되었다. 또한, 천의 길이만큼이나 균일함도 평가하기에 소수인 것이 유리할 터였다. 자은은 얼른 열 명의 기록을 더해보았다. 눈에 띄게 떨어지는 이는 없었다. 솜씨 있는 이들을 뽑았으니 척 보기에도 격차가 크지는 않을 터였다. 치밀하게 계산해볼 필요가 있었다.

아침 일찍 도은을 깨워 종이를 내밀었다. 별 설명 없이도 도은은 바로 내용을 이해했다.

"몇 명을 추려야 해?"

아직 잠긴 목소리로 물어왔다. 동생의 명민함이 자은은 마음에 들었다.

"셋을 추릴지 다섯을 추릴지 네가 셈해보아."

"나에게 맡겨도 돼?"

"산학은 너의 영역이잖니."

베틀을 부순 자는 지금껏 몸을 사리고 있다가 역전을 노리려 할지 모른다. 방해를 위한 파괴는 큰 문제로 불거질 수도 있었다. 그럴 경우를 대비해 다른 사람에게 시선이 쏠리도록 일부러 속도를 늦추고 있다가 이제 마음놓고 제 실력을 보이려는 심산일지 알 수 없었다.

"그 정도 위험한 짓을 저지르며, 눈에 띄게 선두를 잡지는 않았을 거야. 남은 날짜와 따라잡을 수 있는 양을 셈해보고 승산이 있는 이들을 추려줘. 네가 추린 대로, 내가 더 알아볼게."

도은이 자기 방에 가서 산학 책을 꺼내왔다. 산학 책이라는 것은 참 신기한 물건이었다. 누구나 읽을 수 있지만 제대로 이해한 이만이 그 안의 계산법을 실제로 적용시킬 수 있었다. 이런 경우에는 이렇게 계산한다, 나와 있는 것을 읽을 때는 신기했는데 자은은 잘 연결시킬 수가 없었다. 그에 반해 도은은 이미 책의 어디를 찾아보면 될지 알고 있는 듯했다. 귀하게 다룬 티가 나는 책을 몇 번 넘기더니 찾던 쪽을 찾았다.

"팔월 십사일까지는 열흘 남짓, 지금까지의 분량에 더해 제 실력을 다 발휘한다고 했을 때 몇 명에게 승산이 있을까?"

자은에게 묻는 것이 아니었다.

"하루에 최대로 짤 수 있는 양은 양편에서 가장 빠르게 짜는 이를 기준으로 삼고…… 꾀를 써서 순번을 한두 번 더 맡으려나? 아니, 도철 부인은 평할 때 그런 부분은 제외하실 거야."

승산이 있는 사람만이 베틀을 부술 이유가 있었다. 애를 써봐야 중간쯤 갈 사람이 저지른 일일 수는 없었다. 자은은 도은이 즐겨 쓰는 산가지로 계산을 하고, 그 계산을 두 번 더 확인하는 것을 흥미롭게 지켜보았다.

"넷."

도은이 답을 주었다.

"넷?"

"다른 여섯은 승산이 없어. 의심받지 않기 위해 손을 늦췄다 해도 이 정도로 늦추지는 않았을 거야."

자은은 도은에게 그렇게 고른 넷의 이름을 목간에 쓰게 했다.

"그래, 너는 이제 가서 이기는 데 가진 걸 다하여라. 필요하면 또 부를 테니."

"누가 벌인 일인지 알아낼 수 있겠어?"

"알아내야지. 내년의 대회를 위해서."

자은이 늦잠을 자는 식객을 깨우러 갔다.

"나도 산학이라면 좀 하는데."

첫번째 여자의 집을 거리를 두고 맴돌며 인곤이 아쉽다는 듯 말했다.

"그늘에서 머리 쓰는 일은 맡기지 않고, 땡볕에서 땀 흘리는 일만 하라 그러니 어째 약간 서운하군그래."

인곤이 말은 그렇게 해도 진심은 아님을 자은은 알았다. 도은에게 힘을 보탤 기회를 준 것이 잘한 일이라 생각한다는 것도. 인곤은 그저 사시사철 자은과 장난을 치고 싶은 것뿐이었다.

"이번 일이 잘 끝나면 자네에게 보답하지."

"무얼로 보답할 텐가?"

"무얼 원하나?"

"공방을 차려줄 텐가? 금성 한가운데 크게?"

무리한 걸 요구하는 인곤이었다. 웃음기를 누르고 도전적으로 자은 쪽을 쳐다보았다.

"그건 무리겠어. 자넨 너무 뛰어나서 월성에서 금세 데려가 버릴 테니."

칭찬을 하는 듯 요구를 흘려버렸다. 인곤이 칫, 하고 입소리를 내더니 참아왔던 웃음을 터뜨렸다.

"농은 그만두고 저 집을 살피기로 하지."

자은은 열흘 안에 네 여자 중 누가 간절히 금전의 모가 되고 싶어하는지, 그중에 또 누가 어떻게 베틀을 부술 수 있었을지 밝혀내야 했다. 길쌈 대회가 끝나면 여자들은 원래대로 집안으로 숨겨질 테고, 일어난 일이 일어나지 않은 일이 되기 십상일 터였다. 다음 여름이 될 때까지 사람들의 마음을 곪은 채로 둘 수는 없었다. 염을 품고는 좋아하는 일도 좋아할 수 없고, 아끼는 이도 아낄 수 없다. 처음엔 도은을 위해서 시작했지만, 자은의 염려는 어느새 육부 여자들 전체에게로 번지고 있었다.

두 사람이 지켜보고 있는 첫번째 여자는 형지라는 이름의 막 쉰을 넘긴 이로, 여섯 자식에 손주도 여럿이어서 주변에서는 복이 많은 사람으로 부러움을 사고 있다고 했다. 둥근 몸에 비해 손이 작은 편이라 진정 실력자인지 못 미더워 보였는데, 그 손으로 평생 쉬지 않고 집안 식구를 먹여살렸다니 크기로 평가할 일이 아니었다. 거기까지만 들으면 그런 사람이 무엇하러 막 편해질 나이에 금전에 들어가고 싶어하겠나 의문스러웠지만, 곧 형지의 지아비가 성질이 패악스럽다는 것을 알게 되었다.

"어디 집구석에를 안 있고 베 좀 짤 줄 안다고 거드럭거리고 다녀? 물도 길어놓지 않고 내가 목이 타든 말든 쏘다니라고, 응, 귀부인들이 그렇게 하라던?"

잠시 지켜보는데도 언성을 높이고 물건을 던졌다. 가진 게 많지는 않아 보여도 윤이 나는 살림인 듯했는데 아내 쪽이 질릴 만도 했다. 늙수그레해도 사지 멀쩡해 보이는 자가 물도 긷지 않는다니 혀를 찰 수밖에 없었다.

"자식들도 다 분가했으니 지겨운 지아비로부터 벗어나고 싶을 수 있겠군."

인곤이 목간을 꺼내들고, 형지의 이름 옆에 '가可' 하고 적어 넣었다. 더 알아보고 싶었지만 시간이 없어 그쯤 해두고 다음 여자로 넘어갔다.

두번째 여자, 보예는 막 열넷을 넘긴 나이인데도 형지에 뒤처지지 않는 양의 베를 짜냈다. 굉장한 솜씨가 아닐 수 없었다. 보예에 대해 알아보자마자 곧 혼인을 앞두고 있다는 것을 확인할 수 있었는데, 그 상대가 환갑이 넘은 남자였다. 흔한 일은 아니지만 없는 일도 아니었다. 그런 상황이라면 자은이라도 혼사를 파하고 금전으로 들어 죽기 직전까지 베를 짜고 싶을 터였다.

"간절하기로 치면 이쪽이겠어."

"그것만으로는 답이 될 수 없지만."

세번째 여자는 동시의 천 가게에서 일하는 직녀로 이름은 명화였다. 가게와 공방의 소유자가 성격이 팍팍하기로 유명한, 오래된 가문의 일원이라 길쌈 대회에 보내고 싶어하지 않는 걸 도철 부인이 수완 좋게 데려나왔다고 했다. 덕분에 명화는 두 곳에서 베틀에 앉았다. 대회를 위해 시간을 비웠고, 자기 순번을 기다릴 때는 공방 일도 쉬지 않았다. 이곳에서 저곳으로 옮겨다닐 때 내내 피곤한 얼굴이어서, 주인에게 돌아가고 싶은지 도철 부인을 따라 금전으로 가고 싶은지 간파하기 어려웠다. 시장에서 만들어 팔 수 있는 품목은 정해져 있어,

한층 어렵고 귀한 걸 만들어보고 싶을 수는 있지 않을까 짐작해보았지만 짐작은 짐작일 뿐이었다. 늘 베틀에 앉아 있는지 걸음걸이가 후들후들해 보이는 것이 안쓰러웠다. 그러나 표정이 읽히지 않는 파리한 얼굴은 몰래 큰일을 저지른 후의 얼굴인지도 몰랐다.

네번째 여자 연련은 효녀로 유명했다. 바느질 일감을 받아 병들어 자리에 누운 부모를 모시고 사는데, 맡은 일을 잘해내기로 소문이 나 있었다. 베 짜기는 해본 적 없었으나 이번에 배우더니 몇 년이나 해온 사람들 못지않게 뛰어난 기량을 보였다. 효녀이기만 하면 그렇게 유명해지지 않았겠지만 자태가 고와, 수염도 안 난 낭도부터 근처에 사는 대아찬까지 연련을 첩으로 들이려 했던 모양이다. 음심에 더해 효녀를 구해 보살핀다는 명분까지 얻고 싶은 자들이 줄을 이었고, 어린 나이부터 수차례 거절을 하며 이제 서른에 다다랐는데 포기 못한 구애자들이 아직도 있다고 했다.

"억지로 자루에 넣어 가지 않은 것만 해도 다행이라 해야 하나?"

"밤마다 문에 굵은 막대를 괴어놓은 채 잔다는군. 깊이 잔 게 언젠지 기억도 나지 않는다고 주변에 털어놓았다 해."

"내성에서 살 수 있다면 보호받기 좋을 테니 도철 부인이 내건 자리가 솔깃했겠어."

네 여자의 삶을 살피면 누가 저지른 짓인지 쉽게 알 수 있을 줄 알았는데, 네 명 다 정도의 차이는 있어도 금전의 자리를 원할 만했다. 남은 시간은 줄어드는데, 답은 절로 드러나지 않고 자은의 머리가 뜨거워졌다.

"더는 못 견디겠어."

자은이 긴 머리를 들어올려 목덜미로 바람이 들게 했다. 더위 때문에 붉어진 눈밑과 입술이 위태로워 보였다. 인곤이 흘끔 보았다가 눈을 돌렸다.

"집이 곧이야. 내일은 안에서 쉬는 게 어떻겠나? 쉬다보면 우리가 놓친 게 떠오를지도 모르고."

"아냐, 집까지도 못 가겠어."

인내심을 잃은 자은이 그대로 둑을 걸어내려가더니 신발을 풀숲에 둔 채 첨벙첨벙 내로 들어갔다. 신발을 가지런히 둔 것도 아니고 공중에 차듯 벗어서 엉망으로 나동그라졌다. 자은은 적당한 지점을 찾는 듯하더니 그대로 물속에 앉아버렸다. 인곤은 말을 잃고 그 모습을 지켜보았다. 들어가는 것은 문제가 아니었다. 옷이 젖어 나오는 게 문제였다.

"자네도 들어오지 않겠나? 아아, 차다, 차. 겨우 살겠어."

둥근 돌에 기대어 허리 밑까지 물에 잠긴 채 자은이 인곤을 불렀다. 인곤은 하늘을 올려다보았다. 보름이 가까워지니 달은 또 어찌나 밝은지. 인곤은 대답 대신 웃옷을 벗었다. 나중에 필요하면 자은에게 빌려줘야 할 것이었다. 인곤도 첨벙첨벙 물로 걸어들어갔다. 자은이 고른 곳은 앉아 있기 딱 좋았다. 이른 시간이었더라면 사람들로 북적거렸을 것이었다.

"아아아아."

인곤은 베개처럼 완벽한 돌에 머리를 얹고 저도 모르게 눈을 감았다.

"이대로 죽을 때까지라도 있을 수 있겠어."

그 말에 자은이 웃었다.

"해골이 되어서도 편안할 거야."

"차고 맑은 물에 조금씩 조금씩 씻겨 사라지는 거지."

"아무 일도 하지 않고, 아무것도 개의치 않으며, 눈감고 세월을 흘려보낸다? 그보다 더 감미로운 일은 없겠군."

자은이 웃으면서 손으로 물을 떠 얼굴을 씻었다. 이마를 몇 번이고 씻었다. 그 몸짓이 어떤 마음에서 비롯된 것인지 알 것 같아 인곤은 애잔해지고 말았다. 자은이 아무 일도 하지 않고, 아무것도 개의치 않고 세월을 흘려보내는 모습은 도저히 그릴 수 없었다. 타고나길 그럴 수 없는 사람도 다른 삶을 꿈꿀 수는 있겠거니, 오늘밤은 위로해주어야겠다고 생각했다.

"이쯤에는 답을 알아내 도은과 소판 부인과 그 편의 비밀을 지키고 있는 여자들 마음을 편안하게 해주고 싶었네."

"알아."

"놓친 게 무엇이지? 어디까지 거슬러올라가야 하지? 확인하지 않은 곁가지가 있나?"

"처음부터라도 거듭 짚어보자고."

그 말에 자은이 번쩍 눈을 떴다. 눈 안에 형형한 빛이 보였다.

"처음으로……"

더운 계절에 약간 쓸모가 덜한 자은이 드디어 본모습으로 돌아온 듯했다.

"그래, 지금이라면 참외와 포도를 가져다둔 사람은 누구였을지 처음과 달리 찾을 수 있겠어."

그렇게 말하며 자은이 몸을 일으켜서 인곤도 함께 일어났다. 자은은 순간적으로 떠올린 것을 이어지는 말로 검토했다. 생각과 말의 속도가 거의 비슷해 보였다.

"저편의 여자가 이편의 베틀 방에 드나들 수는 없어. 산아님은 도은과 잠시 함께 앉는 것만으로도 육부 여자들의 시선이 몰릴까 걱정했지. 새벽이든 밤이든 저편 여자가 소판 부인댁에 몰래 숨어드는 것은 불가능해. 게다가 소판 댁은 늘 구려유민의 암살자를 대비하고 있어 문지기들이 있잖아? 저편의 누군가가 이편의 가까운 이를 움직였다고 봐야 해. 참외와 포도를 미끼삼아 방을 비우고 베틀을 부수다니, 누가 자기 일도 아닌데 크게 잘못될 각오를 하고 그리 해주었을까?"

"혈족? 아무래도 혈족이겠지?"

인곤의 물음에, 물을 털던 자은이 순간 말을 멈추었다.

"그래, 도은을 위해서라면 나도 상황에 따라 베틀 정도는 부수었을지도. 나라면 그보단 다른 방법으로 그 사태를 벗어나려 애쓰겠지만, 각자 처한 형편이 있고 할 수 있는 일도 다르니…… 자네에겐 그런 사람이 있나? 그렇게 어긋난 일도 하게 만들 만한 이가?"

자은이 기대하며 묻는 것 같아, 인곤은 바로 떠오른 답을 전하지 않고 말을 돌렸다.

"그런 이가 있는 자가 부러움을 살 자인지, 없는 자가 두려움을 살 자인지 모르겠네."

옷을 입은 채 물을 짜는 것은 한계가 있어, 두 사람이 집으로 걸어온 길에는 진한 발자국이 남았지만 밤이 지워낼 것이었다.

자은은 곧바로 도은을 불렀다.

"뭐야, 무슨 일이 있었던 거야? 누가 둘에게 물을 끼얹은 거야?"

"더워서 멱을 감았을 뿐이다."

"다 큰 어른들이?"

도은은 경악한 얼굴로 인곤을 노려보았다. 기이한 짓은 제 언니가 아니라 식객이 저질렀을 것이란 표정이라 인곤은 억울해졌다.

"내가 챙겨두라 했던 그 바구니, 가지고 있니?"

자은이 도은의 주의를 돌렸다.

"응, 소판 부인께 말씀드리고 여기 가져다두었지."

"그 바구니를 찾는 사람은 없었어? 참외와 포도를 가져다둔 게 자기라며, 돌려달라는 이 말야."

도은이 그러지 않아도 이상했다며 고개를 끄덕였다.

"아무도 묻질 않았어."

의심을 살까 걱정되어 찾아가지 않기로 한 듯했다.

"이리 가져와봐."

도은이 바구니를 가져왔고, 자은이 인곤에게 바구니를 내밀었다.

"만듦새가 어떤 것 같은가?"

"뭐, 꽤 촘촘해 보이는군."

"집에서 만든 물건인지 밖에서 산 물건인지 구별할 수 있겠나?"

"유난히 손재주가 좋은 사람이 있으니 딱 잘라 말하긴 어렵지만, 이 정도 솜씨면 파는 물건일 거야."

자은이 고개를 끄덕였다. 바구니를 뒤집자 테두리 한쪽에 모나게 그을려둔 자국이 있었다.

"내가 보기엔 다른 집 물건과 헷갈리지 않게 표시해둔 것 같아. 자네가 보기엔 어떤가?"

"우연히 그을린 것일 수는 없나?"

"그랬다면 면적이 더 크고 모양도 둥글지 않았을까? 쇠붙이로 지진 게야."

"자네 말이 맞는 것 같군."

"보통 바구니를 하나만 구하진 않으니, 비슷하게 생긴 것 서너 개를 같이 들였을 거야. 나란히 두면 보기 좋도록. 함께 산 다른 바구니에도 같은 표시를 했겠지."

"하나만 샀으면?"

"그렇다 해도 자기가 일부러 두고 간 바구니를 들이밀면 좀 놀랄 테야."

이번엔 다시 도은에게로 몸을 돌렸다.

"혹 몇 년 사이에 편이 바뀐 사람이 있니? 북을 잡는 사람이나 곁에서 돕는 사람이나, 여튼 내내 얼굴을 비춘 이들 중에."

"몇 있을걸? 혼인을 해서 사는 곳이 바뀌거나 하면 편도 바뀌잖아."

육부의 여자들을 반으로 나누는 기준은 사는 집의 위치였다. 아무리 한 편에 오래 몸담고 있었다 해도 사는 곳이 바뀌면 편도 바뀌는 것이었다. 예외로 해달라는 요청은 매해 나왔지만 섞여 가까워지라는 목적이 있는 만큼 받아들여지지 않곤 했다.

"편이 바뀐 이가 누구인지 알아와."

어머니를 돕고 있든, 자매를 돕고 있든, 친우를 돕고 있든 원래는 한편으로 묶일 만큼 가까웠을 가능성이 높았다. 한번 헤집어볼 만한 구석이었다. 도은은 다음날, 어렵지 않게 이름들을 가지고 왔다.

바구니를 든 채 편이 바뀐 여자들의 집을 찾아다녔다. 도은이 바구니를 들고 자은과 인곤이 그 뒤에 섰는데, 보통은 심상하게 보곤 자기 집 물건이 아니라고 했다. 정말 아닌지 맞추어 보겠다고 하면 이상하게 여겼지만 소판 부인이 꼭 주인을 찾아주라 하셨다고 우기면, 가지고 있는 다른 바구니들을 떨떠름하게 보여주었다. 비슷하게 짠 바구니도, 테두리에 지진 표식이 있는 바구니도 없었다. 그다음에는 도은이 길쌈 대회를 주제로 이런저런 말을 붙여 시간을 끌 때, 인곤이 도끼를 확인했다. 어떻게 봐도 수상한 꼴이었다.

"아침부터 바빴지만, 보다 속도를 내도록 하자. 우리에 대해 여자들 사이에 이야기가 퍼지면 안 돼. 우리 걸음이 더욱 빨라야 해."

몇 집 남지 않자 불안해진 도은이 문득 물어왔다.

"도끼를 들고 나갔으면 어떡해? 밖에서 일할 때도 쓰잖아."

"작은 도끼잖아. 대개는 집에서 쓰지. 큰 걸 가지고 나가고.”

“숨겨두고 천연덕스럽게 잡아떼면? 바구니도 이미 다 태워 버렸으면?”

“아무리 담대한 자라도 눈꺼풀 정도는 떨릴 거야. 우리 셋이 잘 보면 알아챌 수 있어.”

자은이 도은을 안심시키기 위해 한 말이 틀리지 않아서, 마지막에서 두번째 여자는 세 사람을 보자마자 눈에 띄게 겁을 내더니 바구니를 받아들고는 주저앉고 말았다. 그쯤 되자 차라리 한껏 파렴치한 자였더라면 좋았을 거란 생각까지 들었다. 이렇게 겁을 내면서 저질렀단 말인가, 허탈했다.

미처 따져 묻지도 않았는데 울기 시작했다.

“잘못했습니다. 참으로, 잘못했습니다.”

도은이 우는 여자의 어깨를 짚고 있는 동안, 인곤이 크지 않은 집을 뒤져 손도끼를 들고 왔다. 주머니에 넣어온 날 조각과 맞추니 딱 맞아들어갔다.

여자의 이름은 귀희. 봄에 혼인하여 길쌈 편이 바뀌었다. 혼인하기 전에는 저편 보예의 친우였다. 같은 해, 같은 계절에 태어나 담장이 닿은 집에서 자랐기에 자매보다도 가까운 사이였다고 한다. 작년, 함께 탑돌이를 갔을 때 수려하고 살가운 낭군을 만나게 해달라고 똑같은 소원을 빌었다. 귀희의 소원은 이루어졌다. 친척의 소개로 이루어진 혼사였지만, 한 쌍의 인형처럼 어울리는 짝을 만났다.

"보예만 그런 늙은이에게 팔려가게 둘 수 없었어요."

오랜만에 시간을 내 보예를 만났을 때 그사이에 사람이 크게 변했다는 걸 깨달았다고 한다. 보예는 본 적 없이 수척해진 데다 눈에는 핏발이 서 있었고 조급함을 숨기지 못했다. 어떻게든 가장 많은 베를 짜 도철 부인의 눈에 들어 금전의 모가 되려 한다며 마지막으로 해볼 만한 시도에 대해 털어놓았는데, 듣는 귀희는 속이 그리 상할 수 없었단다. 이긴 편에서 최고여야 원치 않는 혼인을 피할 수 있을 거라는 보예의 말에 귀희는 무슨 짓을 해서든 돕겠다고 마음먹었다. 그리고 며칠 후 치마 안으로 도끼를 묶은 것이다.

"그애가 시킨 게 아니에요. 제가 떠올렸고 제가 했어요. 우리 편이 며칠만 속도를 늦추면 보예의 편이 이길 테고…… 그 다음엔 보예가 저편에서 두번째로 많이 짰으니까 속도를 더 내든지, 형지 아주머니께 양보해달라고 하든지 하려고 했어요."

자은도 인곤도 도은도 귀희와 그 친우가 딱했지만 그대로 넘어갈 수는 없는 문제였다.

"소판 부인께 말씀드릴 것이다. 그러면 도철 부인도 아시게 되겠지."

"뜻대로 하세요. 저를 치시든 가두시든 베시든 하세요. 하지만 보예에겐 해가 되지 않게 해주세요. 죽는 것보다도 못한 혼인을 해야 하는 상황에 고초를 보태어줄 수는 없어요."

"그쪽은 얼마나 알고 있는 건가?"

자은이 묻자 귀희가 한숨을 폭 쉬었다.

"다 저지르고 말해줬어요. 엉엉 울더니만 어쨌든 베를 열심히 짰죠."

마음이 약한지 강한지 알 수 없는 여자였다. 친우를 위해 육백 년 전통의 겨루기를 방해할 만큼 강하면서도 천을 망칠 만큼 못돼먹진 않았다. 울면서 죄를 고백하면서도 친우는 끝까지 보호하려고 했다. 어느 한쪽이라면 마음이 나았을까, 착잡해진 세 사람은 바로 소판 댁으로 향했다.

소판 부인은 베틀이 부서진 연유에 대해 다 듣고 나더니, 자은이 부인을 뵌 이래 최초로 웃었다. 웃는 것을 잊었던 사람 특유의 다듬은 듯한 웃음이었다.

"내겐 그런 이가 없었지. 날 위해 그런 말도 안 되는 짓을 해줄 이가. 있었다면 달랐을까?"

부인의 눈빛이 지난날의 갈랫길로 돌아간 듯했다.

"그대들이 내 심부름을 조금만 더 해줄 수 있을까?"

셋 모두 고개를 조아렸다.

"이 일을 알고 있는, 베틀이 부서졌던 날 여기 있었던 여자들을 고이 모아 오게나."

하루종일 걸어 발바닥이 욱신거렸지만, 그 정도는 더 할 수 있는 일이었다. 비밀을 지켜온 여자들이 모인 것은 길었던 해가 지고 나서였다. 소판 부인은 자은의 도움을 받아 다시 한번 여자들에게 일어난 일을 알려주었다. 다들 사정을 알게 되어 안도한 듯했으나, 그 자리에 불려온 것은 다소 불편해하며 소판 부인의 다음 말을 기다렸다.

"난 그대들을 이끌어야 하는 입장이지. 당장 도철 부인에게 가, 그애가 짰다는 양만큼 천을 자르게 할 수 있네. 우리 편과는 달리 매일 짠 양을 사람별로 기록해두었으니 어려운 일도 아니고 공평한 해결책일 거야. 베틀이 망가졌던 며칠을 확실한 승리로 보상받는 것이 어떤가?"

여자들이 제일 연장자인 듯 보이는 여자를 툭 건드렸다.

"부인, 그렇게 중한 일을 저희에게 물으시면 곤란합니다."

소판 부인이 베틀로 다가가 걸려 있는 천을 손바닥으로 조심히 쓸었다.

"나는 한 올도 보태지 않았어. 그대들이 만들었지. 내가 맡은 일은 그대들이 베 짜기에만 집중할 수 있도록 지붕이 되고 벽이 되는 것이었는데 실패했고. 그러니 그대들이 그애들을 어떻게 벌하고 싶은지 묻는 게 마땅해."

여자들이 이번엔 도은을 툭 건드렸다. 자은은 도은이 다른 여자들의 신망을 산 것이 흡족해, 들키지 않도록 고개를 돌리고 미소 지었다. 도은은 소판 부인을 보는 대신 여자들을 돌아보았다.

“도철 부인은 상을 분명히 주시는 분이라고 들었어요. 그런 분은 대개 벌도 분명히 주시죠. 우리 편처럼 은밀할 리 없어요. 아무리 말을 단속해도 새어나갈 거예요. 우리끼리 정한 것대로 마무리지어지지 않겠죠. 그리고 개운치 않게 끝나면 내년에는……”

도은이 내년을 언급하자 여자들이 수런수런 말을 나누었다. 일어난 일은 속상한 일이다. 그러나 이제 중요한 것은 여자들의 즐거운 여름을 이대로 유지할 수 있느냐, 하는 더 큰 문제였다. 무언가가 부정을 탔다는 판단이 들면 사람들은 화를 내며 태우고 없애는 데 익숙하다. 여자들이 대회를 위해 나다니는 걸 마음에 들지 않아하는 이들은 적지 않으니, 말이 나면 오래된 왕실 행사라는 명목으로 눌러둔 불만을 여봐란 듯 터뜨릴 것이다. 길쌈 대회가 아예 없어지진 않을지 몰라도 인원수를 줄인다든지, 기간을 줄인다든지 여러 제약이 생기기 쉽다. 또 그 선명한 성정의 도철 부인은 내걸었던 상도 없애버릴 것이다. 금전의 모가 될 수 있는 상이 없어지면 그것만 바라보며 쉴새없이 베를 짠 저편의 여자들이 안되었다…… 긴 말들이 오가지 않았지만 이때껏 지킨 비밀을 계속 지켜보겠다는 것이 이편 여자들의 뜻으로 모였다.

"그러면 하릴없이 지겠다는 건가?"

듣고 난 소판 부인이 물었다. 너무 무른 결정이 아닌가, 자은도 의문을 담아 도은을 바라보았다.

"아니요. 그럴 수는 없지요. 보예에게 베틀을 망가뜨리게 하면 어떻겠습니까? 우리가 잃은 며칠을 저편도 똑같이 잃도록요."

"도철 부인은 가만 계시지 않을 텐데? 그럼 똑같은 결과 아닌가?"

도은이 인곤 쪽으로 몸을 돌렸다.

"일부러 부순 게 아니라 삭아서 부서진 것처럼 보이게 할, 방법이 있소?"

인곤이 눈썹을 올리더니 고개를 끄덕였다.

"몇 가지 있소."

"그럼 그리하고 싶습니다. 싱거운 승리를 원하지 않습니다."

한번 더 소판 부인이 여자들의 얼굴을 둘러보았다. 소판 부인의 잘못은 하나 없어도, 일이 그릇되면 제일 위태로워지는 것은 부인일 수 있었다. 공공연한 공격의 빌미가 될 테니까. 그럼에도 도철 부인에게 사태를 다 밝히려 했었는데, 베 짜는 여자들이 다른 방향을 택한 것이다. 곧바로 받아들이는 것이 혹 자기 자신만을 위한 것은 아닐지 검토해보는 듯싶었다. 그렇게까지 하지 않으셔도 될 텐데, 하고 자은은 재촉이라도 할까 고민했다.

"그래, 그리하도록 하자."

소판 부인이 승인했다. 여럿에게 나은 결정이었다.

인곤은 베틀을 고장낼 독한 액을 만들어 도은에게 주었고, 도은이 귀희에게, 다시 귀희가 보예에게 그 병을 전해 저편의 베틀은 고장이 났다. 의심스러운 구석을 발견한 이는 없었기에, 도철 부인은 여기저기 그 곤란한 소식을 알렸다. 심지어 소판 부인을 찾아와 함께 베틀을 멈추어주지 않겠느냐고 묻기까지 했다. 소판 부인은 온화한 얼굴로 그럴 수 없다 거절했다. 하늘의 뜻대로 일어난 일이니 받아들이시라고 답해 도철 부인은 적잖이 놀란 채 돌아갔다고 한다. 거절하지 않는 소판 부인의 거절이라 도철 부인이라 해도 어쩔 수 없었을 것이다.

베틀을 고친 이가 누군지 몰라도 인곤보다 솜씨가 못한 모양이라 다 고쳐졌을 때는 겨우 이틀밖에 남지 않은 날이었다. 마지막의 마지막까지 여자들은 북을 쥐었다. 어떤 시점에 이르자, 베틀과 베틀에 앉은 여자가 하나로 보였다고 한다. 베틀이 베틀에 앉은 자가 된 것인지 베틀에 앉은 자가 베틀이 된 것인지 분간할 수 없이 움직이며 베틀의 소리와 숨소리가 장단을 맞추었다고.

왕과 왕비가 천을 재어보고 여자들을 치하하는 자리에 자은은 없었지만 도은에게 전해들을 수는 있었다. 달빛 아래 두 천이 어찌나 아름답게 펼쳐지는지 분하고 심려했던 마음도 천의 끄트머리 너머로 미끄러져버렸다고. 천은 도은의 편 것이 딱 한 뼘 길었다. 지나친 불행 쪽으로 아무도 떠밀지 않고도 이겼다. 비밀을 비밀로 둔 여자들이 서로를 축하하며 눈을 마주쳤다. 진 편에서 언제나처럼 회소곡을 불렀고 음식을 대접했다. 둥글게 손을 잡고 힘차게 뛰며 춤을 추었다. 그 춤만큼은 자은과 인곤도 멀리서 구경할 수 있었다. 보름달 아래, 팔월의 정점이었다.

구월이 되자, 자은은 문득 궁금해졌다.

"금전의 모는 누가 되었나? 설마 아무도 뽑지 않은 건 아니겠지?"

자은의 물음에 도은은 웃으며 고개를 흔들었다.

"도철 부인께서 졌지만 기분이 좋으셨던 모양이야. 형지 아주머니를 모로 뽑은 것뿐 아니라, 여섯 사람이나 더 그 아래 직공으로 뽑으셨어. 보예, 명화, 연련을 포함해 세 사람이나 더…… 심지어 살 곳이 필요했던 보예와 다른 한 사람은 부인의 집으로 일단 데려가셨다네? 한순간도 머뭇거리지 않는 분인 것 같아. 그런 부인이 이끄는 편을 이겼다니 우리도 대단하네. 나이가 젊으니 열심히 일하며 기다리면 나중에 모 자리가 또 났을 때 최우선으로 뽑아준다고도 하셨대."

그 얘기에 인곤이 이마를 짚었다.

"그게 뭐람, 그럴 줄 알았으면 아무 짓도 안 했어도 되었잖아. 아이고, 다 소용없는 짓이었네."

"귀희도 보예를 데리고 소판 부인 댁에 사죄드리러 왔던 모양이야. 둘이 엎드려 우는 것을 소판 부인이 잘 돌려보내셨고."

대회가 끝나고도 소판 부인과 여자들은 만남을 이어가는 듯했다. 그것이 대회의 목표였으니 바람직한 일이었다. 육부의 여자들은 아무것도 빼앗기지 않았다.

"너는, 그런 게 되고 싶지 않니?"

자은은 내내 물으려 했던 것을 동생에게 물었다.

"나? 그런 것? 아, 금전의 모 같은 것?"

도은이 곧바로 알아듣고 되물었다. 그러고는 어떨지, 하며 고개를 갸웃했다.

"호은 오라비가 너에게 이 집 살림을 억지로 맡기며 부려먹고 있는데, 네가 어떻게 살고 싶은지 제대로 정하지 않으면 휘말려버릴 거야."

자은이 묻는 뜻을 설명했다.

"아아, 그런 뜻으로 물었구나."

도은의 얼굴이 밝아졌다.

"나는 지금이 좋아. 부려먹히는 걸 모르고 부려먹히는 것도 아니고. 머리 아플 때도 있고 곤궁할 때도 있지만, 내가 할 수 있는 일을 하고 있으니 한동안은 이렇게 지내고 싶어. 그러니 괜찮아. 걱정해주지 않아도 돼. 그리고 두 사람이 와서 무언가 재밌어졌으니까. 매일 똑같이 살면 한 계절을 돌아봐도, 한 해를 돌아봐도 하얗게 기억이 나지 않아. 어쨌든 올해는 기억날 일이 가득이지."

자은도, 인곤도 그 말에 웃었다. 금성에 돌아와 불미스러운 일에만 엮인다 싶었는데 재미로 쳐주다니 도은의 관점이 달랐다.

"그건 그것이고, 밤에 등잔 기름을 낭비하면 둘 다 쫓아내버릴 줄 알아."

동생의 엄포에 진지하게 고개를 끄덕였다.

"나를 더 쓰고 부리시오. 이 집에서 먹고 쓰는 것을 갚을 수 있게."

최근 기름을 많이 쓴 것은 인곤인 듯 궁색하게 말해왔다.

"자네의 뛰어남은 위험한 눈길을 모을 수 있으니 적당히 내 동생 말을 듣고 기름을 아끼게나."

자은의 충고인지 칭찬인지 애매한 말이 그래도 인곤의 마음에 들었는지 더는 말을 잇지 않았다. 세 사람은 어둠과 침묵에 잠겨 늦여름의 밤을 즐겼다.

여름처럼, 젊음처럼 끝이 난 줄 알았던 것이 한줄기 남아 계속되고 있었다. 담장 밖 버들이 흔들리는 것과 맞추어 자은의 머리카락이 흔들렸다. 저도 모르게 회소곡을 흥얼거리자, 도은이 목소리를 더해 자은이 틀리게 부른 부분을 고쳐주었다. 한 바퀴 돌고 끝날 줄 알았는데 인곤도 따라 부르기 시작했다. 노래가 형체 없이 허공으로 사라진다는 것이 어쩐지 다행한 밤이었다.

월지에 엎드린 죽음

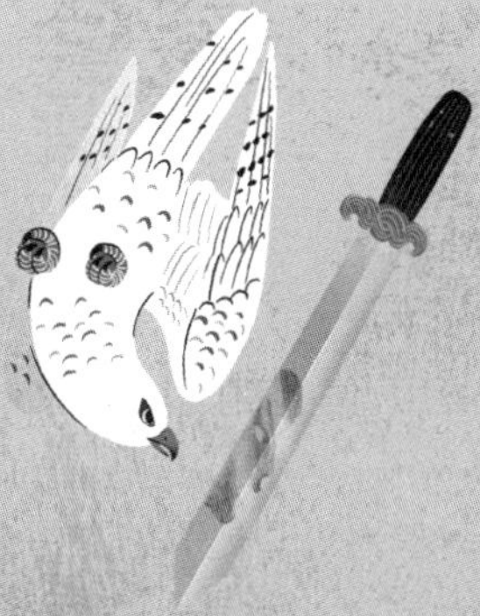

해가 뜰 때 내성에 들어가, 해가 지면 집으로 돌아왔다. 하루종일 세필로 글씨를 쓰다 돌아오면 밤에 누워서도 천장에 쓰던 글줄이 오락가락했지만 괴롭지 않았다. 붓 잡는 손의 굳은살이 단단해졌다가 떨어져나가길 반복했다. 어느 날 집으로 돌아오는데, 마중을 나온지도 몰랐던 인곤이 뒤에서 자은을 툭 쳤다.

"한참을 못 알아봤군."

자은은 웬일로 걸음했나 싶어 인곤을 돌아보았다.

"함께 걸어나오는 이들이 다 비슷하게 시들어 있어 누가 자네인지 분간할 수가 없었어. 그늘에서 종이 먼지만 마시면 닮아가는지."

"아아."

그러고 보니 쨍한 해를 본 게 언제였는지 가물가물했다.

"자네, 들킬까 걱정할 필요 하나도 없겠어."

"그거 안심되는 말이네. 동료들은 다 책상에 고개를 박고 있느라 서로를 살피는 이도 없지만…… 근데 뭐하러 여기까지 나왔나?"

"놀고 있으니 호은님이 자넬 데려오라더군. 그래서 나왔지."

계속 앉아 있다보니 식욕이 없어 저녁 끼니를 포기하고 서라벌 여기저기를 걷다 들어가는 습관이 들었는데, 무관심해 보였던 호은이 알아챘던 모양이다. 동기간이지만 도은을 아끼는 마음과는 상반되게 호은 쪽은 늘 좀 도사리는 종류의 동물을 꺼리듯이 경계하게 되었다. 낙엽 밑의 뱀까지는 아니어도, 허점을 보이기는 싫은 상대다. 평소보다 빠른 걸음으로 돌아가기로 했다.

"어떤 기색이던가?"

"나야 알기 어렵지. 마주하면 속으로 내내 나를 자네에게서 떼어 내칠 핑계가 없을까 재고 계시거든."

그 말에 자은이 웃음을 터뜨렸다.

"그걸 자네가 어떻게 아나? 잠깐의 눈빛만으로 알아냈다고는 하지 말게."

"도은님에게 자꾸 이것저것 물으시나보아. 도은님도 나를 자주 못마땅해하시지만 호은님을 주의하라 일러주시더군. 그 사이 정이 든 게지."

"무엇에 대해 물었다던가?"

"나를 만나러 온 다른 백제 출신이 있었는지, 쉬는 날에 만나는 무리가 있지는 않은지 물었던 건 이해할 만했네. 그야 확인해두어야 하는 부분이지. 나아가 자네와 나의 관계에 대해 은근히 추궁했다더라고. 내가 진정 자네에게 도움이 되는지, 우리 둘이 보이는 것과 다른 관계는 아닌지, 내가 혹시 자네의 비밀을 쥐고 자네를 협박하고 있는 것은 아닌지……"

이제 길 가는 사람들이 쳐다볼 정도로 웃게 되었다.

"정말로 도은에게 그렇게 물었다고?"

"물론 돌려 돌려 물었겠지만 도은님이야 가운데를 잘 짚어내니까."

"그렇게 나를 믿지 못하면 밤에 편히 자지 못하겠군. 맏이로 태어나지 않아 맏이가 되어버린 불쌍한 인간, 물새처럼 서서 자는지도 몰라."

자은은 웃다가 흘린 눈물을 닦았다.

"웃긴가? 쫓겨날까 몸을 사려야 하는 나는 웃기지 않은데?"

큰 위기감 없는 얼굴로 인곤이 말했다.

"그러지 말고 호은님을 좀 안심시켜주시게. 외려 자네가 내 약점을 쥐고 있다고 말해보면 어떤가?"

"어떤 약점이 좋을까? 인곤 자네가 실로 위험한 짓을 저질러 영원히 고향에 돌아갈 수 없는 몸이라고?"

"곤란하네. 더 경계하실 듯하니. 적당히 하찮으면서도 그럴듯한 건 없겠나?"

인곤이 고개를 저었다.

"자네가 물에 빠진 걸 내가 건져올렸다? 으음, 목숨을 구한 은인 같은 건 너무 흔한데. 자네가 왜의 백제인들에게 전해야 할 중요한 문서를 내가 빼앗았다? 아님 이건 어떤가? 자네가 실없이도 나를 애모해 결코 내 곁을 떠날 수 없다고?"

"……됐네. 들어가보기나 하게."

농을 나누다보니 길이 줄어든 것처럼 어느새 대문을 넘어서고 있었다.

"나를 데려왔다고 직접 고하여 쓸모를 강조하지 그러나?"

"흥, 나 같은 보물을 놓칠 정도의 집안이면 다음이 없는 것이 맞지."

식객이 자긍심을 잃지 않아 다행이라고 여기며, 자은은 호은의 방문 앞에서 호은을 불렀다.

호은은 자리에 앉지도 않고 서성이며 자은을 기다리고 있었다. 자은이 숨 돌릴 새도 없이 곧바로 입을 떼었다.

"임해전에 초대를 받았다."

자은도 임해전이 어딘지는 알고 있었다. 선왕 시절 월지 곁에 지어진 근사한 건물로, 사신을 대접하거나 군신에게 큰 연회가 베풀어지는 장소였다.

"형님이요? 그거, 굉장한 영예네요."

형님이라는 말이 곧바로 나와 자은은 속으로 만족했다. 호은도 만족해하리라 믿고 표정을 살폈다. 급한 자랑이 소환의 이유였다니, 귀여운 구석이 있다 생각하면서.

"나뿐 아니라 너도."

"제가요? 그럴 리가 없는데? 누가 상문사의 말단을 임해전에 불러요?"

호은은 자은의 말들을 모두 예상했다는 듯 작게 혀를 찼다.

"척하면 척 알아들어야지. 이것은 정식 연회가 아니다. 왕께서 곁에 둘 인재들을 구하기 위해 가까이 훑어보고 싶어하심이야. 왜 눈치채지 못하는 것이냐?"

그걸 내가 어떻게 눈치채, 하고 자은은 속으로 웅얼거렸다. 그리고 그런 관심이야말로 전혀 원하지 않았다.

"저를 심히 가까이 보셔도 큰일이지 않습니까?"

호은이 끙, 하고 앓는 소리를 냈다.

"나도 그것을 염려하지 않는 것은 아니나, 너도 지금 그 자리에 흡족한 채 그대로 머물면 안 된다. 계단 몇 칸쯤은 힘내 올라가주어야 해."

"먹을 것 부족하지 않고, 입을 것도 없지 않으며, 땔감 또한 수북한데…… 과욕을 부리는 게 아닙니까?"

"과욕? 지금 가진 것들이 언제까지고 그대로일 성싶으냐? 다음 역병은? 다음 전쟁은? 흉년이 이어지고 대수가 휩쓸면? 정쟁의 칼이 갑자기 우리와 가까운 곳을 향하면? 미리 대비해두지 않았다가는 굶고 병들고 흩어지고 죽을 것이다. 너는 내가 쓸 수 있는 또하나의 말이다. 그걸 잊지 마라."

"태평성대에 전쟁과 정쟁 이야기를 벌써 꺼내십니까? 누가 들을까 무섭습니다. 게다가 저를 말로 여기시는 것은 어쩔 수 없으나 입 밖으로 꺼내는 것은 너무한 것 아닙니까?"

"어떻게 느끼든 네놈이 공부하고 오느라 집어삼킨 것들을 갚으려 노력해라. 그 정도 계산은 너도 하겠지."

"계산이라 하시니 말인데 제가 목숨을 걸지 않았으면, 헛되이 날릴 뻔한 것이잖아요?"

"어쨌건 그 대가가 네 머릿속에 남았잖아!"

"궤변이나 늘어놓으니까 서라벌 여인들이 흉보지요!"

"하란 대로 잘 따르던 예전의 너는 어디로 사라진 것이냐?"

"깊은 물에 빠뜨리고 왔습니다! 금성까지 채 돌아오지 못했지요!"

호은과 자은은 책상 하나를 사이에 두고 씩씩거렸으나, 둘 다 뜨겁다고는 할 수 없는 성정인지라 어디로도 가지 않는 말씨름을 관두었다. 호은이 거칠게 자리에 앉았다.

"임해전에 가서는, 지나치게 눈길을 끌지 말되 너의 재치는 두드러지게 뽐내야 한다."

"어려운 걸 시키시네요."

"하인은 하나만 데려갈 수 있는데, 너는 또 그 백제 놈을 데려갈 테냐?"

"물어보고요."

"그자가 잘도 거절하겠다."

"인곤의 어디가 그리 마음에 들지 않으십니까?"

"어딜 가서나 제 밥그릇은 챙길 수 있다는 걸 알고 있는 면상이 싫어. 솔직히 우리보다 나은 집안을 골라 식객이든 무엇이든 될 수 있지 않으냐? 그 재주로 기운이 꺾인 육두품 집에 왜 머무는 거야? 떠나지 않는 이유가 무엇이냐? 내가 먹여주고 재워주는 쪽인데도 어쩐지 그자가 베푸는 꼴이 되는 것이 싫다."

듣다보니 싫을 수 있겠다는 생각이 들었다. 둘 사이를 어떻게 중재할지 고민해봐야겠다고 마음먹었다. 고민이 떨어질 새가 없었다.

연회 아닌 연회의 날이 다가올수록 잠자리가 옅어졌다. 잠을 자지 못하니 낮에 자잘한 실수가 늘었다. 자은답지 않은 오자를 계속 낸데다, 관복에 먹을 크게 묻혀버린 것은 어이없는 실수였다. 벼루에 소매를 담그다시피 했다. 자은은 예상되는 어려운 밤이 얼른 지나버렸으면 했다. 호은이 화내지 않을 만큼만 스스로를 내보이리라 작정했다. 호은과 자리가 붙어 있을 것이고 호은을 엄폐물 삼아 앉으면 중요한 사람들은 아무도 자은을 보지 못할 터였다.

호은의 짐작이 틀리지 않아, 인곤은 월지와 그곳에서 키운다는 색다른 동물들을 보고 싶어했다. 당일이 되니 흥분을 감추지 못하고 제자리에서 겅중대는 수준이었다. 그 자리가 얼마나 까다로운 자리인지는 전혀 개의치 않았다. 특유의 무감함도 있고 입장의 차이도 있을 터였다. 하루만 인곤과 입장을 바꾸고 싶다는 못된 마음이 들었다.

"누가 굳이 묻지 않거든 백제인이라 하지 말게. 아니, 웬만하면 대충 얼버무리게."

"이제 와 괘념하는 이가 있을까?"

"그만큼 예민한 자리란 말일세."

동생들은 호은과 자은이 최선의 모습으로 참석할 수 있도록 머리를 다시 빗어라, 가락지를 껴보아라, 빼보아라, 허리띠 높이가 틀렸다 조언을 아끼지 않았다.

"신라 남자들은 이상한 허영이 있어서 나이가 한참 지나도 소년처럼 아름다워 보이고 싶어하잖아. 실제로 그럴 수 있는 이들은 매우 적고. 사신을 뽑을 때도 미려함을 따지지 않나? 허영은 허영이지만 온 나라가 그럴 때 좀 이용하는 게 어때서."

도은의 말을 듣다가, 도은도 호은을 좀 닮은 구석이 있다는 생각을 했으나 생각만 했다. 걸어갈 수 있는 거리였지만 사람만큼이나 빗질을 잘한 말들을 타고 갔다. 길의 앞뒤로 가마와 말을 탄 다른 이들이 보였다.

명치가 조인 채 월지에 도착하니 과연 태어나 한 번은 볼 만한 곳이었다. 유려한 형태로 만들어진 못이 감탄을 자아냈고, 나무 하나 풀 한 포기 골라 심기지 않은 것이 없었다. 등불과 장식 비단이 월지의 신비를 증폭시키고 있었다.

먼저 다다른 사람들이 어수선하게 선 채 뒤에 올 사람들을 기다리는 중이었다. 이르지도 늦지도 않게 적당히 도착한 듯싶었다. 사람들뿐 아니라 산양과 노루, 앵무와 꿩과 공작이 있었는데 낯선 이들이 많아 동물들도 불편한 기색이었고 그 뒤치다꺼리를 하는 일꾼들이 바빠 보였다. 자은은 여기저기 인사를 하고 다니는 호은 곁에서 몇 번 같이 고개를 숙이다 슬쩍 뒤로 빠졌다.

인곤은 월지와 동물들이 보고 싶다더니, 막상 와서는 입수구와 출수구를 찾아 들여다보며 좋아했다.

"아주 잘 만들었어."

"또 백제인이 만들었다 하지그래?"

"내가 말하지 않았네. 자네가 말했네. 아차, 자네가 아니지. 주인님이라 불러야지."

정녕 그럴 마음도 없으면서 너스레를 떠는 식객이 얄미웠다.

"성미에 맞지 않겠지만 자리를 잘 지키고 오게. 나는 여기서 일하는 사람들과 좀 친해져봐야겠어. 궁금한 게 몇 가지 생겨서."

인곤이 휘적휘적 가버리고, 자은은 내심 인곤이라도 곁에 있어주길 바랐다는 걸 깨달았다. 흩어져 있던 사람들은 점점 동류끼리 모이는 중이었다. 자색 옷을 입은 이들은 그들끼리 목소리를 키우고 있었고, 비색 옷을 입은 이들은 바라는 게 있는데 그것을 들키기 싫어하는 표정을 하고 서성거렸다. 진골들은 이 자리에 육두품들이 낀 것이 불만스러울 것이다. 육두품들은 진골들을 거스르지 않게 조심하면서 이 드문 기회를 다음의 다른 것으로 이어나갈 심산일 터였고 말이다. 떨어져 나와보니 보이는 것은 옷 색뿐이었다. 한 사람, 한 사람의 특색이 지워지자 사람들도 무리로 뭉친 동물들이나 다름없이 느껴졌다.

"먼 곳에서 잡혀 선물로 온 네 눈에도 우리가 우습지?"

커다란 앵무에게 말을 걸자, 앵무가 자은에게 꽥 하고 크게 울었으므로 뒤로 물러섰다. 물가의 오리를 구경하는 척하며 시간을 죽였다. 차라리 연회가 바로 시작되면 나을 것 같았다. 누가 늦게 오고 있는 것일까, 육두품은 감히 그럴 리 없다 속으로 투덜거리고 있을 때였다. 두드러지게 훤히 생긴 이가 자은을 향해 걸어왔다. 그가 자은을 다른 누구로 착각했는지, 자은이 이전에 알던 사람을 잊었는지 짧은 순간 여러 경우를 검토했지만 어느 쪽도 아닌 것 같았다. 넓은 이마에 짙은 눈썹, 그 아래 눈은 형형하고 입술 산이 진했다. 차려입은 옷의 자색이 한층 진했다.

"드디어 만나는군."

남자가 말했다. 자은은 인사말을 정하지 못해 일단 가볍게 꾸벅 인사를 했다.

"내가 모르고 있었을 거라 믿었겠지만, 아니야."

무엇을 모르고 안단 말인가, 자은은 상대의 말을 따라잡으려 애썼다.

"알면서도 둔 거네. 처가 시장에서 그쪽을 보곤 도움을 청했다지? 그것 자체는 경솔한 일이었지만 그날 밤 곧장 내게도 말했어. 그저 명민함을 빌리는 일일 뿐이라고. 처의 집안일이었지만, 내가 나서면 되레 이목을 끌어 위험했을 터라 그쪽이 자리를 대신 채운 거야. 그쪽 입이 가벼웠다면 소용을 다한 후 머리를 베어버리려 했는데 꽤 무거운 편이더군? 이후엔 그 길쌈 대회 일로 그쪽에서 또 도움을 청했다, 그것도 들었고. 여인의 도움이 그리 필요할 리는 없으니 처를 한번 더 보고 싶은 것뿐이었겠지?"

아아, 산아의 지아비였나. 상대등의 아들이라 했던 기억이 났다. 자은은 상대가 자신을 껄끄러이 여길 만하다는 걸 깨달았다.

"예禮에 어긋나는 일은 추호도 없었습니다. 부인께서 워낙 높은 부덕婦德을 지니신지라."

자은은 눈을 내리깔았다.

"그쪽이 말해주지 않아도 알아. 처는 모란처럼 아름다우면서도 국화처럼 절개가 있지. 하지만 그쪽의 상판을 보고 한 번은 확인해야 했지. 처가 그쪽을 어린 시절 알던 이로 편히 떠올린다 해도 그쪽은 다를 수 있잖아?"

그래, 보아라, 내 얼굴을. 자은은 고개를 들 수밖에 없었다.

"이 사내가 품고 있는 것이 흠모인지, 연정인지, 또는 음심인지……"

산아의 지아비가 위험할 정도로 가까이 다가섰다. 자은은 물러서지 않았다.

"음심 같은 것은 일절 품지 않았습니다."

원래의 자은과 산아가 어떤 사이였는지, 한쪽이 죽고 없는 그 둘의 일을 자은은 알지 못했고 영영 알지 못할 것이었다. 그러나 그간 겪은 산아의 애틋하지만 스스럼없는 태도로 보아 어린 둘이 손이라도 잡은 적 있을지 의심스러웠다.

"이렇게 직접 보니 그 말을 믿을 수 있겠어. 그쪽은."

이 남자 내 이름을 알고 있다, 일부러 부르지 않는 것이다…… 자은은 이상할 정도로 겁먹지 않았지만 움츠러든 듯한 표정을 지어냈다. 만족시켜주고 보내버리자는 심산이었다.

"남자답게 영글지 못했군. 그런 남자들이 있지. 평생 어린아이 같은 용모로, 여자들 곁에서 여자들 일이나 거들어주는. 진짜 남자들이 다망하여 비운 자리를 노리며 맴도는 반쪽짜리들이. 씨를 남기지 못해도 씨가 마르지 않으니 신기한 일 아니야?"

모욕이었으나 반격하지 않기로 마음먹었다. 상대등의 아들이 모욕을 하면 그대로 받아야 한다. 그리고 자은에게는 소용없는 모욕인 걸 들키지 말아야 한다.

"처에게 한 번 도움을 주고 한 번 도움을 받았으니, 이제 물러나 그쪽에게 맞는 여자나 하나 얻게. 그쪽 형을 감안하면 그것도 쉬운 일은 아니어 보이네만. 처음 보는 사이에, 혹 심기가 상했나?"

"아닙니다. 귀한 말씀 감사합니다."

자은이 분한 기미조차 보이지 않자 상대등의 아들은 아쉬워하는 낌새였다. 유약해 보이는, 맞수가 못 되는 사내라는 걸 확인하면 통상은 안심하고 지나칠 텐데, 자근자근 밟아주고 싶었던 듯했다.

"진오룡!"

누가 상대등의 아들을 불렀고, 그가 승리의 미소를 지으며 뒤돌아섰다. 산아에게 불확실하게 들었다 그만 잊고 말았던 이름이었다. 이제 나도 당신의 이름을 아는군, 자은은 생각했다. 알아서 무엇을 할 것인지에 대해서는 아직 마음먹지 못했지만.

비로소 자리를 찾아 앉으라는 명이 떨어져, 자은도 자기 자리로 향했다. 호은의 옆자리였고 자은 다음으로는 겨우 두 자리가 더 있는 말석이었다.

"진공이랑 무슨 이야기를 나누었더냐?"

호은이 웃는 입매를 무너뜨리지 않으면서 자은에게 속삭였다.

"가운데 아는 이가 있어 잠시 그 이야기를 물으시더군요."

"그래? 나는 진공에게 육두품은 아예 보이지 않는 줄 알았다. 희한한 일이군."

상석에서는 허풍이 낀 안부 인사 같은 것이 오갔으나, 그 소란스러움도 왕이 걸어오자 지워지듯 잦아들었다. 왕의 존재는 드리워지는 침묵 같은 것이구나, 내성에서 일하긴 하지만 왕을 제대로 본 적 없었던 자은으로서는 신기했다. 다 같이 고개를 조아렸고 다시 고개를 들었다. 자은은 신발 끝부터 시선을 올리며 천천히 왕을 보았다. 말석이라 눈길을 들키지 않을 수 있어 좋았다.

거인.

그런 말을 들은 적은 있었지만 아부인 줄 알았다. 왕이 없는 자리에서도 왕에게 바치는 찬사이리라 해석했던 것인데, 실제로 보니 과장이 아니었다. 왕보다 가까이 앉은 사람이 왕보다 작아 보여 기이하게 느껴질 정도였는데, 비대하게 큰 것이 아니라 뼈대가 컸다. 옷 아래로도 크게 뻗은 몸을 그대로 그릴 수 있었다. 의자에 비해 다리가 길어 무릎이 나온 자세로 앉았고 혈관이 튀어나온 손이 팔걸이를 넘어 밑으로 툭 떨어졌다. 조금 더 올라가면,

돌로 깎은 듯한 머리와 봉황 같은 눈.

어디를 보고 있는지 모르겠지만 모두를 보고 있었다. 휘장을 흔들던 바람도 잦아들었다. 자은은 추가 달린 그물에 사로잡힌 것처럼 몸이 무거워졌다. 선왕과 함께 삼한을 통일한 업적으로 미루어, 나이가 많고 겪은 게 많아 지친 듯한 인상일 거라 여겼는데 그렇지 않았다. 호은보다 고작 몇 살 위로 보이

나? 아니, 그보다는 나이를 알기 어려운 얼굴이었다. 왕의 온몸에서 발산되는 강고함은 많은 것을 즉시 이해하게 했다. 즉위하자마자 반란을 진압할 수 있었던 것, 나라의 기틀을 새로이 세우는 결정들을 연달아 밀어붙일 수 있었던 것, 태자 시절부터 왕의 사람들이었던 이들이 여전히 변치 않은 것…… 강고함이라는 것은 그토록 육체에 담기나? 자은은 불현듯 그것이 궁금해졌다. 꼭 그런 것만은 아닐진대, 상대가 아주 쉽게 이쪽을 죽일 수 있음을 알고 바라볼 때 더 잘 느껴지는 것일 수는 있겠다 싶었다.

"오늘 저녁 왜 여기 불려왔는지 궁금들 하겠지."

왕의 목소리는 그러하리라 여겼던 것보다도 낮았다. 낮기에 어쩔 수 없이 뭉툭하게 퍼지고 마는, 주의를 기울이지 않으면 한두 단어를 놓치게 하는 목소리였다. 자은은 사람들이 일제히 몸을 왕에게로 기울이는 것을 보고 따라 기울였다.

"그대들이 내 손발이 되기에 적합한 인재라 들었다."

어디서 들었을까? 다른 이들에 대해서라면 몰라도 자은에 대해서는? 호은조차 자은이 부름을 받자 당황했는데?

"나는 해야 할 일이 많아. 그 일들을 하려면 온 신라가 내 뜻대로 움직여주어야 해. 그대들이 마땅히 서야 할 곳에 서서 가진 힘을 다해야 해. 앞으로 그대들에게 나는 요구하고 요구하고 또 요구할 것이야. 때로는 그 요구가 그대들이 여기기에

과한 것일 수도 있어. 나는 그대들을 바다 건너에 보낼 수도 있고, 적들 한가운데로 보낼 수도 있고, 목숨과 그보다 중한 것들을 어느 아침에 내어달라 할 수도 있지. 신라를 위해, 그대들의 살과 뼈와 피를 끝내는 거둘 거야. 누군가에게는 곧일 테고 누군가에게는 아직 남은 일이겠지만."

추임새 같은 대답이 들어갈 자리가 없었다. 몇몇이 답과 비슷한 소리를 냈다가 머쓱한지 흐리게 마무리지었다.

"그러니 오늘은 그저 베풂을 받도록."

왕의 말이 끝나자, 일제히 상이 나왔다. 본 적 없을 정도로 화려하게 꾸며진 음식들이었다. 노루고기 위 색색의 고명을 젓가락으로 건드려보다가, 자은은 정원을 걷는 노루들을 보았다. 탁월히 아름다운 노루들이었다. 가려 뽑은 노루라면 먹을 노루는 따로 두는 것인지 그런 것이 괜히 궁금했다. 음식들의 맛도 농밀하기 그지없었지만 사혈택의 음식맛만은 못하다고 건방진 생각을 했다. 아무것도 삼키지 않는 대신 아무것도 요구받고 싶지 않다는, 나쁜 신하다운 마음이었다.

상이 몇 차례나 새로 나올 때마다, 음악과 기예 무대도 순을 바꾸어 선보였다. 춤도 악기 연주도 저잣거리에서 볼 수 있는 것과는 수준이 달랐다. 자은은 음식을 천천히 넘기기 위해 구경에 정신이 팔린 척을 했다. 베풀어진 것을 깨작거리는 모습을 들켜서는 난처해질 수 있었다. 왕도 음식을 먹기는 했지만 그보다는 바위처럼 앉아 모두를 관찰하고 있었다. 자은은 왕이 보는 그림 속의 붓이 미처 닿지 않은 여백이고 싶었다.

상이 한번 더 물러갔을 때였다. 종복들이 돌아다니며 자리를 정돈했다. 정좌하기를 권하는 목소리들이 들렸다. 음악도 거두어졌다.

"무슨 순이기에 이렇게 다릅니까?"

자은이 작게 호은에게 물었다. 호은은 아는 것이 있는 듯했지만 말해주지 않았다.

"불경하게 먹고 마시며 볼 것이 아닌가보지."

왕을 쳐다보자 그 역시 등을 세웠다. 머리 반쯤 앉은키가 커졌다. 자은이 헤아리기에 왕에게는 새 의자가 필요했다. 무엇을 보여주려기에, 하고 긴장과 기대가 섞인 눈빛들이 오갔다.

왕이 바라보는 곳을 바라보고 있자, 건물 뒤쪽에서 누군가 흰 병을 들고 오는 것이 보였다. 안에 귀한 것이 들었나 했는데 그런 것치고 한 손으로 들고 있는 것이 묘했다. 한참 다가와서야 그것이 병이 아닌 것을 알았다. 흰 매였다.

"저 매는, 아아, 선왕의 매인가요?"

"어디서 바쳐진 거더라, 소부리주所夫里州지요?"

"아직 살아 있었군요."

"잘만 다루면 십 년, 이십 년도 살죠. 어설픈 손에 떨어지면 해를 못 넘기기도 하지만. 그런데 저 매가 영특하게도 선왕을 그렇게 따랐다더라고요."

자은은 매에 대해 몰랐지만 주변 이들은 들은 게 많은 듯했다. 매잡이가 매의 머리를 가리고 있던 두건을 벗겼다. 매는 마치 왕의 일부인 것처럼 윤광이 도는 눈으로 주변을 돌아보았다. 본 적 없는 옥색 매였고 흔히 보는 매보다 약간 컸다. 위협적이라고밖에 말할 수 없는 발톱 때문에 매잡이는 두꺼운 가죽 장갑을 끼고 있었다. 그 장갑이 버렁이라 불린다고 호은이 말해주었다. 매잡이가 왕에게 절하고는, 뒤쪽을 돌아보며 신호했다.

"풀어라!"

미리 잡아둔 것인지 지빠귀와 까치, 까마귀들이 십수 마리 풀려났다. 풀려난 새들은 어리둥절해하다가 곧 매를 보고는 도망치기 시작했다. 매잡이가 팔을 휘둘러 매를 날렸다. 벌써 많이 도망쳤는데 잡을 수 있으려나? 자은은 매사냥을 제대로 구경한 경험이 없었다.

"저 매가 암매인 걸 알고 있느냐?"

호은이 물어왔다.

"그런 걸 왜 다 알고 있습니까?"

자은이 되물었다.

"암매가 더 크고 더 사냥을 잘한다지. 재밌지 않느냐?"

"그다지요."

매는 높이 올라갔다. 어두워진 하늘에 흰빛이 눈에 띄었지만 저렇게 높이 올라가다가 매까지 도망쳐버리는 것은 아닐까 염려가 되었다. 날갯짓을 멈추고 그대로 바람을 탄 채 맴도는 듯했다. 아무리 왕이라 해도 매까지 마음대로 부릴 수는 없는 일이구나. 자은은 턱이 당길 정도로 위를 올려다보다가, 열 살은 분명 넘었을 매가 아무도 무안하지 않게 잘 내려앉길 바랐다. 일순 눈을 뗐을까 싶었을 때였다.

매가 떨어졌다. 날개를 아예 접고 믿을 수 없는 속도로 땅으로 내리꽂혔다. 하늘에서 비단 자르는 소리가 났다. 그대로라면 땅에 부딪혀 터지듯 털 뭉치가 날릴까 겁이 났는데, 모두 숨이 멎은 채 지켜보는 중에 매가 되처 날개를 펼쳤고, 굵고 날카로운 발로 지빠귀 한 마리를 때리듯 낚아챘다. 지빠귀가 버둥거릴 줄 알았는데 곧바로 고개를 축 늘어뜨렸다. 매의 발에 맞았을 때 이미 살아날 방도가 없었던 듯했다. 다시금 여유를 찾은 매는 낮게 날며 날카로운 부리로 지빠귀의 머리를 몸에서 분리해냈다. 머리가 툭, 누군가의 무릎에 떨어졌다. 자리로 보아 높은 이인 듯했는데 지빠귀의 머리를 어찌해야 할지 난감해하며 내려다보았다. 자은은 왕의 얼굴을 살폈다. 웃고 있지 않을까?

웃고 있지는 않았다. 자은이 책에서 읽고 머릿속으로 그려왔던 강력한 왕들은 이런 순간에 웃거나 농담을 던지거나 하는 인물들이었다. 실제로 만난 왕은 그저 매에게…… 닿아 있었다. 자은은 읽기 어려운 왕을 그렇게 읽었다.

매는 크게 사람들의 머리 위를 휘돌더니, 매잡이에게 사냥한 지빠귀를 가져다주고 날아올랐다. 다음엔 까마귀였고 마지막으로는 꿩이었다. 살이 오른 꿩은 도망조차 뜻대로 치지 못했다. 매가 자기 몸보다 무거운 꿩의 등을 가장 날카로운 발톱으로 갈랐을 때, 몇몇이 탄성을 숨기지 못하며 박수를 쳤다. 돌아오라는 신호를 받자 매는 사냥감을 떨어뜨리고 매잡이의 버렁에 내려앉았다.

"잡은 셋 중 하나는 매에게 주어라."

왕이 명하는 것으로 매사냥은 끝이 났다. 매에게 두건이 씌었다. 저토록 강한 새를 어떻게 길들이는 것인지 새삼스러웠다. 매가 물러나자 월지에 작은 새소리들이 돌아왔다. 흩뿌려진 피를 못의 물로 씻어내리는 모습도 보였다. 잘린 지빠귀의 머리도 치워졌고 왕이 옷을 버린 자에게 새 옷을 지어 입으라고 옷감을 내려주었다.

그저 멋진 광경을 보여주고 싶었던 건 아닐 것이다. 선왕의 흰 매를 내보이는 것은 정통성의 과시였을 터였다. 삼한통일의 위업을 잊지 말라는, 그다음 대업을 함께하자는 뜻도 담겨 있을 법했다.

매사냥 뒷순서는 북춤이었다. 젊고 헌칠한 고수들이 뛰듯이 자리를 옮겨가며 춤을 추었다. 언뜻 보기에도 다 신라인은 아니었다. 말갈인들도 눈에 띄었고, 삼한의 얼굴이긴 하지만 북쪽의 기운을 띤 얼굴은 구려인일 것이었다. 섞여 있을 백제인은 구분하기 쉽지 않았다. 동작이 워낙 잘 맞아 이내 다름은 잊히고 큰 그림이 보였다. 마지막에 한 명이 힘이 넘쳐 북채를 부러뜨렸지만 티나지 않게 수습해서 호응을 받았다. 북춤이 끝나는 듯싶더니 자연스럽게 탈극으로 옮겨갔다. 고수들 중 일부가 남아 계속 북을 쳤다. 탈극에는 투구를 쓴 탈들이 십수 개 등장해 지난 전쟁의 중요한 장면들을 말없이 재현했다. 그렇게 보니 그 복잡했던 전쟁이 단순하게 느껴졌다. 승리를 되새기고 나서는 번영을 기원하는 노래를 불렀다. 탈극 배우가 선창하자 점점 더 여럿이 불러 절정을 장식했다.

골짜기에 투구를 묻었네 전쟁은 또 없으리
칼을 녹여 쟁기를 만들고 군마 대신 소를 모네
거두어도 거두어도 거듭 영그는 곡식을 심고
볼이 둥근 아이에게 지나간 이야기를 해야겠지
적이 죽고 없는데 성곽은 이제 무얼 지키나?
꽃나무와 흰 노루, 달빛을 지키지

연회는 무르익어갔다. 순서를 마친 악사들과 춤꾼들이 월지의 물이 흐르는 방향으로 물러갔다. 자은은 방향이 같아서 재밌다고 생각했다. 긴장을 놓지 않으려던 사람들도 이내 풀어져 몇은 춤을 추었고 시를 지었고 노래를 불렀다. 대단한 실력들은 없었다. 조각조각난 재주들을 경박하게 선보인 후 다음날이 되면 아무도 기억하지 못할 것이었다. 자은은 못 지은 시를 싫어해서 아예 듣지 않았다. 듣지 않기로 마음먹으면 정말로 듣지 않을 수 있었다. 웅웅대는 소리 정도로 치고 마음을 밤하늘 높이 올려보내 연처럼 흔들리게 했다. 아까 매가 올라갔던 높이까지…… 다른 모든 것들이 그렇듯 연회 역시 무르익을 대로 익은 다음에는 평연한 소강에 이르렀다. 음식은 바닥났고, 즐길 것도 끝이 났다. 술에 취하지 않은 사람들은 왕이 자리를 뜨며 돌아가라고 명해주길 슬슬 바라는 눈치였다. 그때 변소에 다녀오던 두엇이 비명을 질렀다.

"아이고!"

"저거 사람인가? 사람이 떠 있네!"

몇몇이 왕을 돌아보았다. 왕은 미동도 없었다.

"살펴보고 오겠습니다."

"누가 발을 헛디딘 듯하여……"

재빠른 자들이 나섰다. 물이 있으면 빠지는 사람도 나오는 법이지만, 하필 좋은 뜻으로 베푼 연회에서 이런 일이 일어나 왕의 심기가 불편할 만도 했다. 자은은 뱃놀이용 배가 사람을 건지기 위해 월지 가운데로 나아가는 것을 보았다. 그러면서 자리에 없는 사람이 누구인지 살펴보았다. 특별히 빈자리가 보이지 않아 의아했다. 술을 마신 것은 초대된 사람들이다. 일을 맡은 이들이 장막 뒤에서 연회용 술을 마셨을 것 같지는 않았다. 그다지 독한 술도 아니었기에 술과 상관없는 실족이려나 싶기도 했다. 유난히 밤에 눈이 어두워지는 사람들이 있으니까.

"일어나라."

호은이 자은의 귓가에 대고 지시했다.

"예? 그냥 있지요?"

"일어나래도."

호은을 따라 자은도 물가로 갔다. 배에 탄 사람들이 물에 엎드린 자를 노로 건지려 애쓰고 있었다. 이미 절명한 듯, 노에 치이면서도 꿈쩍하지 않았다. 몇 번의 불만족스러운 시도 끝에 배 위로 건져졌고, 이어 뭍으로 옮겨졌다. 뭍에서 혹시나 하고 등을 두드려 물을 토하게 하려 했으나 물이 별로 나오지 않았다.

"이자는……"

"아까 그 매잡이잖아."

"이게 무슨 일이야? 멀쩡하던 사람이."

자은은 왕을 돌아보았다. 왕은 여전히 그대로 앉아 있었다.

돌로 깎은 절벽 같은 이마에 주름 하나 생기지 않았다. 다만 한 손을 올렸고, 그러자 창을 든 병사들이 담벼락을 따라 주욱 둘러섰다.

집에 가긴 글렀구나, 자은은 생각했다. 그리고 매잡이의 죽음이 그것으로 그치지 않고 다른 죽음을 불러오게 될 것에 대해서도 생각을 멈출 수 없었다.

매잡이는 눈을 크게 뜨고 죽어 있었다. 아까는 매를 바라보느라 매잡이를 자세히 보지 못했는데, 어두운색 옷을 입은 것도 흰 매를 돋보이게 하기 위함일 듯했다. 이제 와 살피니 쉰은 넘긴 사내로, 어깨가 실팍해서 쉽게 물에 빠뜨릴 수는 없을 것처럼 보였다. 호은이 매잡이의 목에 졸린 자국이 있는지 확인했다. 목주름은 짙었지만 줄의 흔적은 없었다. 이어 뒤통수를 만져보고 옷을 들어올려 몸통을 확인했다. 파인 곳도 베인 곳도 찔린 곳도 없었다.

"눈꺼풀을 들어올려보게. 핏줄이 터졌는지. 이자에게 병이 있었는지 가늠할 수 있게."

진오룡이 호은에게 시켰다. 흥분한 티가 났다.

"일단은 깨끗합니다."

호은이 확인하고는 공손히 대답했다. 쉰이 넘었으니 급사도 드문 일은 아니었다. 하지만 심장이 멈추거나 풍을 맞았다 해서 물로 떨어진 것은 기이했다. 바닥에 쓰러지는 것이 보통 아닌가?

"또 이런 일을 맞닥뜨리다니 이쯤 되면 주인님, 자네가 문제인지 금성이 문제인지 생각이 많아지는구먼."

어느새 인곤이 다가와 자은 뒤에 섰다.

"어디 있었어?"

"여기저기 기웃거렸지."

"매잡이 근처에는 가지 않았나?"

"그 아랫사람들하고는 말을 좀 나누었지. 매잡이가 우두머리 격인 듯하던데."

"본 게 없나?"

"응, 음식도 따로 들고 가 매 곁에서 먹던데."

누가 혹시 매를 노렸나? 매를 훔치기 위해? 빼돌리기엔 심히 눈에 띄는 동물이고 수명도 그리 많이 남지 않았을 테니, 죽이기 위해 훔친 것일 가능성이 컸다. 매를 죽이면 왕에게 흠집을 낼 수 있다. 상서로운 동물이 흉한 죽음을 맞이하면 왕이 부덕한 것이 되기에.

"매가, 매가 사라졌습니다!"

뛰어오며 외치는 이를 보며, 자은은 한숨을 쉬었다.

"무슨 일이 일어났는지 신들이 알아볼 테니 자리를 피하심이 어떻습니까?"

왕의 바로 아랫단에 앉아 있던 이가 왕에게 물었다. 중신 없이 젊은 신하들 위주로 부른 자리였는데 혼자 나이가 있어 보여 누군지 궁금했던 이였다.

"저분이 국학의 경卿이다. 자주 뵐 수 없는 분이니 잘 보아두어라."

호은이 자은에게 알려주었다. 자은은 갑자기 지니고 있었던 줄도 몰랐던 부러움의 마음이 솟았다. 어려운 공부를 하고 돌아와 자은도 국학에서 일하고 싶었다. 기왕이면 배우고 온 것을 가르칠 수 있다면, 더 깊이 파고들 수 있다면 좋을 거라고 여겼었다. 쉽게 얻을 수 있는 자리가 아니라는 것을 알면서도 그랬다.

"나는 피하지 않는다."

왕이 답했다. 자은은 돌연 왕이 한 번도 자리에서 일어나지 않았다는 것을 깨달았다. 어쩌면 저리 오래 앉아 있을 수 있지? 뻐근할 법도 한데 처음의 자세 그대로였다.

"그대들도 이 일의 수면 아래를 볼 때까지 돌아가지 못한다. 마침 재주가 있다 하는 이들을 불러모았으니 그 재주를 써 명명백백한 바닥을 드러내라."

수면 아래라는 말이 새삼스럽게 느껴졌다. 마치 밤의 월지, 검은 물을 손으로 퍼내라는 명처럼 들렸다.

"죽은 자를 마지막으로 본 이가 누구인가?"

국학의 경이 질문을 던졌다.

"제가 병사들을 이끌고 가 데려오겠습니다!"

진오룡이 나섰다. 나서며 힐끔, 자은을 돌아보았다. 기지를 한번 겨뤄보자는 뜻인 듯했다. 이쪽은 그럴 마음이 전혀 없다는 것을 어찌 전해야 할지 곤란했다.

연회의 저편에 있던 일꾼들이 불려왔다. 상을 내오고 내가던 이들, 기예를 선보였던 이들, 월지의 새와 사슴을 돌보던 이들이었다. 그 수가 연회 참석자들의 세 배에 이르렀다. 몇이 숙소로 돌아갔다가 도로 불려왔지만 대부분은 자리에 남아 있었다.

"이자가 눈 밖으로 사라지기 전에, 누구와 함께 있었나?"

국학의 경이 직접 심문을 이끌 모양이었다. 학자에게 어울리지 않는 역할이었다. 월지의 동물을 돌보는 자들이 얼마간 기억을 맞춰보더니 대답했다.

"내일 아침 매 훈련을 계획하느라, 미끼 새를 다루는 이와 이야기를 했습니다."

"한동안 연회도 사냥도 없을 텐데, 또 훈련을?"

"오늘 매가 많이 날아서, 그런 다음날은 또 날고 싶어합니다."

"미끼 다루는 자는 어디 있나?"

새를 키우는 자들 속에서 한 사람이 앞으로 나섰다. 스물한둘이려나, 제일 젊은 축에 속했다. 중요한 새일수록 경험이 많은 이에게 맡겨지는 게 아닐지 짐작할 수 있었다.

"너와 말을 나눈 후, 매잡이는 어디로 갔지?"

"매를 두러 간다고 했습니다."

"가는 걸 보았나?"

"매를 챙기는 것까지는 보았습니다."

큰 도움이 되지는 않았다. 경이 몸을 돌려 여럿에게 물었다.

"매잡이가 남과 다르게 먹은 것이 무엇인가?"

"그게, 저희 음식이 따로 있긴 하지만……"

손님들이 남긴 음식을 먹었다고 한다. 특히 매잡이는 식탐이 있는 편이라 자리에 앉지도 않고 물려온 상을 이리저리 헤집고 다니며 귀한 음식들을 삼켰다고 했다. 다른 연회 때도 빈번히 그래서 그러고 있는 걸 특히 눈여겨본 자는 없었다고도 했다.

"독은 아닌 듯하군. 우연이라도 그런 식으로 독살될 수는 없을 거야. 여기 있는 이들도 다 멀쩡하고."

국학의 박사 몇이 경과 눈을 맞추더니 앞으로 나섰다. 심문을 이끄는 게 경이라면 박사들이 나서지 않을 수 없으리라.

"매를 훔치려던 자와 맞서다가 이리 된 게 아닐지 아룁니다. 매잡이의 죽음은 안타까운 일이나, 도둑맞은 매를 찾으심이 우선되어야 할 것입니다."

듣기에는 그럴듯했으나, 자은은 일이 그렇게 단순하지 않겠다는 생각이 들기 시작했다.

"그런데, 매를 훔치려고 했다면 그건 대대적인 계획이 아니었겠습니까?"

호은이 최대한 박사들의 심기를 거스르지 않으려 크지 않고 윤기 흐르는 목소리로 물었다.

"그랬겠지."

박사들 중 연장자가 대답했다.

"한두 사람이 갑자기 저지를 수 있는 일은 아니겠지요?"

"그렇게 눈에 띄는 흰 매라면."

"그러면 이렇게 사람들이 많이 모이는 연회 날이 아니라, 평소에 훔치는 게 낫지 않았을까요?"

"이 사람아, 평소에 월지에 들어오기 힘드니까……"

"미끼 아이야, 미끼 아이야, 어디 있느냐?"

호은이 미끼 다루는 젊은이를 불렀다. 다른 이들 틈으로 물러섰던 젊은이가 앞으로 나섰다. 자은은 그자가 아이라고 불리기엔 너무 자랐다고 판단했다. 호은은 어떤 면에서 극히 영민하면서 또 어떤 면에서는 상당히 무뎠다.

"매 훈련은 어디에서 하지? 월지에서만 하느냐?"

"아뇨, 넓은 곳에 나가서 합니다. 아무래도 매 사냥이 살생이다보니 절이 있는 곳들을 피하여, 또 구경꾼이 많아도 곤란하니 서라벌을 벗어나 찾아둔 곳을 여럿 번갈아 다닙니다."

국학의 박사들이 난처해하며 수군거렸다.

"매를 훔치려던 자들이라면 그런 훈련을 나가는 날을 노려 일을 도모하는 게 훨씬 용이하지 않았겠습니까?"

"그건 그렇군. 하지만 매잡이에게 매 말고 중한 것이 무엇이 있겠는가? 매가 아니라면 이자가 죽어야 할 이유가 뭐가 있어?"

"게다가 매가 사라졌잖은가?"

호은이 국학의 박사들에게서 고개를 돌려 다른 사람들을 바라보았다.

"월지와 임해전은 사람들이 자유로이 드나드는 곳이 아닙니다. 원래도 그러하였고 매잡이가 죽은 채 발견된 지금은 더 단단히 잠긴 상태입니다. 임해전 밖으로도 궁이 이어집니다. 누가 매를 들고 나갔다면 병사들이 보지 못했을 리 없습니다. 그러니 매는……"

"매는?"

"날아갔거나 날려졌을 겁니다."

그 자리에 모여 있던 이들이 고개를 들어 밤하늘을 올려다보았다. 그러면 날아간 매를 발견할 수 있을 것처럼. 그새 구름이 별을 가려, 횃불이 붉게 번지는 영역을 벗어날수록 살피기 어려웠다. 매는 흔적이 없었다.

“아, 그러고 보니.”

창부倉部의 젊은 사史 한 사람이 속한 무리에서 무언가를 기억해낸 듯한 모양새로 한두 걸음 걸어나왔다.

“그런 일이 있었습니다.”

“이 사람아, 그리 말하면 누가 알아듣나?”

평소에 세금을 관리하고 재정을 꾸리느라 말할 기회는 그다지 없었을 젊은 사는, 갑작스레 주변의 이목을 끌게 되어 귀까지 빨개졌다.

“송구하옵니다. 그…… 작년인가 월지의 허드렛일을 하는 이들이 봉俸으로 나온 쌀과 보리의 양이 수시로 맞지 않는다 항의한 적이 있습니다. 그리하여 제가 무엇이 문제인지 짧게 들여다본 적이 있사온데, 창고에서는 쌀과 보리의 양을 정확히 재었다고 억울함을 호소하기에 중간에 누가 가로챈 것이 아닐지 하는 짐작에 다다랐습니다. 번거로워도 한두 사람 대표를 보내 대신 수령하지 말고 각자 직접 수령하라고 했더니 같은 일이 반복되지 않았습니다. 양이 맞지 않았을 적에 봉을 대신 수령했던 대표가 혹시 매잡이였던 게 아닐까요? 월지 일꾼들 중에 높은 자리였으니 말입니다.”

죽은 사람의 허물을 이야기하는 것이 편한 일은 아니겠지만 사가 말을 잘 끝마쳤다. 국학의 경이 눈살을 찌푸렸다.

"이 말이 사실인가? 봉을 온전히 받지 못했던 자가 여기 있는가?"

아무도 대답하지 않고 불편한 얼굴을 할 뿐이었다.

"내 저 사를 창부로 보내 그때의 문서를 찾아야 할까? 오늘 이 자리에 오시지 않은, 밤이 깊어 쉬고 계실 창부의 영令 세 분을 다 깨워 이런 흉한 일이 일어났으니 창부 문서고를 샅샅이 훑게 하옵소서, 부탁이라도 해야 할까? 있는 대로 고하지 못해?"

격무에 시달려 늘 잠이 부족할 창부의 장관들을 깨우고 싶은 이는 아무도 없을 것이었다. 경의 불호령이 떨어지자 월지의 일꾼들이 앞으로 나섰다. 죽은 자의 악행에 대해 증언을 하면 살인자로 몰릴지도 모른다는 두려움이 가득한 얼굴이었는데, 사슴을 돌보는 여인이 대표로 나서 지난 일을 말하기 시작했다.

"처음엔 저희도 차마 의심하지 못했습니다. 선왕 때부터 귀한 매를 돌보는 이 아닙니까? 당연히 믿었지요. 봉으로 받은 곡식이 좀 헐하다 싶은 적이 있었지만 기분 탓이려니, 일이 바빠 허기가 졌던 것이려니 하며 넘겼지요. 그런데 매잡이가 훈련을 나가 다른 이가 봉을 받아온 날에는 주머니가 묵직한 듯하여…… 같은 의심을 하게 된 이들끼리 저울과 추를 따로 구해왔습니다."

"재어보았더니?"

"매잡이가 나눠줄 때만 각자에게서 작은 저울추 하나만큼씩이 적었습니다. 교묘하게 빼돌린 것이었지요. 제 딴은 절대 들키지 않을 거라 여겼을지도 모릅니다."

"왜 알아낸 대로 고발하지 않았느냐?"

그러자 일꾼들은 서로 눈빛을 교환했다.

"매가…… 잘 죽는 동물이지 않습니까? 매를 기껏 잡아 길들여도 갇힌 채는 한두 해를 넘기지 못하고 죽는 일이 흔하다는 것을 저희도 알고 있었습니다. 그런데 흰 매는 장하게도 오래 잘 버텨줬지요. 영물 중의 영물인 것이 틀림없습니다. 저희가 일을 크게 만들어 매잡이를 내보내고 새 매잡이를 뽑았는데 흰 매가 죽기라도 하면, 그건 큰일이라는 생각을 했습니다."

"게다가 아무리 영물이라도 수명이 곧 다할 것이라는 셈을 하여, 매가 제 명을 누리고 편히 죽고 나면 매잡이에게 따져묻기로 정했던 겁니다."

사슴을 돌보는 이에 더해 꿩을 지키는 이가 말을 덧붙였다. 사슴은, 꿩은, 까마귀와 지빠귀들은 얼마든지 채워넣을 수 있다. 하지만 흰 매는 힘들다. 귀하고 귀해 나라와 나라 사이의 선물이 되는 것이 매였는데 그중에서도 빼어난 한 마리였다. 매잡이가 탐욕스러운 자라 해도 어쨌든 그 매를 죽지 않게 살려온 능력은 있는 게 분명했다. 영물이 죽어 화를 입을까 두려웠던 일꾼들은 매잡이가 봉을 훔치지 못하도록 직접 가서 받는 방식으로 바꾼 후, 따져묻는 일을 미루었다.

"매잡이는 성품이 포악하였던가?"

호은이 물었다. 월지의 일꾼들은 곰곰 포악하다는 말을 곱씹는 듯했다.

"포악하기보다는 고약했습니다. 차라리 곧장 화를 내는 포악함이었다면 지내기 쉬웠을 겁니다. 누가 마음에 들지 않는다 싶으면 아무렇지 않은 얼굴로 넘어가는 척했다가, 상대가 잊었을 즈음에 자잘한 해를 끼치는 자였습니다."

거기까지 말하고 사슴을 돌보는 여인은 짧게 한숨을 내쉬었다.

"매잡이가 죽어 슬프지는 않지만, 그래도 매잡이가 살아 있는 쪽이 나았을 겁니다. 흰 매는 매잡이뿐 아니라 우리의 자랑입니다. 귀한 사신을 위해, 경사가 있는 날을 기리기 위해, 공을 치하하는 자리를 위해 매가 계속 날아주길 원했습니다. 쌀과 보리를 좀 잃었다고 매잡이를 죽일 이는 저희 중에 없습니다."

자은은 매잡이가 없으니 이제 저 여인이 월지의 일손들을 끌어 마땅하다고 속으로 평가했다. 사슴보다 귀한 것을 돌볼 중책을 주어야 하지 않나? 그런 생각을 하며 자은은 왕 쪽을 힐끔 돌아보았다. 왕은 미동도 없이, 묻고 추측하는 이쪽을 바라보고 있었다. 무덤처럼 무심해 보였다. 사람이 사람의 말을 들을 때는 듣는 기색이라는 것이 있지 않은가? 왕에게는 그것이 없었다. 어딘지 매우 사람 같지 않은 부분이 왕에게 있었다. 정말로 뼈가 다른가? 등을 만져보면 다르고, 그래서 저 거인이 일어나 우리를 베어버린다 해도 그대로 당할 수밖에 없는가? 저 왕은 나를 죽일 수 있다. 여기 모두를 죽일 수 있다. 그것을 전혀 드러내지 않는데도 한시도 잊을 수 없다.

아무 말도 하지 않겠다. 저 무서운 왕의 눈에 띄느니 바다를 다시 건너고 말지. 자은은 몸 안쪽의 어딘가가 서늘하게 떨려, 마치 앓아눕기 전 오한이 드는 것처럼 뼛속까지 시큰해졌기에 그리 마음먹었다.

한동안은 시원찮은 논의가 계속되었다. 특히 국학에서 온 이들은 서로를 타박하기 시작했다.

"왜 성급히 제일 되도 않는 소리를 했답니까? 산가지나 조물락거리는 창부의 말단에게 진 꼴이 되었지 않습니까? 돌아가면 경께 한소리를 듣고 말 거요."

"이럴 때는 남들이 헤매며 한 소리를 다 반박하며 끝에 이야기하는 자가 공을 치하받게 되니 뒷순서를 기다렸어야지요."

"명색이 국학인데, 이게 뭐람."

창부 쪽 사람들은 매잡이의 고약한 성품을 밝힌 것에 매우 만족하는 듯 보였다. 제 몫을 다했다는 듯 물러서 미소를 주고받았다.

전쟁이 끝났지만 변함없이 위세가 대단한 병부 사람들과 이런 일에 민감할 수밖에 없는 감찰 담당의 사정부 사람들이 수상해 보이는 이들을 걸러내어 묶어놓고 때리고 지져보자고 말을 꺼냈으나, 왕이 허락의 뜻을 비치지 않아 그 의견은 곧 들어갔다.

그때 종 몇이 진오룡에게 바삐 달려가는 모습이 보였다. 진오룡이 그들의 보고를 받더니 옷자락을 유려하게 펼치며 자리에서 일어섰다.

"아, 집사부의 전대등이 나서는군."

"참 뛰어난 자라 들었어."

"역시 집사부가 해결하나?"

사람들이 수군거렸다. 전대등이라니, 집사부 중시 바로 아래의 직책으로 젊은 나이에 출중한 자리에 오른 것이었다. 상대등과 중시가 힘겨루기를 하는 일도 없지는 않았지만, 적어도 이번 왕은 상대등과 중시 모두를 충복으로 삼고 협조하게 했다. 상대등의 아들이 집사부에 가 있는 것이 그 증거였다.

"매잡이에게 여자가 있었습니다."

오룡이 왕과 국학의 경으로부터 어슷하게 서서 말했다. 저쪽 얼굴이 가장 낫다 여기는가보군. 자은은 오룡의 허영을 짐작해보았다.

"무어?"

경이 추임새처럼 물었다.

"저는 이 자리를 떠나지 않았습니다만, 바깥의 종들을 부릴 수는 있었지요. 왕께서 일의 수면 아래를 밝히라 하셨으니, 가진 것을 다해야 하지 않겠습니까?"

자은은 오룡이 밖의 사람들을 부린 것 역시 명령을 어긴 거라고 속으로 생각했다. 제멋대로인 진골들, 과하기 그지없었다.

"매를 두는 매장 근처의 숙소에는 별것이 없었으니 매잡이의 여자 집을 뒤져봐야겠다 싶었습니다. 식욕이 지나치게 강한 남자가 대개 그렇듯, 정작 중요한 쪽은 허약했는지……"

굳이 좌중을 둘러보며 자은에게 시선을 고정시키는 오룡이었다.

"자식은 보지 못했습니다. 매잡이의 기술은 대개 아비에서 아들로 전수되기 마련입니다. 그렇다면 매잡이는 자리를 누구에게 물려주려 했을까요? 그자에게 자식이 없으니 그 좋은 자리에 자기 자식을 밀어넣으려 했던 자들이 선을 대었고, 매잡이는 최대한 이득을 보려고 했습니다. 자, 가져오너라."

오룡의 종들이 겉보기에는 대수롭지 않아 보이는 나무 궤짝 몇 개를 가져와서는 사람들 가운데 쏟았다. 은괴는 물론 금괴에 약재와 침향까지 있었다.

"쌓여 있는 곡식은 들고 오지도 않았습니다."

다들 재물을 내려다보며 말이 없었다.

"확실히 일개 매잡이가 모았다기에는 큰 재산으로 보이지만, 이게 매잡이 자리를 물려받으려는 사람들이 갖다바친 것이라는 걸 어떻게 확신할 수 있습니까?"

호은이 오룡에게 물었고, 자은은 호은이 이 자리에서 지나치게 말을 많이 하고 있지 않나 우려했다. 호은은 무엇을 노리는가? 늘 이상한 짓을 골라 하는 호은이라도 왕과, 지금의 시대는 두려워한다는 걸 자은은 알고 있었다.

"여자를 데려와라."

오룡이 다시 종들에게 명령했고, 한껏 기가 죽은 조그만 여자가 끌려왔다. 끌고 오지 않아도 따라왔을 성싶은데 종들이 거칠었다. 여자를 바닥에 던지다시피 했다.

"알고 있는 것을 말하라."

오룡의 명은 말하기로 한 것을 말하라는 것에 가까웠다. 오룡의 아랫사람들이 여자를 추궁하여, 필요한 부분을 한번 간추리게 했을 것이었다.

"귀중한 매를 키우며 매장 바로 곁에 지내는 사람이라, 집에는 매를 풀러 나갈 때 가끔 들렀습니다. 그런데 얼마 전부터 전에 없던 손님들을 데리고 와서…… 궁금하여 문밖에서 이야기를 엿들었더니 자기 다음으로 일할 젊은 매잡이를 한 사람 들일 거라고, 궁에도 논의가 다 되었다며 이 사람 저 사람과 약조를 겹쳐 했어요."

그 대목에서 여자는 울먹였다.

"나는 말렸어요. 그렇게 여러 사람과 약조를 하면 일이 잘못되었을 때 큰 원망을 들을 거라고, 누가 해코지하러 온다든지 험한 일을 당하면 어쩌느냐고요. 그런데 사람들이 가져다주는 재물에 눈이 멀었는지, 내 말을 하나도 듣지 않았어요."

여자의 걱정보다 훨씬 큰일이 일어나버린 셈이었으니, 매잡이의 죽음이 슬플지 한층 원망스러울지 듣는 쪽도 머리가 아팠다.

"몇 명과 약조를 했더냐?"

"제가 아는 것만 셋이었어요."

진오룡은 연이어 물어도 될 것을, 일부러 말을 멈추어 긴장을 주고는 계속했다.

"그중에, 궁에서 일하는 자도 있었느냐?"

"피리를 가지고 온 노인이 솜씨가 좋아 옆집에서도 들으러 왔어요. 보통 연주가 아니구나 했더니 사람들이 궁의 악사라 했어요. 어렵게 얻은 손자가 있는데 매잡이를 시키고 싶어한다고……"

여자가 거기까지 말하자, 모두의 눈길이 악사들에게 몰렸다. 삼죽三竹, 즉 대금 중금 소금을 연주하는 자가 열댓 되었는데 그중 노인이라 부를 수 있는 이가 일곱이었다.

"용모를 기억하느냐?"

여자는 신중하게 일곱 중 한 사람을 가리켰다. 눈꺼풀이 많이 처지고 수염이 좁게 자란, 수척한 이였다. 악사는 병사들이 그쪽으로 가자, 피리를 내려놓고 천천히 국학의 경과 오룡 사이로 걸어나왔다.

"매잡이에게 그런 부탁을 한 것은 맞고, 매잡이가 약속을 지키지 않을지 모른다는 의심도 했지만, 저는 매잡이를 죽이지 않았습니다. 늙고 힘없는 제가 매잡이를 어떻게 죽이겠습니까?"

국학의 경이 그 말을 헤아리더니 진오룡에게 상의했다.

"이자에게는 매잡이를 죽일 만한 이유가 있었고, 오늘 여기 함께 있었으니 기회도 있었을 것이네만…… 척 보기에도 매잡이를 죽일 만한 힘은 없어 보이네. 악기도 대금이 아니라 소금이야. 저 작은 막대를 휘둘러봐야 무기가 될 수 있겠나?"

"하지만 여기까지 사태를 밝혔는데, 추궁만 잘하면 입을 열지 않겠습니까?"

오룡이 더 강한 방법을 쓰자는 의사를 내비치자, 경이 고개를 저었다.

"매잡이가 어떻게 죽었는지 알아내게. 그것을 짚을 수 없다면 전부 구름 같은 이야기일 뿐이네."

오룡의 여유만만했던 얼굴이 살짝 무너졌다. 자은은 눈을 마주치지 않으려 얼른 고개를 숙였다.

"……물에 민 겁니다."

급한 대답이었다.

"아무리 힘없는 노인이라도, 상대가 완전히 방심했을 때 밀면 물에 빠뜨릴 수 있습니다. 매잡이에겐 목 졸린 자국도 맞은 자국도 없으니 익사한 것입니다."

그 말에 많은 이들이 술렁이기 시작했다. 특히 건물과 길 관련된 일을 하는 예작부 사람들이 그랬다. 그중 둘이 오룡에 반박했다.

"어…… 저…… 월지는 수심이 육 척에서 칠 척입니다. 깊은 곳이 그 정도입니다. 바닥만 잘 차고 올라와도 살지 않았겠습니까? 헤엄을 아무리 못 치는 자라도 도와달라 소리를 질렀다면……"

"아무래도 가장자리에서 빠졌을 텐데, 그럼 그냥 일어서면 될 일입니다. 익사는 어렵지요. 기절시켜서 빠뜨렸다면 가능할 수도 있겠지만요."

익사는 아니었으리란 점이 분명해졌지만, 국학의 경이 갈무리하며 물었다.

"매잡이가 헤엄을 칠 줄 알던가?"

"예, 가끔 진흙을 퍼내는 일에 동원되면 겁없이 물에 뛰어 들고 곧잘 헤엄쳤습니다."

아까의 꿩지기가 얼른 대답했다.

"그럼 익사는 확실히 아닌데……"

그러자 오룡이 발끈했다.

"넓은 끈으로 티나지 않게 목을 졸라 밀어넣은 게 아니겠습니까?"

진오룡이 억지를 부리고 있다는 것이 명백해지자 아무도 대꾸하지 않았다. 오룡의 친우 몇이 오룡의 의견에 동조하는 듯한 말을 웅얼거렸지만 거기에 확신은 없었다. 별일 없이 집에 가나 했더니 가긴 글렀구나, 하는 체념으로 몇이 쭈그리고 앉았다.

"그런데 아까……"

인곤이 자은에게 귓속말을 했다.

"그래, 알고 있어."

자은이 인곤을 조용히 시켰다. 백제인이 눈치챈 것을 자은도 눈치챘다. 그렇다면 다른 누군가도 눈치챘을 것이다. 여기 모인 사람들, 왕이 부른 사람들은 바보가 아니니까. 자은이 아닌 다른 이가 오룡보다 나은 해解를 내놓으면 된다. 오룡과 가깝거나, 오룡에 살짝 못 미칠 정도로 가진 게 많은 진골 중 한 사람이 좋겠다. 자은이 여기서 오룡에 반하는 것은 최악의 결정일 터였다.

인곤이 푸, 작게 입바람을 불고는 뒤로 물러섰다. 자신은 읽을 수 없는 어떤 흐름을 자은이 읽었음을 알고는 따르기로 한 것이다. 바로 납득되지 않아도 항상 따라준다는 것이 고마웠다. 두 사람은 합이 맞았다. 자은이 인곤과 함께 한 걸음 더 그림자 속으로 물러서려고 할 때였다.

호은이 자은의 무릎 뒤를 세게 발로 찬 것은.

자은은 거의 구르다시피 하여 죽은 매잡이의 시신 위로 엎어졌다. 화가 나 뒤돌아보자, 어둠 속에서 흰자위와 이가 유별히 빛나는 호은의 얼굴이 보였다. 자은의 심정으로는 광기로 빛나는 것 같았다.

"제 아우가 뭘 좀 확인하고 싶은 모양입니다."

호은이 어서 해보라는 듯 자은에게 손짓했다. 자은의 머릿속에 주마등처럼 어린 시절이 지나갔다. 놀이를 할 때도 제일 비열하고 희한한 수를 써서 함께 놀기 싫은 형제였다. 어째 착한 오빠들이 다 죽고 저것이 살아남았담, 자은은 터져나오는 욕을 뱃속 깊이 밀어넣었다. 자은의 엎드린 등 뒤로 횃불들이 다가왔다. 그림자 속에 숨을 기회는 날아가버렸다.

고개를 정면으로 돌리자, 오룡과 눈이 마주쳤다. 자은은 오룡의 눈빛에 자상을 입을 것만 같았다. 한숨을 쉬고는 소매를 걷었다.

"죽은 자의 입속을 확인하겠습니다."

손가락을 매잡이의 입안으로 넣었다. 자은의 추측이 틀렸다면 이 기괴한 행위만 금성에서 가장 중요한 사람들의 머릿속에 남고 말 것이다. 그럼 호은이 곤란해질 테고 그것만은 마음에 들지 몰랐다.

자은은 틀리지 않았다. 매잡이의 목구멍에서 끈적한 것이 만져졌다. 자은은 내키지 않았지만 깊이, 더 깊이 손가락을 넣었고 매잡이의 목을 막고 있던 떡의 일부를 꺼내 높이 들어 보였다.

"이렇지 않을까 했습니다. 매잡이는 떡이 목에 걸려 죽었습니다."

자은은 주변에 서 있는 사람들에게 손가락을 내밀어 보여주었다.

"뭐?"

"뭐라?"

"떡이라고?"

"하이고, 진짜 떡이군."

국학의 경이 자은에게로 걸어왔다. 직접 확인하기 위해서였다.

"……자넨 어떻게 알았나?"

“처음 매잡이를 건져올려 엎어놓고 등을 때렸을 때 매잡이의 입에서 물이 거의 나오지 않았습니다.”

그랬나, 하고 다들 기억을 더듬었고 인곤만이 살짝 고개를 끄덕였다. 둘은 같은 사실에 주목하고 있었다.

“물이 그 정도로 나오지 않으면 익사가 아닐 것이고, 몸에 크게 상한 곳이 없는데다 급환으로 죽은 모양새와도 거리가 멀어 무언가 목구멍을 막고 있을지도 모른다고 짐작했습니다.”

자은은 인곤이 내미는 수건에 손을 닦았다. 닦았지만 찝찝했다.

“그럼 그냥 혼자 목이 막혀 죽은 것이군?”

“나이가 들면 목구멍이 헐거워져 음식이 잘 걸린다고는 하더군.”

“다 우연이라니, 이렇게 시시할 데가……!”

성급한 사람들이 성급한 결론에 이르렀지만, 더 많은 이들은 남은 수수께기에 골몰해 있었다.

“그렇다면 왜 물에 빠졌을까? 땅에 쓰러졌다면 몰라도.”

매잡이의 성품에 대해 결정적인 이야기를 기억해냈던 창부의 사가 스스로에게인지, 다른 이들에게인지 불분명하게 물었다. 꼼꼼한 데가 있었다.

“목에 음식이 걸려 당황한 나머지 헛디뎠을 수는 있어. 그렇지만 그걸 아무도 못 보았단 말인가? 물도 깊지 않은데 떠내려가게 됐단 말인가? 역시 일부러 죽인 게 아닌가? 억지로 떡을 밀어넣었을 수도 있지 않나?"

국학의 경은 자은이 모든 답을 가지고 있을 것처럼 연달아 물어왔다. 경도 이 밤이 빨리 지나길 바라는 것이 분명했다. 자은은 일단 곤경에 처한 악사부터 완전히 소명하기로 마음먹었다.

"월지의 물은 입수구에서 출수구로 흐릅니다. 이리저리 엉키는 작은 흐름이 있을 수는 있어도 어찌되었든 물이 들어오는 곳과 나가는 곳은 명확하지요. 그런데 악사들이 연주를 마치고 물러난 곳은 출수구 쪽이었습니다. 매잡이가 그쪽에서 죽었다면 임해전 앞으로 떠내려왔을 리 없습니다. 시신이 흐르는 물을 거슬러 헤엄을 칠 수 있다면 또 모르지만요."

"악사는 관련이 없다?"

그때까지 남은 수명이 다 거덜난 듯한 얼굴을 하고 있던 소금 연주자가 무릎걸음으로 기어와 자은 앞에 엎드렸다.

"이 남루한 목숨 살려주셔서 감사합니다. 더는 과분한 것을 바라지 않고 살겠습니다. 감사합니다, 감사합니다……"

자은은 그 인사조차 번거로울 뿐이라 얼른 악사를 일으켰다. 인곤에게 눈짓하자 인곤이 악사를 부축해 뒤쪽으로 데려갔다.

"일은 입수구 근처에서 일어났을 겁니다. 임해전에서 입수구를 볼 때, 사이에 만들어 띄운 섬들이 있어 잘 보이지 않습니다. 매잡이가 스스로 꺼내기에는 떡이 너무 깊이, 세게 걸렸고 분명 누군가에게 도와달라고 했을 텐데……"

"사람이 근처에 없었던 것 아닌가? 식탐이 있었다면서. 귀한 음식을 혼자 먹으려고 했다면 사람이 없었어도 이상하지 않지."

"여기까지는 어림만 가능할 뿐이지만, 허락해주신다면……"

자은은 국학의 경을 길게, 왕을 짧게 바라보며 안을 내놓았다. 매잡이를 본뜬 우인을 만들어 입수구 근처 물가에서 던져보면 정확히 어디에서 죽었는지 알 수 있지 않을까, 하고.

"그런 것을 급히 만들 수 있겠는가?"

"제가 데리고 있는……"

자은이 인곤을 바라보았다. 인곤을 뭐라고 부른다?

"솜씨 좋은 직인이 금방 만들 수 있을 겁니다. 공장부의 도움을 약간 받을 수 있다면요."

큰 도움을 받을 것도 없었다. 아교를 먹인 포를 꿰매 매잡이의 무게만큼 젖지 않는 것들로 속을 채웠다. 사람이 앉아 음식을 먹을 만한 자리, 사람이 있었던 자취가 남은 자리들 위주로 인형을 던져볼 곳을 정했다. 어둠으로 물러나 상도 없이 바닥에 앉아 음식을 먹었던 흔적들이, 이 사달이 나 미처 치우지 못한 짐들이 남아 있었다. 대부분의 자리에서 아교포 인형은 살짝 움직이다 기슭에 걸려 움직이지 않았다. 한군데에서만 물의 흐름을 타 천천히 임해전 앞으로 흘러갔다. 길고 지루한 확인이어서 끝마칠 때가 되니 동쪽 하늘이 밝아와 황룡사 탑이 위용을 드러냈다.

“떡이 목에 걸렸고, 여기 이 소나무 뿌리에 발이 걸렸다면 바로 물에 빠지기 쉬웠을 듯합니다.”

자은이 손으로 상당히 뒤틀린 모양의, 사람의 발부리를 채기 위해서 악의를 가지고 뻗은 듯한 소나무 뿌리를 짚었다.

“내가 한번 흉내를 내 빠져볼까?”

인곤이 지나친 의욕을 보여, 고개를 저었다.

“그런데 그 문제의 떡도 몇 개 남아 있을 줄 알았더니 씻은 듯 없고 다른 짐도 없는 것은 어찌 설명할 것이냐?”

호은이 근처를 둘러보며 물었다.

“함께 있던 사람이 치운 겁니다. 거리낄 게 없다면 치우지 않았을 텐데……”

아무것도 치우지 않았다면 매잡이의 죽음은 불운한 사고로 넘길 수 있었을 것이다. 당황하여 치운 것이 문제가 될 줄은 몰랐을 터였다.

“아!”

밤을 새웠는데도 기력이 넘치는 인곤이 풀숲에서 죽은 새

두 마리를 들어올렸다. 아까 매가 잡은 것이 분명한 목 없는 지빠귀와 등이 갈린 꿩이었다. 매잡이가 있었던 자리가 틀림없었다.

"매를 두건을 씌운 채 날리지는 않았을 테니, 매의 두건과 쉽게 없앨 수 없는 두툼한 버렁은 숨겼을 공산이 큽니다. 짐을 뒤져, 숨긴 자를 잡으면 왜 매잡이를 죽게 내버려뒀는지 알 수 있을 겁니다."

손바닥 안에 들어오는 두건 정도야 버릴 수 있겠지만 버렁은 힘들 터였다. 자은의 생각이 맞아들어 버렁을 안쪽에 숨긴 보퉁이가 다른 짐들 밑에서 발견되었다. 특색 없는 보퉁이였다. 찾아내고도 누구의 것인지 알 수 없었다. 그러나 사람들의 시선이 미끼 새를 다루는 젊은이 쪽으로 몰렸다. 결국 사슴지기 여인이 대표로 나섰다.

"아까 짐 보퉁이를 고쳐 싸는 걸 봤어. 여럿이 봤어."

젊은이의 어깨를 짚자, 털썩 주저앉았다. 그의 얼굴은 하룻밤 새 급히 늙어 무신경한 호은이라 해도 더이상 아이라고 부를 수 없을 지경이었다.

"왜 매잡이를 죽게 내버려두었느냐?"

국학의 경이, 피로한 기색을 숨기지 못하고 물었다.

"……그자가 싫었습니다. 진저리나게 싫었습니다."

"다음 매잡이의 자리를 팔아넘기려 해서?"

미끼 새를 다루고, 매 훈련을 같이 다녔다. 궂은일을 다 한 것은 이쪽일지도 모른다. 매잡이가 도리를 아는 자였더라면 다음 매잡이 자리를 주었으리라.

그러나 젊은 새지기는 고개를 저었다.

"그건 제가 되어도, 되지 못해도 상관없었습니다. 그 망할 인간이……"

헤매던 눈이 죽은 새들에게 가닿았다.

"매의 몫으로 나오는 고기를 자꾸 처먹었습니다."

그 말에는 듣던 사람들도 진저리를 쳤다.

"매는 제 몸무게의 삼분의 일은 매일 먹어야 합니다. 그런데 그 징그러운 매잡이는 매가 굶어야 사냥을 잘하며, 늙어 예전처럼 먹지 못한다 하여 매 몫을 제 입으로 넣는데 그 모습이 싫고 또 싫어서……"

그래서 떡이 목에 걸려 팔을 휘젓는데 돕지 않았고, 물에 빠진 것도 건져주지 않았다. 막상 매잡이가 허우적거림을 멈추자 두려워서 그 자리에 있던 흔적을 급히 숨겼다.

"매는?"

새지기가 숨겨놨던 버렁을 꺼내 능숙하게 팔을 끼우고 매의 울음을 흉내냈다. 모두 매가 정말 돌아올까 심란해하며 새벽하늘을 올려다보고 있는데, 새지기만은 불안해 보이지 않았다.

"아, 온다!"

눈이 좋은 몇이 먼저 외쳤고 곧 다른 사람들도 매를 볼 수 있었다. 낯선 가지에서 밤을 보냈을 흰 매는 낮고 부드러이 날아왔고 약속한 듯 버렁에 내려앉았다. 그러고 보니 매를 그리 멀리 날릴 수 있었던 것도 젊은 새지기뿐이었을 듯했다. 매와 젊은이의 눈이 마주쳤다. 매의 눈빛은 읽을 수 없었지만 젊은이는 매를 사랑하는 게 분명했다.

매를 사랑해서, 매잡이를 죽게 두었다니.

매에게 두건을 씌우고 버렁째 꿩지기에게 넘긴 후, 미끼 새지기가 바닥에 엎드렸다. 떨리는 손으로 머리카락을 정리했다. 연회를 위해 씻었을 깨끗한 목이 드러났다. 읍소조차 하지 않아 안타까웠다.

죽인 자를 죽이는 것은 당연하다. 그러나 구하지 않은 자를 죽이는 것은? 기껏 찾은 답이 딱 떨어지지 않아 사람들이 술렁일 때, 임해전에서 왕이 일어나 월지를 둘러 걸어왔다. 일의 수면 아래를 드디어 확인했으니, 단칼에 베라 명할지도 몰랐다.

"너는 중요하지 않다."

왕이 엎드린 자에게 말했으나, 그 자리의 전원에게 말한 것이나 다름없었다.

"너는 나의 노奴고, 궁의 노고, 매의 노다."

월지처럼 귀한 곳에서 일하나, 바닥의 존재였다. 영물을 먹이고 쓰다듬으나, 그 깃털 하나보다도 하찮았다. 왕은 그런 하찮은 자가 왕과 신하들의 밤을 헛되이 쓴 것을 질책하고 있었다. 질책을 길게 하는 것마저 가당찮다는 태도로.

"매가 죽는 날, 너도 죽는다."

그 말에는 다들 작게 숨을 내쉬었다. 당장 목이 달아나지는 않을 모양이었다. 선왕의 매가 언제까지 살아줄지는 몰라도.

"흰 매가 죽기 전에, 다음 매를 구한다면……"

숨을 붙이게 해줄지도. 왕의 생략된 말에는 모두를 안도하게 하는 틈이 있었다. 유예된 벌로, 긴 밤이 끝났다.

마구간에서 말을 찾아 돌아가는 데에 또 한참이 걸렸다. 밤을 새고 안장에 오르자 속이 메슥거렸다.

"잠깐만."

자은은 결국 말에서 내려 간밤에 억지로 삼킨 것들을 토했다. 별로 먹지도 않았건만 힘들게 게워내야 했다.

"잘 마무리지어놓고 심약하기는."

호은이 혀를 찼다.

뒤에서 한 무리의 사람들이 말을 타고 달려올 때는 주의하지 않았으나, 스치는 순간 진오룡이 말채찍으로 자기 말을 때리듯 자은의 말을 때렸을 때는 그 선이 강한 얼굴에 떠오른 살의를 보고 말았다. 왕에게 새지기가 하찮은 것처럼, 진오룡에게도 자은이 하찮아서 말에 밟히게 하는 것쯤은 아무 일도 아니었다. 날뛰는 말이 몸을 숙이고 있던 자은을 덮쳐왔다. 허망하게도 이리 죽는구나, 했을 때 대신 밟힌 것은 타고 있던 말에서 뛰어내려 자은 쪽으로 몸을 덮은 인곤이었다.

"인곤!"

말은 더 짓밟지 않고 달아났다.

"괜찮은가?"

달아나는 말과, 다른 방향으로 웃으며 멀어지는 오룡의 무리가 보였다. 자은은 분노보다도 비참함을 느끼며 인곤을 살폈다.

"팔이 부러졌어."

인곤은 부러진 팔을 스스로 만져본 후 신음했다.

"다행히 조각나지 않고 두 동강 난 것 같군."

"그게 다행인가?"

"팔을 자르긴 싫으니까."

"왜 그랬나? 밟히지 않을 수도 있었어. 내가 피했을 수도 있잖은가?"

고마움보다 걱정이 커 자은이 인곤을 몰아붙였다.

"주인의 옷을 입고 대신 죽을 수는 없어도, 이 정도는 하고 싶었네."

바보 같은 말이었다. 호은이 전보다 더 크게 혀를 찼다.

"이제 죽는 날까지 쫓아내기 어려워졌군."

"그렇습니까? 그렇게 말씀하신 걸 기억하겠습니다."

세 사람은 터덜터덜 걸어 집으로 돌아갔다. 잃어버린 말은 그날 오후에나 찾을 수 있었다.

그 기이했던 연회가 열리지 않은 것만 같았으나, 가끔 한밤에 자다 깨면 흰 매의 잔영이 눈꺼풀에 남아 있을 때가 있었다.

매는 마음을 홀리지.

하루 보았던 자은도 홀린 것을 보면, 새지기가 홀렸던 것도 있을 법한 일이었다고 여겨졌다. 탐욕스러웠던 매잡이의 시신은 장례를 허락받지 못하고 본보기삼아 들판에 버려졌다고 들었다. 선선한 계절이라 천천히 썩어갈 것이었다.

왕이 자은을 부른 것은 스물하루가 지난 다음이었다. 상문사에서 운좋게 화롯가 곁의 자리를 배정받아, 반쯤 잠에 빠질 뻔했는데 십수 명이 와 자은 하나를 데려갔다. 한 번도 간 적 없는 월성의 깊은 곳까지.

그 많은 사람과 함께 있을 때도 몸이 떨리게 두려웠는데, 왕과 독대하려니 돌바닥에 녹아들어 없어지고 싶었다.

"너의 이름을 두 번 들었다. 처음 들었을 때는 잊고 두번째에는 새겨두었지."

바닥에 이마를 댄 채 그게 언제였을까, 자은은 추측해보았다. 사신단으로부터 한 번, 소판 댁으로부터 한 번일까?

"너를 직접 보자 세번째는 내가 부르게 되는구나."

왕이 계단을 걸어내려왔다.

"설자은."

자은의 이름을 불렀다. 자은이 대답했지만 목소리가 형편없게 나와 혀를 깨물었다.

"나의 흰 매가 되어라."

무슨 뜻인지 몰라 고개를 들자, 칼이 하나 자은 앞에 놓였다. 단검보다는 길고 장검보다는 짧았다. 소매 속에 숨은 자은의 팔을 재서 만들어진 것 같은 길이였다. 칼자루의 형상은 하늘에서 사냥감을 향해 화살처럼 내리꽂히고 있는 매였다. 손을 뻗어 그 칼을 드는 순간, 뒤로는 돌아갈 수 없다는 것을 깨달았다.

"어떤 것을 명하시는 것입니까? 밝지 못한 저에게 일러주십시오."

왕이 웃었다. 스스로를 낮춘 것이 우스웠던 것일까?

"내가 베라는 것을 베어라. 또 네가 베어야 할 것을 베어라. 보름마다 이곳으로 와 무엇을 베었는지 고하라."

자은은 왕의 말을 전혀 이해하지 못했다. 붓을 들기 위해 멀리 다녀왔는데 칼을 들라니, 불식간에 칼이 손바닥에 닿는 느낌이 설었다. 자은의 손에 생긴 굳은살과 하나도 맞아떨어지는 부분이 없었다.

“중시를 들라 하라.”

자은이 불려온 문과는 다른 문이 열리고, 중시가 들어왔다. 왕이 중시를 바라보자 이야기가 되어 있었던 듯 중시가 설명해주었다.

“오늘로 관부를 집사부로 옮기고 대사大舍의 관직으로 임하라. 집사부는 다른 어느 관부에도 하는 일을 소명할 필요가 없다. 설대사는 특히나 왕께서 따로 쓰실 뜻을 표하셨으니, 따르며 기밀을 지키는 데 신중하라. 이 자리에서 물리시면 집사부로 오너라.”

왕이 중시를 물렸다. 중시는 들어왔던 문으로 돌아갔다. 문틈으로 자은이 걸어보지 못한 회랑이 보였다. 자은은 중시의 부연을 듣고도 가시지 않은 혼란 속에 있었고, 집사부에 가서 더 파악해보기로 마음먹었다. 물러나라는 명을 기다리는데 명은 떨어지지 않고 왕이 자은의 바로 앞까지 왔다. 몸을 굽히고는 불쑥 커다란 손을 자은의 옷깃 안으로 넣었다. 자은은 굳어 숨을 멈추었다. 왕은 인곤이 일부러 높이 세워준 자은의 옷깃 안, 가늘고 울대 없는 목을 만졌다. 목을 쥘 수도 조를 수도 있었지만 그렇게 확인한 후 손을 거두고는 첫번째보다 크게 웃었다.

“찾고 골랐더니, 이를 데 없이 흰 매와 같구나.”

그렇게 자은도 매가, 매잡이가 되었다. 왕의 것이 되었다. 달이 차오르고 다시 허물어지는 동안 아무것도 베지 않은 때도 있었고, 하나를 벤 적도 있었고, 수없이 벤 적도 있었다.

그것은 그다음의 이야기.

작가의 말

코로나19 팬데믹 시기를 지나는 동안, 저는 미스터리 장르에서 큰 위안을 얻었습니다. 언제나 원인이 밝혀지고, 답이 주어지고, 해결이 있는 이야기들이 때로 그렇지 못한 현실의 중압감을 잊게 해주었습니다. 몇백 권을 읽고 나서, 한 권을 더하게 되었습니다.

늘 애호했던, 쓰고 싶었던 장르이기도 했습니다. 고등학교 도서관에 『성녀의 유골』(엘리스 피터스, 최인석 옮김, 북하우스, 1997)로 시작되는 캐드펠 수사 시리즈가 있었는데, 완전히 빠지고 말았던 기억이 납니다. 십수 년이 흘러 다시 읽어보려 할 때 혹 재미를 느끼지 못하면 어쩌나 싶었는데 기우 중의 기우였습니다. 책장을 펼치자마자 1137년의 영국 시루즈베리로 떠나게 되더군요. 구백 년 전의 사람들을 그토록 생생하게 일으켜세울 수 있다니 감탄할 뿐입니다. 편집자로 일할 때, 김탁환 작가님의 '백탑파 시리즈'에도 마음을 빼앗겼습니다. 젊은 실학자들이 범죄를 좇아 달릴 때 뒤에서 따라 달리는 기분으로 읽었지요. 업무중에 지나치게 몰입하고 말았습니다. 그다음에는 조지핀 테이의 『시간의 딸』(권도희 옮김, 엘릭시르, 2014), 미야베 미유키의 『외딴집』(김소연 옮김, 북스피어, 2007) 같이 멋진 작품들을 연달아 만났습니다. 제가 쓴 이야기는 앞서 읽은 이야기들에서 태어났을 겁니다. 장르문학의 근사함은 여러 시대의 작가들이 크고 높은 탑을 이어 쌓는 데 있을지도 모르겠습니다. 이렇게 작은 돌을 보태고 싶습니다.

시대 배경을 고르는 일은 고민스럽지 않았습니다. 고대사의 이야기와 역사가 아직 분리되지 않은 형태로 기록된 부분에 매력을 느끼곤 했고, 그 어떤 비극에도 안전한 심리적 거리를 가질 수 있는 점 역시 좋았습니다. 특히 신문왕 시대에 항상 끌렸습니다. 큰 전쟁이 끝난 통일신라는, 한껏 융성을 향해서 가다가 어느 순간 무너지기 시작했지요. 풍요 속에 숨어 있는 붕괴의 씨앗 같은 것을 천삼백 년이 넘게 지난 지금 제대로 헤아릴 수는 없겠지만, 먼 시대를 거울삼아보는 일은 언제고 의미가 있다고 여깁니다.

첫번째 이야기인 「갑시다, 금성으로」에서는 바람에 의지하는 나무배를 타고 바다를 건넜던 옛사람들의 용기와 막막함이 뒤섞인 내면을 그려보고 싶었습니다. 사실 육두품 도당 유학생은 조금 더 뒷시대에 많이 찾아볼 수 있어서, 설자은은 드문 사례라고 설정해두었습니다. 나라의 지원을 받지 않고 국자감이 아닌 사설 학사에서 공부한 것으로 하면 어떨까 하고요. 또 2006년 발견된 예군과 예식진의 묘지명에 대해 읽고 소재를 얻었습니다. 백제 출신들이 당나라에서 어떻게 살아갔을지 찾아보니 흥미로웠습니다. 실제 후손들은 자리를 잘 잡았기 때문에, 예훈은 방계의 친척 정도인 가상의 인물입니다. 2018년 9월 『미스테리아』 20호에 게재했던 것을 수정했습니다. 그때는 곧 이어 쓸 수 있을 줄 알았는데 꽉 채운 오 년이 걸렸네요. 처음 쓰는 장르라 몸 바꾸기가 오래 걸린 것 같습니다.

두번째 이야기, 「손바닥의 붉은 글씨」는 애거서 크리스티 분위기의 저택 미스터리를 신라를 배경으로 써보고 싶어서 구상한 결과입니다. 금성에 금입택이라고 불렸던 화려한 저택들이 있었다는 것에서 착안했습니다. 연천 호로고루성에 가보았던 경험의 영향도 있는 듯합니다. 삼국시대의 성들이 더 발굴되고 보존되면 좋겠습니다. 독군의 인물상은 660년 소정방이 진군 날짜를 어겼다 하여 목을 요구했던 독군 김문영에 대해 읽은 후 만들어냈습니다. 장군은 아니지만 책임을 지기 위해 목은 내놓을 수도 있는 독특한 자리가 아니었을까 해서요.

「보름의 노래」에는 이 책에서 보기 드문 실존 인물이 나옵니다. 신라에 투항했던 고구려인 안승과 혼인한, 문무왕의 질녀로 추정되는 여성입니다. 그 여성이 후에 어떤 삶을 살아야 했을지, 나라의 이익을 위해 혼인했는데 그 결과로 조마조마한 일들을 겪지는 않았을지 가늠해보았습니다. 이름을 모르는데 지어내고 싶지 않아 소판 부인으로 불렀습니다. 길쌈 대회의 세부는 완전히 꾸며낸 것입니다. 길쌈 대회는 유리왕 때 시작되었다고 하니 주인공들의 시점에서도 육백 년 넘게 옛날 일이지요. 옛날의 옛날이라니 묘합니다. 길쌈 대회가 그렇게나 이어졌을지 알 수 없지만, 이어졌다면 그래도 여름인데 실내로 대회 장소를 옮기지 않았을까 추측해보았습니다. 장마나 태풍을 감안해도 마당에 베틀을 두는 것은 곤란했을 듯하고요. 베틀 위의 천막이 아주 튼튼했을 가능성도 없진 않지만요. 그리고 왕실 수공업을 이끌던 '모'라는 여성 관원이 있었다는 데에서 소재를 얻었습니다. 모의 지위가 뭇사람들이 탐낼 만한 지위였을지는 확인하기 어렵고 많은 노비들이 혹사당했으리라 짐작되지만, 전문 직인으로 자부심이 있었으리라는 상상으로 썼습니다.

마지막 이야기인 「월지에 엎드린 죽음」은 월지에 답사를 갔을 때 본 입수구와 출수구가 인상 깊어서 쓰게 되었습니다. 월지에서 키웠다는 동물들을 떠올리며, 그렇다면 그 동물들은 누가 돌보았을지 지어내보았습니다. 이야기 속의 매는 문무왕 11년 소부리주에서 흰 매를 바쳤다는 기록 한 줄에서 부풀려 냈는데, 실제 그 매가 사람들 손에서 얼마나 살았는지는 알 수 없습니다. 신문왕을 제멋대로 그리는 것은 아무래도 죄송스러워서, 신문왕릉에 가서 사과드리고 왔는데 그곳이 신문왕릉이 아닐 확률이 높다는 것을 알게 되어 곤란해졌습니다.

계절마다 경주에 가 다음 이야기를 건져오고 싶습니다. 이 시리즈가 세 권이 될지, 열 권이 될지 확실하지 않습니다만 열 권을 넘어서면 좋겠습니다. 설자은과 함께 금성을 누벼주시면 기쁠 거예요.

2023년 가을

정세랑

참고 자료

- 『거꾸로 보는 고대사』, 박노자 지음, 한겨레출판, 2010
- 『답사여행의 길잡이 2—경주』, 한국문화유산답사회 엮음, 돌베개, 1997
- 『삼국시대 사람들은 어떻게 살았을까』, 한국역사연구회 지음, 청년사, 1998
- 『삼국유사』, 일연 지음, 김원중 옮김, 민음사, 2007
- 『송골매 바다를 지배하다』, 박지택 지음, 투나미스, 2018
- 『신라 국가제사와 왕권』, 채미하 지음, 혜안, 2008
- 『신라 중대의 정치와 권력구조』, 이영호 지음, 지식산업사, 2014
- 『신라와 바다』, 김창겸 지음, 문현, 2018
- 『신라인의 기록과 신라사 복원』, 박남수 외 지음, 한국학중앙연구원출판부, 2022
- 『역주 삼국사기』, 김부식 지음, 정구복 외 옮김, 한국학중앙연구원출판부, 2011
- 『우리 역사 속 수학 이야기—흥미로운 조상들의 수학을 찾아서』, 이장주 지음, 사람의무늬, 2012

• 『재당 신라인사회 연구』, 권덕영 지음, 일조각, 2005
• 『팰컨』, 헬렌 맥도널드 지음, 김혜연 옮김, 경향미디어, 2017
• 『한국 고대, 목면과 향료의 바닷길』, 박남수 지음, 경인문화사, 2016

설자은 시리즈 1
설자은, 금성으로 돌아오다

1판 1쇄 2023년 10월 30일
1판 3쇄 2023년 12월 8일

지은이 정세랑

책임편집 김영수 | 편집 강윤정 이재현 염현숙
디자인 최윤미 이주영 | 저작권 박지영 형소진 최은진 서연주 오서영
마케팅 정민호 서지화 한민아 이민경 안남영 왕지경 황승현 김혜원 김하연 김예진
브랜딩 함유지 함근아 고보미 박민재 김희숙 박다솔 조다현 정승민 배진성
제작 강신은 김동욱 이순호 | 제작처 영신사

펴낸곳 (주)문학동네 | 펴낸이 김소영
출판등록 1993년 10월 22일 제2003-000045호
주소 10881 경기도 파주시 회동길 210
전자우편 editor@munhak.com | 대표전화 031) 955-8888 | 팩스 031) 955-8855
문의전화 031) 955-3576(마케팅) 031) 955-2679(편집)
문학동네카페 http://cafe.naver.com/mhdn
인스타그램 @munhakdongne | 트위터 @munhakdongne
북클럽문학동네 http://bookclubmunhak.com

ISBN 978-89-546-9597-8 03810